Après des études de lettres et d'histoire de l'art, ***Corinne Javelaud*** *s'est tournée vers l'écriture. Originaire du Limousin, elle est l'auteure d'une dizaine de romans qui ont connu un succès croissant. Elle est membre du jury du prix des romancières remis chaque année au Forum du livre de Saint-Louis en Alsace.*

L'Oubliée de la ferme des brumes

Du même auteur

Alix de Rochechouart
L'appel des rizières
L'insoumise de Carennac
L'ombre de Rose-May
La dame de Courbépine
La dame de la villa saphir
La demoiselle du mas du roule
La perle de Naples
Le petit prince de Rome
Les amants maudits de Venise
Les petits papiers de Marie-Lou
Les sœurs de Biscarosse
Un été d'orage
Venise aux deux visages, Prix Belles lettres et Beaux Arts Pays de Caux 2009

TERRE DE POCHE
45, rue du Clos-Four – 63056 Clermont-Ferrand cedex 2

Corinne Javelaud

L'Oubliée de la ferme des brumes

de Borée
TERRE DE POCHE

Chère lectrice, Cher lecteur,
Je vous dédie ce livre.

Un roman est comme un archet,
la caisse du violon qui rend les sons,
c'est l'âme du lecteur,

STENDHAL

I

Colombe Parvery eut un mouvement de recul à l'instant où le souffle aviné de Marceau lui parvint aux narines.

— Ah ! Ce n'est pas Dieu possible ! maugréa-t-elle en esquivant le regard de son frère, avant de s'essuyer nerveusement les mains couvertes de terre sur son tablier à grandes poches.

L'ivrogne, l'œil hagard et le cheveu hirsute, bredouillait des paroles imperceptibles sous l'indifférence de sa sœur, alors pressée de terminer la cueillette du rang de petits pois en raison du tonnerre qui annonçait les prémices de l'orage.

— Ôte-toi de mon chemin ! Tu vois bien qu'il me reste de la besogne ! pesta Colombe en jetant quelques gousses dans son panier.

Marceau éructa et se mit à rire en lui chantant qu'elle allait se mouiller. Comme il avait une sacro-sainte horreur de l'orage, il faillit renverser les paniers en tirant la jeune fille par le bras dès que les premiers éclairs traversèrent le ciel.

— Lâche-moi !

— Ne fais pas l'idiote, viens t'abriter dans la grange !

— J'ai à faire !

Ce fut pourtant sans compter sur la pluie battante qui envahit bientôt les sillons de terre où les sabots de Colombe s'embourbèrent, tandis que Marceau avait déjà pris la direction de la grange, abandonnant sa sœur à son triste sort. L'orage était monté plus vite que prévu. Ce n'était pas par péché de coquetterie si elle détestait sentir le bas de sa jupe ample trempée et sa chevelure rousse aux reflets d'or s'engorger d'eau, mais elle avait cru finir à temps sa cueillette sans pâtir des affres du ciel !

Du haut de ses quinze ans, celle qui endossait toutes les responsabilités regagna la pièce commune de la ferme, où son second frère Silvère, qui n'était guère plus vaillant que l'aîné, se tenait assis près de la cuisinière. Sa frêle constitution ne le prédisposait pas à râteler les foins, pas plus qu'à attacher les gerbes de blé pendant la moisson. Quelques années en arrière, lorsqu'il avait dû lutter contre une maudite fièvre, les médecins ne se seraient guère avancés sur son pronostic vital. S'il s'en était malgré tout sorti, sa longue convalescence lui avait donné des circonstances atténuantes, qui s'étaient bientôt transformées en privilège de l'oisiveté. Même si le miraculé aurait pu suppléer sa sœur dans les travaux ménagers tels le raccommodage ou les conserves, il préférait s'adonner à de plus nobles tâches, comme la lecture, mais pas n'importe laquelle, celle des Saintes Écritures de la Bible !

Colombe se sentait bien seule dans sa ferme, pas même une métairie, mais une petite propriété avec un modeste champ cultivable, de celles que le seigneur aurait concédées à un paysan du temps du régime féodal, et qui tombait à présent en friche depuis la mort des parents.

Même si Silvère considérait que ce fut l'attribut d'une femme de régler le sort de la vaisselle sale qui s'amoncelait dans l'évier, sans doute parce qu'il n'avait jamais vu un homme Parvery condescendre à participer aux travaux de la cuisine, le jeune chétif n'en était pas pour autant un mauvais bougre. De la manière dont il se tenait assis, baignant dans l'ombre de cette pièce sombre, Colombe le trouva encore amaigri, flottant dans sa chemise foncée. Ses traits tirés et son regard tourmenté dénonçaient sa petite santé. Difficile d'ôter de l'esprit de la benjamine les jours où il avait dû endurer les cataplasmes de farine de lin trempés dans de l'eau chaude, appliqués sur la poitrine dans un linge fin pour combattre cette fièvre qui l'avait habité jusqu'à l'épuisement. Comment une sœur aurait-elle pu rester insensible aux souffrances de son cadet ? Si elle tenait le coup avec vaillance, entre deux moments de découragement, c'était un peu pour lui.

Affairée dans l'évier en pierre afin de curer les casseroles, Colombe n'eut pas besoin de consulter la comtoise pour connaître l'heure. Elle se fiait sur l'attitude de son frère, sachant que la pluie déferlante ne modifierait en rien ses habitudes de préparatifs pour se rendre aux vêpres. Le visage déjà aimanté à sa retraite spirituelle, Silvère s'extrayait de sa chaise sans qu'il ne fût affaire de mot, l'église étant sa mission quotidienne entendue.

La cuisine en ordre, Colombe y vit plus clair. Le corps ceint d'un grand tablier, elle vida ses deux paniers de gousses sur le papier journal disposé sur la nappe. Enfin assise, elle se mit à écosser ses petits pois en songeant, à l'instar d'une femme qui aurait déjà eu toute une vie derrière elle… Or, elle n'était encore qu'une toute jeune fille et s'étiolait déjà, à la merci de ses deux frères qui, sans scrupule, la laissaient assumer toutes les corvées. Persuadée d'être sans beauté, comme le lui avaient fait remarquer les écolières du bourg qui dénonçaient son allure masculine et ses yeux gris vert trop communs, il n'y avait que sa chevelure rousse qui trouvait grâce à ses yeux, une tignasse intrigante qui, selon elle, l'épargnait de la cour assidue que menaient les garçons aux filles du village, affichant clairement leur préférence pour les brunes et les blondes. En réalité, elle bénissait sa rousseur qui la préservait de ce monde un peu étrange de la séduction, se fichant comme d'une guigne de l'attribut « sorcière » qu'elle avait entendu proférer à son encontre. Elle craignait d'autant plus le jeu amoureux, que le comportement de coureur de jupons de son frère aîné lui renvoyait une piètre image des relations avec le sexe opposé.

Même si son souvenir était vague et lointain, Colombe rêvassait en regrettant le temps où son père dirigeait les bœufs avec son aiguillon, celui des labours ou du ramassage des maïs à une époque où prévalait l'entraide entre voisins, ce qui permettait aux parents Parvery d'exploiter honorablement leur ferme du Haut-Limousin, entourée de vallons, de prés et de forêts. Depuis que Marceau était considéré comme le chef de famille, la réputation de ce dernier était si mauvaise, qu'elle privait les Parvery de la fameuse solidarité jugée bien utile pour retourner la terre ou l'ensemencer. En conséquence, la ferme avait pris des allures fantomatiques. Le spectre d'une charrue, une herse, un brabant abandonné témoignaient de l'incapacité de Marceau à conduire l'attelage pour le labour. Ce dernier avait d'ailleurs préféré vendre les vaches et les moutons, qui jadis, parqués dans les landes voisines à brouter l'herbe fraîche, leur rapportaient pourtant le fromage et la laine. L'aîné de la famille, et également le seul à avoir atteint l'âge de la majorité, avait eu tôt fait de boire tout le bénéfice octroyé par la vente du bétail. Aussi, Colombe se disait qu'au train où allaient les choses, l'avenir ne s'annonçait guère engageant pour la fratrie.

La pluie qui venait de s'arrêter l'incita à mettre les galoches à sécher sur le devant de porte, puis elle entreprit l'épluchure des légumes pour la soupe avant de se lancer dans la préparation du ragoût, car ses frères, qui avaient bon appétit, n'étaient jamais les derniers à s'attabler à heure fixe.

— Alors le cul-béni, tu vas finir par y coucher dans l'église si ça continue ! persifla Marceau qui s'apprêtait à déplier sa serviette de table, alors que son cadet rentrait tout juste des vêpres.

Ce propos se solda par l'indifférence de Silvère qui avait pris l'habitude d'ignorer les quolibets de son aîné.

— Du ragoût de mouton ! s'insurgea l'ivrogne en s'approchant de la marmite avec une mimique de dégoût. Tu sais pourtant que ce n'est pas mon fort !

— Je fais avec ce que j'ai pu trouver ! se défendit Colombe qui savait combien la colère de Marceau montait à la moindre contrariété.

Elle lui versa deux louches de soupe trempées de gros pain qu'il ingurgita aussitôt avant d'annoncer la couleur :

— Il me faut une chemise propre pour demain !

Bien que surprise, elle acquiesça. Il était pourtant rare que Marceau réclamât du propre, il fallait plutôt l'obliger à changer de chemise une fois par mois. Sans doute avait-il une idée derrière la tête qu'il refusait d'exposer en famille ? Par peur des représailles, sa sœur tenait toujours une liquette à disposition au cas où son aîné rentre d'une rixe les vêtements souillés d'écume sanguinolente. Elle lui sortirait donc celle à carreaux par deux fois ravaudée.

Comme Colombe se préparait à servir le ragoût, Marceau grommela :

— Te voilà une vraie femme bientôt bonne à marier !

Goguenard, il lui pinça la taille, ce qui inspira à la jeune fille de la crainte et du dégoût qu'elle domina, convaincue qu'une fois le dîner achevé, il repartirait traîner la gueuse pour calmer ses pulsions.

La cuisine ordonnée, la jeune fille, exténuée par sa journée de travail, ne demanda pas son reste pour aller se coucher. Dans sa chambre, elle se déshabilla en hâte, enfila une chemise de chanvre et se glissa dans des draps râpeux. Sa fatigue venait au bout de tout. Toutefois, depuis peu, elle constatait que son corps s'était modifié, ses hanches s'arrondissaient, ses seins se remplissaient et ces transformations physiques la malmenaient. Elle cherchait à dissimuler ses formes, regrettant son corps d'enfant qui lui avait permis toutes les libertés. Pourtant, le summum de sa honte avait été atteint avec l'arrivée de ses menstrues. Elle sentait depuis ce jour s'épanouir dans son corps une mystérieuse personnalité qui la contraignait à se rendre plusieurs jours par mois au lavoir pour nettoyer ses culottes maculées de sang, en priant pour que Marceau n'apprenne rien de ce nouvel état… Même avec celle qui l'avait mise au monde, le sujet était resté tabou, et sa mère n'était plus là à présent, pour lui prodiguer ses conseils ou la rassurer.

Cette même nuit, Colombe fut tirée de son sommeil par des coups secs frappés à sa porte de chambre. Le grincement de la charnière lui confirma qu'il ne s'agissait pas d'un mauvais rêve, mais bien d'une réalité dont elle se serait passée. Dans la pénombre, elle distingua la silhouette pataude de Marceau qui remplissait l'encadrement de l'entrée. Il tituba jusqu'au lit en marmonnant dans ses moustaches :

— Viens là ma Colombe…

Bien qu'à demi ensommeillée, elle suivit les gestes hésitants de son frère, endoloris sous l'effet de l'alcool. Il ôta sa chemise et eut encore suffisamment de réflexes pour chercher à tâtons le contact avec sa sœur.

— Ne me touche pas ! hurla-t-elle.

— Allez, ne sois pas farouche !

Colombe se leva d'un bond. Elle eut la présence d'esprit de se saisir du gourdin qu'elle conservait derrière sa table de nuit pour pallier les coups durs.

Sentant le danger se préciser face à un Marceau qui avait perdu la tête, elle lui en infligea un coup sec derrière la nuque. Il s'écroula comme foudroyé.

Colombe resta hébétée, les yeux fixés sur le corps lourd de Marceau gisant au pied du lit. Elle réprima un mouvement de recul, regrettant presque son geste de défense, issu d'une pulsion décuplée par la peur.

— Zut ! Et s'il était mort ? s'estomaqua tout haut la jeune fille, qui osait à peine se pencher sur lui sous la lumière blafarde de la chambre.

— Marceau ! implora-t-elle en espérant un grognement ivre.

Comme aucun son ne sortit de ses lèvres, Colombe guetta les mouvements de son buste, mais elle ne décela aucun signe de respiration. D'inquiétude, elle se rua vers la chambre des frères où elle réveilla Silvère qu'elle conduisit sur le lieu du drame.

— Il respire ! constata son cadet, ce ne doit pas être trop grave.

— Il va se réveiller tu crois ? pleurnicha Colombe tandis que Silvère tentait d'y voir plus clair.

— Tu l'as assommé ? C'est bien ça ? s'enquit-il en constatant la présence d'un solide gourdin au pied du lit.

— Légitime défense ! N'importe qui aurait fait la même chose à ma place !

C'était honteux d'avouer que son aîné avait tenté de la violer, et Colombe, qui tremblait de tout son corps, entre déception et soulagement d'apprendre que Marceau était encore en vie, ne donna à son frère aucun détail sur le déroulement des faits. Silvère se signa, puis il lui vint à l'esprit d'allonger

Marceau sur le lit de sa sœur. Ils durent pourtant rapidement abandonner cette idée, car il leur fut impossible de hisser le poids mort d'un quintal que représentait Marceau. Face à cette problématique insoluble, Silvère retourna se coucher. Colombe, quant à elle, ne put fermer l'œil de la nuit, rongée par la culpabilité.

Au petit matin, Marceau ronflait à faire trembler les murs de la ferme lorsque la jeune femme partit nourrir ses volailles et surveiller ses couvées. Elle ne pouvait s'empêcher de penser qu'au bourg, si cela s'apprenait, les conséquences de son acte feraient des gorges chaudes. Colombe craignait déjà le poids de la honte. Son cœur se mit pourtant à battre plus fort, lorsque de retour des poulaillers, elle trouva Marceau et Silvère en pleine conversation, attablés devant leur bol de faïence aux effluves de café au lait. Son aîné sur pied, cela augurait les ennuis qui ne faisaient que commencer !

Marceau la scruta d'un air abattu tandis qu'elle endossait le tablier de cuisine :

— Bon sang, je me tiens un sacré mal de crâne ! maugréa-t-il.

Animé d'un bon sentiment, Silvère suggéra de faire venir le médecin, mais Marceau, qui n'avait pas un sou vaillant, s'y opposa catégoriquement. Colombe se proposa aussitôt de lui faire une compresse inspirée d'un remède de grand-mère, mais son frère l'envoya sur les roses. La douleur n'empêcha pas l'ivrogne d'avaler ses tartines de pain beurrées sans s'inquiéter des raisons qui l'avaient amené à se réveiller dans la chambre de sa sœur. Il n'avait rien connu d'autre que les rixes et les bagarres qu'il provoquait autant qu'il recevait, c'est pourquoi la plupart du temps, il ne gardait au petit matin aucun souvenir de ses frasques de la veille.

— Ben vous n'êtes pas causants vous deux ! s'écria soudain Marceau en se levant de table, tandis que Silvère, meurtri à l'idée de faire une gaffe, rentrait le menton et baissait les yeux.

Colombe ne fut soulagée que lorsque l'aîné eut claqué la porte derrière lui…

II

Anselme Varet soignait son image autant que sa réputation. Il aurait aimé souligner d'une cravate la chemise dont il venait de fermer le col, mais il changea d'avis, endossant sa veste de flanelle de belle facture, ce qui lui donnait un air décontracté qu'il était soucieux de maintenir pour mieux briser la glace avec ses congénères. Il coiffa ses cheveux de manière à auréoler son visage franc et ajusta son chapeau de feutre, satisfait de son principal atout : sa mine aussi avenante que son humeur ! Cela lui permettait de jouer en premier lieu de sa bonhomie, les jours où il faisait sa tournée de prospection dans les villages environnants.

Ce jour-là, il avait orienté ses quatre cylindres Citroën vers les collines verdoyantes des monts de Blond afin de recruter de nouvelles apprenties pour le compte de sa cousine Hélène Clément, qui réalisait des dentelles de grande réputation dans son atelier de Bellac. Il mettait donc son talent de fin limier au service d'une noble cause, à savoir donner la chance à certaines jeunes filles, que le destin n'avait guère favorisées, d'entrer en apprentissage. Convaincre était tout un art où il excellait de par sa facilité à manier le verbe, et c'est le cœur léger qu'il gara son automobile sur la place de l'église du petit village de Blond sur les coups de seize heures, en rêvant de se désaltérer d'un Picon-citron. En réalité, il joignait l'utile à l'agréable, sachant que les précieuses informations se glanaient dans les effluves alcooliques des estaminets.

Anselme se retrouva au cœur d'une ambiance électrique où le patron refusait de servir un client à qui il ne faisait plus crédit. Le représentant de commerce commanda son Picon-citron alors que l'insolvable rongeait son frein devant son verre vide…

— Remettez la tournée ! fanfaronna Anselme qui avait déjà sa petite idée en tête.

Comme le patron remplissait les verres de blanc, le client impécunieux observa le nouveau venu avec étonnement. Pas de doute, il ne le connaissait pas. Alors, pourquoi se montrait-il si généreux ? Bien que cette attitude lui parût inexplicable, il trinqua à sa santé, appuyé sur le zinc du comptoir, et avala cul sec le contenu de son verre, montrant ainsi qu'il n'était pas homme à rechigner.

— La firme recrute ! fit savoir Varet d'une voix de ténor, après s'être brièvement présenté en serrant quelques mains. Je suis à la recherche d'apprenties dentellières pour le compte de ma cousine, la patronne de l'établissement Clément de Bellac.

Il y eut bien quelques remous dans le fond de l'estaminet, où certains eurent du mal à refréner un gloussement moqueur devant le *Monsieur de Bellac*, mais les arguments avancés avec assurance par Anselme rabaissèrent les caquets.

— La fabrique est généreuse, précisa-t-il, elle dédommage la famille qui accepterait de nous confier une fille ou une sœur en apprentissage ! Par les temps qui courent, croyez-moi, c'est une chance inouïe !

Le propos ne tomba pas dans l'oreille d'un sourd, et bien que dans un état d'alcoolémie déjà avancé, Marceau, tout ragaillardi, l'entreprit sans tarder. Cette proposition pouvait l'intéresser, et ceci engagea aussitôt une nouvelle tournée ! Lorsque Varet eut abordé la négociation en annonçant le montant du dédommagement, le poivrot eut un sifflet admiratif, et sa langue se délia. Il avait bien une sœur, la Colombe, et ne voyant pas plus loin que le bout de son nez, il oublia qu'il n'y aurait plus personne pour s'occuper de la ferme, si toutefois elle s'expatriait à Bellac pour le compte de la firme Clément. Dans sa cervelle de moineau, cent francs sonnaient comme une coquette somme, il ne lui en fallait pas plus pour qu'il juge la venue de ce représentant de commerce providentielle. Une femme en chassait une autre et il trouverait bien le moyen de mettre le grappin sur l'une de ses conquêtes qui lui servirait de bonne à tout faire. Après tout, les femmes étaient faites pour ça !

Colombe se trouvait à la mare aux canards lorsque le véhicule d'Anselme Varet stationna dans la cour de la ferme. Impressionnée par ce cylindre rutilent, elle fut d'autant plus surprise de voir Marceau en descendre du côté passager... Puis, lorsque la silhouette citadine du conducteur au chapeau de feutre se précisa, elle crut à un homme de loi. Elle se hâta de déposer son panier empli de choux dans l'appentis, avant de se diriger vers la maison pour les rejoindre.

— Donne donc un coup de rouge ! intima Marceau l'haleine déjà surchauffée tandis que le représentant de commerce observait la jeune fille d'un air embarrassé.

— Un verre d'eau fera l'affaire, mademoiselle, je suis venu pour vous parler, rectifia Anselme Varet en s'empressant de lui serrer la main en toute simplicité.

À part le curé ou l'instituteur, un homme de cette prestance ne lui avait encore jamais adressé la parole. Aussi, fut-elle troublée lorsqu'il ôta son feutre, laissant apparaître ses cheveux bruns qui flattaient son regard profond.

— Ça vient ce coup de rouge ? insista Marceau.

— Pas pour moi ! réitéra Anselme devant son verre vide où elle s'apprêtait à verser un fond de piquette.

— Tu as des mains délicates, reconnut le visiteur dans un sourire courtois, afin de la mettre un peu plus en confiance. Tu ferais une bonne ouvrière !

— Que voulez-vous dire ? s'enquit-elle timidement tandis que Marceau observait le manège du coin de l'œil.

— Aurais-tu envie de travailler dans un atelier de dentellières à Bellac ?

— À la ville ? bredouilla Colombe en écarquillant de grands yeux étonnés.

— Oui, pour apprendre le métier !

— C'est impossible ! Qui s'occupera de mes frères ?

— N'oublie pas qu'il t'appartient de construire ton avenir ! assura posément le nouveau venu qui avait déjà mené avec succès ses négociations avec Marceau.

Et d'ajouter :

— Prends le temps d'y réfléchir, mais tu peux être certaine qu'une telle aubaine ne se représentera pas de sitôt. Si tu es d'accord, je te conduirai moi-même à Bellac, auprès de madame Clément, ta future patronne.

Ses frères n'y voyant pas d'objection, le choix de Colombe fut rapidement scellé. Dénuée d'instruction, désargentée et sans avenir à la ferme, elle n'avait finalement pas grand-chose à perdre. Aussi, se tint-elle prête au jour et à l'heure que lui avait indiqués Anselme. Dans son unique robe du dimanche, avec son léger ballot de toile de chanvre composé de la somme de ses modiques affaires, Colombe eut ce pincement de cœur qui ne la fit pas pour autant revenir sur sa décision.

Le représentant de la firme Clément fut ponctuel. Il remit discrètement son enveloppe à Marceau tandis que Colombe, sans même s'attendrir, salua ses frères et monta dignement dans l'automobile, bien décidée à conquérir Bellac. Ce départ l'allégeait de ses soucis, et la rendait confiante d'un avenir serein. Ce fut grisant de s'introduire sur la banquette de cuir souple de cette automobile spacieuse où les chromes rutilaient. Étant donné qu'elle n'avait jamais eu l'occasion de sortir en promenade, sa surprise fut de taille, alors que se découvrirent les fiers vallons et les cours d'eau sillonnant le paysage. Lorsqu'ils se furent engagés sur la départementale, elle osa enfin soutenir son regard intrigué vers le conducteur. Ce dernier eut à son tour un sourire amusé avant de lui proposer un cachou qu'elle accepta volontiers. Colombe lui avoua finalement qu'elle montait en voiture pour la première fois, n'ayant jusqu'alors connu que les carrioles pour se rendre au village.

— Laisse-moi te parler avec un peu de familiarité si tu es d'accord, car tu m'as accordé aveuglément ta confiance sans même savoir qui je suis. Je présume qu'à juste titre, tu as hâte de courir vers une destinée plus douce que celle que tu as connue à la ferme et combien je te comprends ! En ce qui me concerne, même si j'ai l'honneur de descendre d'un comte de la Basse Marche, je n'en tire aucune vanité, poursuivit-il. Ma famille possédait jadis quelques terres, mais nous ne sommes plus au temps des seigneurs et de leurs pesantes armures ! J'ai dû me défaire sur Bellac de nos dernières métairies qui donnaient sur des étangs, source de trop de discordes. Tout cela n'était finalement qu'illusion et qu'importe…

Les mots d'Anselme s'harmonisaient avec la douceur du paysage où se déployait à l'infini un camaïeu de vert empreint d'un charme paisible. Les terres, les troupeaux, le labeur des hommes, elle avait, en dépit de son jeune âge, le sentiment de connaître cette même histoire toujours réinventée.

— Les femmes portaient-elles des chaperons à l'époque des seigneurs ? s'enquit naïvement Colombe.

— Honnêtement, je n'en ai pas la moindre idée, pouffa-t-il.

— Je ne fais que des suppositions, c'est la première fois que je prononce ce mot que j'ai dû lire quelque part. Il faut bien vous dire que je n'ai pas grande conversation !

— Détrompe-toi ! Tu sais lire, écrire, ce n'est pas si mal. Si tu as retenu ce mot, c'est que tu as une excellente mémoire. Dans la vie, tout s'apprend. Il faut cultiver une bonne opinion de soi-même. Ne l'oublie jamais. Pour le reste, cela viendra, tout se construit !

Colombe, qui avait déserté bien trop tôt les bancs de l'école et passé plus de temps à battre les draps au lavoir et à ramasser les récoltes qu'à étudier l'instruction civique ou le français, avait rarement entendu des paroles aussi pleines de bon sens et de promesses que celles-ci.

Sa spontanéité et sa fraîcheur rapprochaient Anselme Varet des rapports simples et essentiels qu'il avait toujours voulu préserver avec les êtres, mais dont les protocoles de son rang l'avaient un peu écarté. Soudain, ses traits se durcirent et Colombe comprit qu'il était revenu à des pensées plus sérieuses, en l'occurrence les affaires de l'atelier de dentelles, puisqu'il lui fit remarquer que la pénurie de mains expertes empêchait madame Clément d'honorer toutes les commandes.

— Ta vie va changer du tout au tout ! affirma Anselme en percevant chez cette jeune fille un soulagement de se savoir débarrassée d'une tutelle oppressante.

En dépit de son jeune âge, elle gagnerait en indépendance et la petite chambre qu'il lui avait assignée rue du Coq à Bellac, dans une maison toute proche de l'atelier, la laissa sans voix. Tout le confort se tenait dans un mouchoir de poche ! Encore fallait-il que ses narines passent outre l'odeur du salpêtre et de la naphtaline !

— Tu es ici chez toi ! Libre de personnaliser ce lieu à ta convenance ! avisa-t-il d'un ton guilleret, tandis que Colombe, d'une curiosité toute féminine, détaillait avec avidité la chambrette en commençant par le lit en fer et son couvre-pieds en édredon, le joli paravent qui isolait du coin toilette qu'elle s'empressa de visiter. Les quelques objets disposés sur une tablette recouverte de marbre blanc rehaussée d'un miroir, comme un flacon en cristal, une cuvette et un pot à eau en faïence fleurie et son savon de Marseille, lui parurent subtilement exposés pour l'accueillir. De joie, Colombe faillit sauter au cou de monsieur Anselme qui eut du mal à la retenir dans son élan.

— Hep ! Attends donc de prendre tes marques chez ta patronne avant de me manifester tant de sollicitude, nous en reparlerons d'ici quelques jours, si tu veux bien…

Mais elle n'écoutait rien, déjà penchée à sa fenêtre qui donnait sur la rue du Coq grouillant de vie et de gaieté, où flottait une odeur de tabac gris et de café juste torréfié. On vendait de l'étoffe en coupon, le magasin du tailleur jouxtait celui du bourrelier et du charron, plus loin les cycles, un spectacle à donner le vertige ! De l'autre côté de la rue, un rempailleur de chaises travaillait sur son pas-de-porte, tandis que des journaliers attendaient le régisseur qui leur distribuerait le travail.

— Vous m'avez parlé ?

— Tes remerciements iront en premier lieu vers madame Clément si toutefois elle te mène vers un honorable apprentissage, te disais-je, ce que je souhaite sincèrement.

Ce propos un peu rabat-joie ne la fit pas pour autant descendre de son petit nuage. Il fut convenu peu après qu'il viendrait la chercher à sept heures tapantes le lendemain matin pour la présenter à cette Hélène Clément.

Sa nuit fut agitée. Sa joie apparente n'avait pas suffi à venir à bout de sa culpabilité. Dans ses rêves, Silvère, aux prises avec son inexpérience à la cuisson d'une simple pomme de terre, s'associait à l'inutilité de Marceau qui, adossé au fourneau, se montrait incapable de plumer une volaille. Elle se réveilla en sueur, tentant de chasser ce cauchemar absurde, alors que des bruits inhabituels s'élevaient de la rue. Déjà, les minces rayons de soleil filtraient à travers les volets annonçant le moment de se mettre en condition pour une longue journée…

Bien avant l'heure dite, elle se tint prête dans sa robe du dimanche, se reconnaissant à peine dans le regard empli d'excitation que lui renvoyait le miroir.

Les présentations avec Hélène Clément furent particulièrement éprouvantes. Sa nouvelle patronne était une femme austère au strict chignon d'avant-guerre à qui il était difficile de donner un âge. Impossible de la dérider ! Même un fin sourire ne pouvait s'accrocher sur sa face. Elle ajusta ses petites lunettes pour observer la nouvelle recrue sous tous les angles, telle une orpheline que l'on aurait sortie d'un couvent. Cet examen abrupt laissa Colombe désemparée et son visage vira au cramoisi.

Après cet accueil glacial, l'innocente mademoiselle Parvery endura un interrogatoire sur sa famille, où elle dut expliquer qu'elle était issue d'une fratrie de trois enfants, qu'elle avait à peine connu son père, qu'elle avait vu sa mère s'étioler et s'éteindre en un rien de temps après avoir craché le sang et qu'enfin, il s'en était failli de peu pour que son frère cadet Silvère ne subisse le même sort. Bien qu'elle se fût arrêtée à temps pour ne pas évoquer les inconduites de Marceau, elle s'entendit déclarer :

— Bon, assez de misérabilisme ! Ce n'est pas l'Armée du Salut ici !

Droite dans ses bottes, Colombe dut malgré tout affronter en sus le regard méprisant de sa patronne qui la toisait.

Vexée et furieuse contre elle-même, Colombe avait pourtant cru suivre scrupuleusement les consignes d'Anselme qui lui avait enseigné la manière de se comporter ! C'était à ne plus savoir à quel saint se vouer ! Elle dissimula de son mieux sa gêne, alors qu'Hélène la conduisit vers son poste de travail.

— Logée, nourrie, blanchie, comme monsieur Varet a dû te l'expliquer, précisa finalement madame Clément sans condescendre à lui en dire davantage.

L'arrivée de Colombe n'avait guère distrait les autres ouvrières, affairées sur leurs fuseaux. La jeune paysanne fut impressionnée par ces tables encombrées d'échantillons de collerettes, dentelles, manches, gants, disposés pour la commodité du travail. Se déployait un univers inconnu que Colombe examina d'un regard surpris. De toute évidence, l'œil intransigeant de la patronne semait la terreur dans les rangs où la concentration des jeunes mains était de mise pour la conception de garnitures et autres détails de toilette d'un fini merveilleux. Selon les dires de monsieur Varet, ces articles prendraient bientôt la direction des maisons de couture de haute renommée.

— Je te présente Garance ! avisa la patronne de son air compassé en s'approchant d'une fille à peine plus âgée que Colombe.

La jolie brunette se différenciait des autres par son regard espiègle. Sa face se maquilla aussitôt d'un sourire naturel qui débordait de chaleur humaine. Elle lui souhaita aussitôt la bienvenue.

— Garance te donnera quelques explications, reprit sèchement Hélène. Il ne tient qu'à toi de te montrer à la hauteur !

Dès que la patronne eut tourné les talons, Garance jaugea la nouvelle venue.

— Mais tu trembles ! s'étonna l'ouvrière chevronnée. Autant dire que tu n'as pas fini, il va falloir te mettre au diapason, et tenir tête à madame Clément avec aplomb, sinon, elle ne fera de toi qu'une bouchée ! De belles dentelles naissent ici, c'est un métier plein d'émotions si tu es capable de surmonter quelques obstacles…

En quelques mots, le ton fut donné. Bien qu'elle s'angoissât à l'idée de subir des remontrances sur son incapacité à relever le défi, Colombe fut bientôt hypnotisée par les gestes précis de son mentor en train de lui enseigner l'une des techniques de base. Reproduire avec autant de précision le mouvement de son aiguille lui parut impossible, et cette constatation la terrorisa.

Dans les mains de l'experte, la réalisation des « jours » semblait un jeu d'enfant, mais les doigts de mademoiselle Parvery n'avaient, quant à eux, jamais touché que la terre, l'eau, caressé la fourrure des animaux, nettoyé les souillures. Cette besogne précieuse n'était décidément pas faite pour elle, son esprit le lui confirmait, déjà noyé dans les contradictions depuis qu'elle se débattait pour sortir de sa condition.

Les larmes lui montèrent aux yeux et son visage devint livide trois jours plus tard, lorsque la belliqueuse madame Clément lui demanda ce qu'elle avait retenu de ses premières leçons. Elle était incapable de l'expliquer, comme si les mots se brouillaient au fur et à mesure qu'elle tentait de les ordonner. Hélène afficha un sourire jubilatoire.

— Passe pour cette fois-ci, mais à l'avenir, je le considérerai comme une incapacité ! Auquel cas, tu pourras retourner dans ta ferme, souligna-t-elle d'un ton courroucé en tournant les talons.

— Il faut que tu te ressaisisses Colombe ! Tu ne vas pas subir ses brimades quotidiennes. Je vois bien que la tension te noue la poitrine, insista Garance, dans un élan de solidarité.

— Sans doute, mais je ne me sens pas à ma place.

— Tu te trompes. Je t'assure qu'il n'y a pourtant rien de sorcier si tu y mets du tien !

Garance fut interrompue par le retour d'Hélène, accompagnée cette fois-ci d'Anselme Varet, qui, armé de sa bonne humeur légendaire, n'était jamais avare d'un compliment destiné aux ouvrières qu'il gratifiait d'un sourire enjôleur pour leur travail bien fait. Puis, plus près de Colombe, il décela une ombre farouche sur son visage, et sans en faire de cas, il s'enquit des progrès de la nouvelle recrue auprès de sa cousine.

— Il est encore trop tôt pour se prononcer, mais elle fait montre de persévérance ! bêla la Clément avec un fond d'hypocrisie.

Anselme s'adressa plus directement à la jeune fille pour s'assurer qu'elle était bien traitée, mais sous la contrainte des yeux tyranniques d'Hélène qui jetaient le trouble, elle formula timidement un « Oui, ça va ».

— Tu as bien fait, conclut plus tard Garance, alors qu'elles arpentaient ensemble la rue du Coq après le travail. Si tu avais prétendu le contraire devant monsieur Varet, la Clément aurait été capable de te sauter à la gorge.

— Je ne suis pas assez folle pour scier la branche sur laquelle je suis assise. Toutefois, toi, avec ton expérience, comment supportes-tu de te trouver sous le diktat d'une femme aussi autoritaire ? s'enquit Colombe, bien consciente que Garance, selon les critères communément admis, ne ressemblait pas à une femme servile.

— Elle me respecte parce que j'en connais aussi long qu'elle sur le métier. Ayant prouvé l'efficacité de mon travail, elle a été obligée d'admettre mes qualités, avança-t-elle avec une pointe d'orgueil.

Ce n'était certes pas la modestie qui étouffait la jolie brunette, mais il fallait convenir que ses aptitudes la démarquaient des autres ouvrières confinées à des points simples, alors qu'on lui confiait des travaux plus élaborés à réaliser. Ses doigts de fée auraient eu vite fait de donner des complexes d'infériorité à une néophyte comme Colombe, si sa gentillesse et son soutien n'avaient contribué à la naissance d'une sympathie immédiate et réciproque entre l'ouvrière qualifiée et sa subalterne.

— Et puis, pour être honnête avec toi, les conditions de travail ne sont pas si mauvaises à l'atelier. Par les temps qui courent, où le gouvernement de monsieur Léon Blum a institué ces fameux congés payés, madame Clément respecte la loi. Le salaire est correct et je reconnais qu'il est bien agréable d'enfourcher sa bicyclette pour s'offrir un peu de bon temps en longeant les bords du Vincou, alors que d'autres triment encore comme des bœufs !

Colombe apparaissait bien éloignée de ce genre de considérations. Dans une spontanéité touchante, elle confia qu'elle avait non seulement tout à apprendre de son nouveau métier, mais également de la tournure que prenait ce bouleversement social ainsi que les revendications en matière de droits du travail. Un vaste sujet à propos duquel elle avait à peine parcouru quelques lignes d'un article sur *Le Populaire du Centre* tout en épluchant les pommes de terre à la ferme.

Elles longèrent le *Café du commerce* sous l'œil taquin des ouvriers tanneurs qui choquaient leurs verres en terrasse, puis elles contournèrent la coutellerie de la rue Thiers afin de prendre la direction de l'église de L'Assomption qui surplombait le Vincou. Colombe suivit des yeux le cours de cette belle rivière bordée d'une petite route qui, selon Garance, menait aux tanneries de Bellac qui s'étalaient sur la rive gauche.

— Ce sont les fameuses tanneries qui fournissent les usines de Limoges en cuir ?

— Oui, les ouvriers travaillent dans des hangars orientés vers la rivière le fameux veau blanc destiné à la fabrication des empeignes de chaussures. La plupart du temps, les marchands viennent s'approvisionner ici.

Garance désigna en contrebas sa petite maison familiale à façade grise entourée d'un petit jardin où poussaient des pavots sauvages. Elle y vivait avec sa mère qui exerçait depuis toujours le métier de ravaudeuse.

— J'espère que tu te plairas à Bellac ! Maintenant que tu sais où j'habite, n'hésite pas à frapper à notre porte en cas de besoin…

Colombe fut d'autant plus touchée par la gentillesse de Garance qu'elle avait intensément subi la violence au fil de ces derniers jours. Elle devait à présent gagner en assurance, s'habituer à sa nouvelle vie, bien consciente qu'elle n'avait pas fui une tyrannie pour sauter les pieds joints dans une autre. Garance semblait prête à l'épauler, elle en aurait besoin, car l'indépendance passait par des compromis, et cela ne correspondait pas tout à fait à ce qu'elle avait imaginé.

III

Après les assauts répétés de l'hiver, où le froid glacial et la neige tombée en abondance avaient autant éprouvé la nature que meurtri les pauvres hères des campagnes, les frères Parvery ne s'étaient guère souciés du sort des arbres fruitiers qui éclataient sous le gel. Marceau passait l'essentiel de son temps calfeutré sous son édredon de plumes, tandis que Silvère, chargé de chauffer la ferme, voyait de jour en jour s'amenuiser la dernière brassée de bois que sa sœur avait eu la prévoyance de faire rentrer quelque temps avant son départ.

Silvère était toutefois le seul à se soucier de son avenir. Il guettait le premier regain du printemps en reprenant confiance grâce au soutien du père Delepine. Le curé du village, ayant décelé les signes d'une vocation sacerdotale, lui avait laissé entendre qu'il pourrait intégrer le petit séminaire de Fontgombault, entre Berry et Poitou, afin d'y étudier la théologie. Son balourd de frère en était furieux.

— Rends-toi à l'évidence ! Ce ne sont pas les culs-bénis qui vont nous faire vivre ! se plaignait Marceau, agacé de voir Silvère en perpétuelle adoration devant le Saint-Esprit.

Silvère craignait les accès de violence de l'aîné de la famille depuis le départ de Colombe. Le futur séminariste avait bien essayé de tirer les vers du nez à son frère afin de connaître les raisons pour lesquelles la benjamine avait quitté si précipitamment la ferme, mais en vain. Depuis, Silvère avait dû assister, impuissant, à des beuveries à n'en plus finir où l'aîné se livrait à la débauche en ramenant à demeure des créatures repoussantes. L'une d'entre elles, la Lucienne, de longue date corrompue dans des actes lubriques, décela comme une aubaine dans l'absence de femme dans l'existence des frères Parvery. Cette dernière, déjà en terrain conquis, tenta de mettre un peu d'ordre à la cuisine et au ménage, tenant tête quelques semaines à Marceau, mais ce fut sans compter sur le caractère d'ours mal léché de son soupirant, qui finit par tancer l'étrangère et la renvoyer dans ses foyers. Lucienne prenait, selon lui, trop d'ascendant !

Au risque de voir à nouveau la ferme sombrer dans le laisser-aller, Silvère accueillit le départ de cette délurée avec soulagement. La présence de cette créature du diable lui avait été si intolérable qu'il avait dû se réfugier chez le curé de la paroisse, seule âme charitable capable de comprendre son désarroi.

À présent que Marceau avait dilapidé les dernières provisions de conserves constituées par Colombe, le soûlard, taraudé par la faim, guettait les oisillons à peine sortis du nid qu'il trucidait dans sa grosse poigne avant de les avaler tout crus sous les yeux horrifiés de son cadet. Le pauvre Silvère suivait de loin son manège, ahuri. L'haleine épouvantable de Marceau, alors qu'un duvet de plume subsistait sur sa grosse lippe, complétait son caractère irascible. D'ailleurs Silvère, outré par cette conduite, ne prenait plus ses repas qu'au presbytère en compagnie du curé auquel il rendait quelques menus services en échange de sa générosité. Car le père Delepine avait fort à faire depuis qu'il régissait seul plusieurs paroisses. Même si les enfants à baptiser restaient peu nombreux, et que la plupart des mariages et des enterrements étaient purement civils, ses obligations sacerdotales lui donnaient tellement de fil à retordre que la bénédiction d'un chemin de croix se faisait sous la protection de brigades de gendarmerie assistées de civils. Aussi était-il ravi que Silvère lui prêtât main-forte. Le père Delepine avait détecté une belle âme chez ce garçon, persuadé que sa vocation ferait de lui un merveilleux ecclésiastique. Delepine avait évoqué le séminaire de Fontgombault comme un lieu de lumière où Silvère trouverait la force nécessaire pour se consacrer pleinement à sa foi et cet objectif lui donnait une nouvelle raison de vivre.

De façon opposée, la mauvaise réputation de Marceau s'était, quant à elle, répandue comme une traînée de poudre au village. Un soir de bal sur la place de l'église aux premiers beaux jours, alors qu'il avait eu en tête de jouer un mauvais tour aux amoureux qui dansaient enlacés au son de l'orchestre, il dénicha un paquet de petites couleuvres qu'il lança au milieu des jeunes gens. Les reptiles s'accrochèrent dans les cheveux des jeunes filles qui hurlaient au diable en tentant de les arracher de leur décolleté, tandis que l'aîné des Parvery, le visage mangé par une barbe de plusieurs jours, riait aux éclats en assistant à cette scène d'épouvante. Dès qu'il fut identifié, le fils du maire le pourchassa et ils se battirent comme des chiffonniers. Le plaignant écopa d'un coquart à l'œil droit qui l'invalida plusieurs jours. Les gendarmes se présentèrent à la ferme Parvery pour gourmander l'auteur de ces délits, mais ils trouvèrent porte close. Sans doute ce dernier s'était-il ménagé une cachette ? Quelques jours plus tard, les braves paysans d'une ferme voisine se plaignirent à leur tour de gémissements plaintifs et de cris laissant présumer de l'état de démence du dénommé Parvery. Un peu désarmé par cet illuminé, le médecin du village tenta de l'amadouer.

— Dans ton malheur, tu as de la chance Marceau, car le fils du maire a retiré sa plainte contre toi ! argumenta l'esculape sur un ton bon enfant.

Comme le discours n'eut pas l'effet escompté, le médecin lui fit comprendre qu'on ne l'accablerait pas s'il acceptait de s'expliquer.

Contre toute attente, Marceau finit par ouvrir sa fenêtre et accepter de se découvrir. Même s'il surmontait une résistance d'avoir à s'exécuter, au moins avait-il fait le premier pas. Mais à peine le médecin l'eut-il sommé de descendre, que l'égaré l'abreuva d'un bras d'honneur qu'il ponctua d'un ricanement. Les forces de l'ordre, au sortir d'un bosquet, intervinrent *manu militari* avec la ferme intention de le placer en garde à vue pour des voies de fait.

Du temps des parents Parvery, la ferme n'avait jamais été ce champ de désolation, bien au contraire. Aucune mauvaise herbe n'aurait eu le temps de proliférer tant le soin apporté y était de haute précision. Aucun champ n'était en friche ! Le bel entretien de la ferme, érigé au prix de grands efforts par la famille de modeste condition, n'était plus qu'un souvenir que le décès de Yolande Parvery avait entériné. Cette dernière s'était toujours saignée pour que ses enfants soient élevés dignement. Celui qui apparaissait le moins vulnérable s'était avéré le plus désemparé. Le médecin avait dû en venir à la triste réalité que Marceau était atteint de démence, les rumeurs qui s'étaient déversées sur le fils Parvery étaient bien fondées. D'aucuns avaient prétendu que son attitude s'était nettement aggravée le jour où il avait appris que son jeune frère envisageait d'entrer au séminaire. Il s'était alors mis à vivoter de menus larcins, buvant le lait qu'il tétait directement sous le pis des limousines. De nuit, il visitait les caves pour y soutirer un peu d'eau-de-vie et de vin aux barriques, il posait des collets en espérant le petit gibier, et cette vie d'errance et d'obsessions l'avait porté vers l'agitation perpétuelle où il ruminait que Silvère avait trahi la mémoire des Parvery athées jusqu'aux dents. À bien y réfléchir, dans la tête de cet impie de Marceau, il eût mieux valu la mort de son frère plutôt qu'il devînt religieux.

*

* *

Anselme Varet avait le bien chevillé au corps ; maintes fois il avait soustrait de toutes jeunes filles du joug de familles tyranniques afin qu'elles entrent en apprentissage. Il était persuadé de pouvoir leur offrir un meilleur avenir en les confiant à l'encadrement d'Hélène Clément. C'était précisément le cas de Colombe Parvery, chez qui il avait décelé une certaine détermination en dépit de ses traits encore enfantins. Il pressentait une force de caractère capable de la mener vers un combat solitaire qui pourrait la guider vers l'ascension d'une belle carrière…

Conscient qu'Hélène était une femme un brin tyrannique à l'égard des filles inexpérimentées qu'elle formait à l'atelier, Anselme se focalisait sur l'attitude de la patronne vis-à-vis de cette nouvelle recrue, en veillant à ce que cette dernière fût décemment traitée et étroitement encadrée, le but n'étant pas de faire sombrer cette jeune fille dans la mélancolie. Même si Hélène prétendait que tout apprentissage était une forme de tyrannie, ne serait-ce que par l'effort d'intégration que devait faire la jeune fille pour sortir de sa condition, Varet ne partageait pas tout à fait cette opinion. Il restait au contraire persuadé que grâce à l'indulgence du maître, on parviendrait à de meilleurs résultats.

La maison d'Anselme se tenait sur les bords du Vincou, où avaient vécu avant lui ses ancêtres, mais également son père, le vétérinaire Jean-Baptiste Varet, de qui il avait hérité de son goût pour les promenades à cheval le long de la rivière. Sa propriété, où il aimait musarder pieds nus sur les parquets bien cirés, ses boiseries aux précieuses arabesques où les mains de plusieurs générations s'étaient posées, ainsi que ses quelques tableaux de Maîtres, bien que peu connus, en faisait un lieu où les jours coulaient paisiblement. La demeure s'ouvrait sur un beau jardin bordant la rivière, accueillant dans son prolongement une écurie, une grange et une remise, qui servaient à entreposer du fourrage et autre matériel agricole. Accommodant et généreux, il avait fait l'acquisition d'une chapellerie en centre-ville à l'intention de sa femme Violette, dont cette dernière en assumait la plupart des responsabilités. Sa bosse du commerce supplantait sa dévotion aux tâches domestiques et si Anselme aurait pu le considérer avec effarement, il s'en accommodait sans aigreur.

La chapellerie de madame Violette était vite devenue une adresse incontournable où toutes les femmes de notables de Bellac, ravies de pénétrer dans un cercle de bon goût, venaient y faire leurs emplettes les yeux fermés. L'affaire connaissait un essor fructueux, grâce à l'audace de Violette qui avait su dépoussiérer les conventions vieillottes en matière de mode, en imposant un basculement de modernité sur le chapeau ! Colombe tomba en extase devant les *têtes tranchées* de la vitrine qui exhibaient des chapeaux de velours au nœud d'hermine de style « rococo » sur un fond en trompe-l'œil très stylisé. Elle imagina l'effet des gants brodés et ajourés sur des mains féminines en se disant qu'elle n'oserait jamais en porter de semblables, elle qui nourrissait déjà des scrupules à revêtir la jupe à mi-mollet et le corsage en nylon que Garance lui avait conseillés suite aux remontrances d'Hélène sur son allure de paysanne « mal dégrossie »...

Pour éviter que ses détracteurs ne raillent son apparence, Colombe avait dû dompter sa chevelure rousse trop abondante, troquer rapidement ses sabots de bois contre des chaussures. Cette métamorphose, pour être à la hauteur de ce nouvel emploi, lui demandait tellement d'investissement qu'elle ne savait où donner de la tête. Comme ses petites mains n'étaient pas aguerries à s'appliquer dans la finesse, elle réunissait tous ses efforts pour compter les points d'appui de son ouvrage et savoir combien il lui faudrait de fuseaux pour exécuter le travail ordonné par sa patronne. À plus d'une reprise, Colombe aurait pu perdre patience si Garance ne lui avait sauvé la mise.

— Le dur labeur débouche sur une récompense ! certifiait Garance qui, à l'aide d'une grosse épingle, qu'elle fichait sur le coussin, réalisait deux ou trois tours avec le fil du fuseau. Au quatrième tour, elle formait une boucle avec son fil, elle serrait cette boucle, sous les yeux médusés de Colombe qui répétait qu'elle n'y arriverait jamais.

Garance dévidait la casse de son fuseau, le fil qu'il lui fallait pour travailler, puis elle terminait ses tours par une boucle et la solution était trouvée. Elle enchaînait ensuite avec les premières étapes du travail de Colombe, elle plaçait le patron couvert de la dentelle à imiter derrière la rangée d'épingles qui suspendait les fuseaux, simplifiant la tâche pour que son amie croise les fils, les arrête avec une épingle à chaque point d'appui, et Colombe parvenait enfin à exécuter son ouvrage.

— Tu vois bien que tu y arrives ! soutenait-elle alors que s'affichait une moue désabusée sur le visage de Colombe.

— Souviens-toi, on ne travaille que quatre fuseaux à la fois !

Cet apprentissage était un supplice d'autant plus grand que l'intransigeante Hélène décriait son manque d'aptitude. Heureusement qu'Anselme, qui veillait au grain, prenait la défense de sa protégée en affirmant qu'un métier ne s'apprenait pas en quelques semaines.

Un matin que la jeune Colombe se réjouissait d'avoir commencé un ouvrage avec des points simples, la patronne profita de l'absence momentanée de son employée pour modifier à son insu le fil de sa bobine. De retour, persuadée d'avoir commis une erreur dans l'agencement de son travail, Colombe défit ses points.

La patronne attendit que le personnel de l'atelier fût au complet pour la fustiger.

— Regardez mademoiselle Parvery ! Depuis combien de temps est-elle parmi nous ? Deux semaines ? Et toujours incapable d'enchaîner trois points sans erreur ! Décidément mon cousin Anselme a fait une drôle de trouvaille le jour où il est allé la dénicher de son lopin de terre !

Cette humiliation devant toutes les dentellières fit monter les larmes aux yeux de Colombe. C'était curieusement au moment où la technique commençait à rentrer que la patronne la mettait plus bas que terre. Son avenir dépendait pourtant tout entier de cet apprentissage.

Le sarcasme atteignit son apogée lorsqu'Hélène mima les gestes incertains de Colombe avec exagération, ce qui déclencha l'hilarité du cheptel de filles de l'atelier. Seule Garance, la tête baissée sur le métier, ne bronchait pas.

— Ça ne te fait pas rire Garance ? constata la patronne.

— S'il y a quelqu'un à blâmer, c'est à moi qu'il faut s'en prendre puisque je suis son instructrice, répliqua avec aplomb l'amie de Colombe.

— Je n'aime guère cette manière de jouer au plus malin avec moi ! Vous autres, reprenez le travail, assigna madame Clément à ses employées pour dissiper les bavardages.

L'œil de Colombe glissa vers le merveilleux piqué que Garance était en train d'exécuter avec soin. Elle admirait sa dextérité, et rêvait d'acquérir, ne serait-ce que le quart de son agilité. Il lui faudrait du temps, et elle se remit au travail en songeant que le soutien de son amie restait son meilleur allié.

— Qui t'a donné ordre de reprendre ton travail à toi ? cingla Hélène en fusillant Colombe du regard.

Une larme de dépit coula sur le visage de la jeune fille désœuvrée.

— Je n'ai guère besoin d'une pleurnicheuse dans cet atelier !

Colombe pleurait contre sa petite condition qui l'obligeait à accepter cet affront dans l'unique but d'apprendre un métier. La peur de devoir retourner à la ferme pour affronter de nouveau Marceau lui cisaillait la poitrine.

— Tu es courageuse ! lui fit remarquer Garance le soir même, alors qu'elles observaient le maréchal-ferrant en train de battre son fer rougi dans la braise sous un ciel maussade.

— Pas autant que lui ! fit-elle en désignant des yeux l'artisan déjà prêt à remplacer le fer d'une jument.

— Ce que je veux dire, c'est que plus d'une aurait déjà capitulé à ta place.

— Sans doute, mais l'exemple est devant nos yeux, rien ne se conçoit sans effort. J'ai également vu ma mère trimer à la ferme, je sais de quoi je parle, c'est le prix à payer pour la liberté !

— Je l'ai bien compris, assura Garance alors qu'elles aperçurent monsieur Anselme dans son élégant pardessus qui descendait la rue du Coq accompagné de sa dame sous un grand parapluie.

— Ça fait rêver cet amour que se portent les Varet, n'est-ce pas ? formula Garance en s'attardant sur la silhouette des amoureux.

Après une hésitation, Colombe s'ouvrit :

— Pour ma part, je ne connais que mon frère Marceau pour le plus intrépide qui se soit jamais approché de moi. Le seul souvenir de ses grosses pattes m'horrifie encore. Ce soir-là, il ne savait plus ce qu'il faisait tant il était ivre mort quand il est entré dans ma chambre et…

Colombe s'interrompit comme si son émotion était trop difficile à contenir.

— Ne me dis pas qu'il t'a violentée ?

— Il a tout du moins essayé. Je n'ai cessé de faire des cauchemars depuis cette nuit-là. Il faut dire que rien n'a plus jamais été comme avant à partir du jour de la mort de ma mère. Il leur faut une poigne à mes frères, une autorité, sinon leur vie part à vau-l'eau.

IV

CETTE ALTERCATION avec Hélène donna lieu à une modification dans le comportement de Colombe. Elle reprit du poil de la bête, retrouva toute sa combativité pour la mettre au service de ses travaux d'aiguille qui furent bientôt estimés corrects. Elle put ainsi honorer sa première commande, ce qui n'étonna pas le moins du monde monsieur Anselme, alors qu'il s'apprêtait à lui annoncer une bonne nouvelle.

— Une surprise pour moi ? s'extasia Colombe qui, avec ses cheveux attachés en catogan sur ordre de la patronne, ressemblait à une petite femme.

— Tu vas recevoir la visite de ton frère Silvère !

— Silvère ! répéta la jeune fille sous l'émotion.

— Ton frère va intégrer le petit séminaire de Fontgombault en Berry. Il est prévu qu'il fasse une halte à Bellac sur son passage.

Au cours de ces dernières semaines, elle avait eu beau essayer de ne pas culpabiliser en songeant à ce frère qu'elle avait abandonné à la ferme, ses pensées revenaient toujours sur ce sujet de tracas. Livré à lui-même, elle avait craint qu'il souffrît de la cohabitation avec Marceau, mais elle était à présent soulagée d'apprendre qu'il avait été admis au séminaire.

Le cadet et la benjamine se retrouvèrent au *Café des sports* pour bavarder. Silvère était si heureux de revoir Colombe que les mots se bousculaient dans sa bouche, comme s'ils se faisaient des croche-pieds !

— Tu n'as donc pas été trop triste de quitter la ferme ? s'enquit finalement Colombe en voulant l'aider à mettre un peu d'ordre dans ce qu'il tentait de lui expliquer.

Le visage glabre de Silvère se crispa. Son regard, empreint de gravité, se détourna soudain. Comme il demeurait toujours silencieux, elle ajouta :

— Et Marceau ?

— Justement, il fallait que je t'en parle. La ferme se dégrade, soupira-t-il.

Ému, il déglutit avec peine avant de poursuivre.

— Marceau ne fait face à aucune responsabilité, il oublie le civisme, je ne pense pas qu'il puisse vivre longtemps dans cette marginalité, vraiment, je ne vois pas d'issue…

Pas besoin de dessin, Silvère semblait à bout de nerfs et Colombe comprit parfaitement ce que cela sous-entendait : Marceau était dans l'incapacité de vivre seul, la ferme ne pourrait rester longtemps dans cet état de négligence. Elle en ressentit même un peu de culpabilité à cet instant-là.

— Tu as choisi de partir, je ne vais pas te dicter ce que tu as à faire, intervint Colombe qui, bien que respectant les choix de Silvère, n'en perdait pas moins le sens des responsabilités. La ferme sera sous peu livrée à l'abandon, je vais en référer à monsieur Anselme qui saura sans doute analyser la situation avec méthode. Nous sommes mineurs et ne pouvons prendre aucune décision, comprends-tu ?

Il hocha la tête un peu désabusé. Il fallait bien se rendre à l'évidence, le mieux aurait été que Colombe et monsieur Varet aillent à Blond pour en juger.

Et par obligation, ils s'exécutèrent.

Les nombreuses tentatives de Colombe pour ouvrir le portail vinrent à bout du lierre grimpant et du chèvrefeuille vrillé dans les jointures. Les mauvaises herbes avaient envahi la cour de la ferme, ce qui eut raison de la bonne humeur de la jeune fille. Cette dernière enjamba le ruisselet brunâtre et malodorant du tas de fumier où barbotaient les poules, tandis qu'Anselme évitait les fientes qui jonchaient le sol pour accéder à la porte d'entrée, par tous les temps entrebâillée.

Silvère n'avait pas exagéré !

Mademoiselle Parvery pénétra la première dans la pièce commune, suffoquée par des relents nauséabonds de vinasse mêlés à la cuisine rance.

— Marceau ! hurla-t-elle, déroutée par le désordre ambiant.

Devant l'absence de réponse, Colombe fronça les sourcils, puis elle gravit en hâte l'escalier qui menait à la chambre de ses frères.

Seul dans la pièce principale, Anselme baissa la tête pour ne pas heurter le linteau. Ses yeux se portèrent inévitablement sur la table qui croulait sous un amas de verres vides opaques de crasse, d'assiettes engorgées par des carcasses de poulet où vrombissaient les mouches bleues. Il fut pris d'un haut-le-cœur. De mémoire, il ne se souvenait pas être déjà entré dans un lieu aussi crasseux que celui-ci. Même les étables humides et mal aérées étaient mieux tenues, et en tant que fils de vétérinaire, il savait de quoi il s'agissait.

Là-haut, Colombe eut une mimique d'écœurement en découvrant Marceau endormi tout habillé sur son lit bateau, le corps animé des spasmes réguliers des alcooliques. Elle se sentit d'autant plus submergée de honte face à cette déchéance, que le pas de monsieur Anselme se rapprochait dans l'escalier. L'odeur pestilentielle d'urine et de vomi ne pouvait que lui sauter aux narines.

— Marceau ! supplia la jeune fille face aux yeux révulsés de son frère.

D'ordinaire, elle se serait contentée de pester contre cette brute épaisse en attendant qu'il dessaoule, mais à présent, l'idée de croiser le regard d'Anselme lui faisait l'effet d'un seau d'eau froide en plein visage. Quand ce dernier pénétra dans cette chambre glauque où il n'y avait rien de convenable, les rideaux défraîchis à la propreté douteuse, l'armoire vermoulue qui tenait encore debout par le plus grand des mystères, elle évita ses yeux avec soin. Elle aurait voulu disparaître dans un trou de souris tant cette vision ternirait à jamais l'image des Parvery. Anselme poussa un léger soupir, il en avait vu d'autres !

— Marceau est ivre mort voilà tout ! constata-t-il devant le corps inerte du soûlard.

— C'est le moins qu'on puisse dire, grommela Colombe.

Et d'ajouter sans se retourner :

— Je suis désolée de vous donner à voir un tel spectacle.

— Mais enfin, tu n'y es pour rien, reprit doucement Anselme. Ce n'est pas à toi de surveiller sa consommation d'alcool, et puis le problème ne date pas d'aujourd'hui je présume.

— Ah ça non ! Si vous n'y voyez pas d'inconvénient, je vais commencer par aérer cette chambre, formula Colombe en osant enfin se tourner vers monsieur Varet qui semblait en pleine réflexion.

Le vent frais, associé au peu d'eau que Colombe apposa sur le visage de son frère, l'aida à finir de cuver son vin. Dès qu'il eut repris un semblant d'esprit, il les abreuva d'invectives en tout genre et bien qu'Anselme tentât de lui faire entendre raison, il ne voulut rien savoir et alla jusqu'à les menacer de sortir le fusil de chasse du père pour les faire déguerpir.

Colombe était en plein désarroi lorsqu'ils montèrent dans la Citroën.

— Mon frère est devenu fou !

— Je le crains !

Cette situation embarrassante les laissa sans voix, jusqu'à ce qu'Anselme fût en mesure de porter un regard honnête sur l'état des choses.

— Ce n'est sans doute pas de mon ressort de m'ingérer dans tes affaires de famille, mais tu as probablement fait la même constatation que moi. Marceau se trouve dans l'incapacité de vivre seul. Si j'étais à ta place, le plus sage serait de faire placer ton frère sous tutelle et de vendre la ferme. Qu'en penses-tu ?

Énoncé froidement, ce discours lui fit d'abord l'effet d'un coup de poignard. Vendre la ferme ? Elle n'aurait jamais songé devoir en arriver là ! Cette analyse eut toutefois le mérite de la faire réfléchir. Plus personne n'était à pied d'œuvre pour entretenir les bâtiments, s'occuper des fauches et des battages. Son frère Silvère paraissait tout autant dépassé par les événements qu'elle pouvait l'être, et la suggestion d'Anselme fit rapidement son chemin dans l'esprit de la jeune fille. Mais par où commencer et comment procéder ? Il lui fallait bien évidemment l'accord de Silvère pour entreprendre une quelconque démarche.

Un peu perdue, elle hocha la tête en signe d'assentiment.

— Réfléchissons encore, rassura Anselme d'un ton doux mais ferme, en enfilant ses gants en chevreau glacé. Nous devons nous rendre à Fontgombault afin d'en informer Silvère et nous emploierons les moyens qui s'imposent.

— Dis-moi, poursuivit Varet un peu gêné, comme la Citroën quittait les chemins de boue, j'espère que ton frère n'a jamais eu de geste déplacé à ton égard ?

— Non, dit-elle par pudeur, car elle avait choisi de se taire.

La jeune fille fut tentée de lui demander pourquoi il faisait tout cela pour elle, mais elle se retint. Installée à la place du passager aux côtés de monsieur Varet, elle se sentait en sécurité, rien ne pouvait lui arriver. Il lui inspirait à la fois le respect, la confiance et même l'envol en côte de l'automobile ne lui procura aucune inquiétude. Elle avait déjà tiré un trait sur les répugnances auxquelles elle venait d'assister à la ferme familiale, parvenant même à éprouver un sentiment proche de la griserie alors que son regard louvoyait des cadrans du tableau de bord aux prairies vallonnées sous les bourgeons du printemps. Bercée par le ronronnement du moteur, elle admirait les landes couvertes de fougères et de genêts. La route dessina bientôt une autre perspective plus boisée et ce fut tout le plateau de Basse Marche, ses versants abrupts et ses rivières tortueuses qui captèrent toute son attention. Puis, elle songea à Silvère. Percevrait-il les choses différemment de ce qu'ils avaient envisagé avec monsieur Anselme pour le devenir de la ferme ? Puisqu'elle tenta un instant d'imaginer le décor de Fontgombault, mais qu'elle n'y parvint pas, elle demanda :

— Que savez-vous à propos de ce petit séminaire que Silvère a récemment intégré ?

— Il va sans dire que l'abbaye jouit d'une très bonne réputation pour qui est attiré par la pratique monastique, mais je serais bien en peine de m'étendre sur le sujet.

Mais à peine eut-elle obtenu la réponse d'Anselme qu'une charrette à bœufs déboucha d'un chemin improbable. Le conducteur de la Citroën, qui roulait un peu trop vite, ne put l'éviter. L'automobile fit une embardée sur le bas-côté gauche de la chaussée pour terminer sa course dans le fossé…

V

INSTALLÉE DANS LE FAUTEUIL crapaud aubergine du salon, Violette Varet souffrait d'une migraine causée par la nouvelle de l'accident de son époux, qu'elle venait d'apprendre par un coup de téléphone. Bien qu'Anselme fût à présent hors de danger, son inquiétude demeurait. Elle accomplissait malgré tout sans grand enthousiasme le rituel du dimanche après-midi qui consistait à prendre le thé en compagnie de sa cousine Hélène Clément.

— Franchement, je me demande bien ce qu'Anselme combinait avec la petite Parvery sur cette route de campagne ! décria Hélène d'un ton aigre.

Exaspérée par le commentaire de sa cousine, Violette dévia son regard vers les jacinthes du jardin très en beauté dans le pourtour des arbres de Judée en fleurs. Elle s'efforça de penser un instant à tout autre chose.

— Tout de même, tu ne m'enlèveras pas de l'esprit que cela demande des éclaircissements !

— Tu ne vas pas t'y mettre toi aussi ! Cela ne te suffit pas que l'on colporte bêtement que mon époux s'est avisé de voyager seul aux côtés d'une jeune fille sans défense ? s'agaça madame Varet devant l'insistance malvenue de sa cousine. On ne peut pas dire que tu es pour la paix des ménages !

— Tout de même, il s'agit de ton époux !

Violette haussa les épaules. Elle savait bien ce qu'elle avait à faire ! Dans l'immédiat, c'était l'état de santé d'Anselme après cet accident qui la préoccupait.

Heureusement, il y eut plus de peur que de mal. Anselme et Colombe n'avaient été victimes que de légères contusions, et le médecin les autorisa à regagner Bellac en fin d'après-midi alors que les cousines conversaient encore au salon.

Connaissant la vitesse à laquelle se propageaient les ragots, Anselme rassura aussitôt Violette. Les deux voyageurs étaient indemnes et il lui résuma la tournure de cette horrible journée. Son visage reflétait l'intégrité, l'affection, et il passa un bras protecteur autour des épaules de son épouse en poursuivant ses explications à mi-voix.

Violette rendit à Anselme son sourire et se tourna vers l'entrée :

— Entrez mademoiselle ! intima-t-elle alors que Colombe patientait pieusement adossée au chambranle de la porte.

Elle s'avança, impressionnée par une toile exposée au-dessus de la cheminée, tandis que les yeux d'Hélène déversaient sur elle tout leur fiel. Elle s'arma de toute la courtoisie dont elle se sentait capable pour saluer les cousines, agréablement surprise par l'accueil affable que Violette lui avait réservé.

— Asseyez-vous Colombe, je vous en prie !

La petite Parvery n'avait pas souvent croisé ce genre de femme à la prestance admirable. Il se dégageait une grâce de sa chevelure auburn, de ses magnifiques yeux bruns, au cœur de cet opulent décor boisé aux jolies tentures, qu'elle fut frappée de constater combien les Varet s'accordaient l'un avec l'autre.

Le temps semblait s'être arrêté lorsqu'une domestique, sans doute arrivée de la cuisine, replaça deux figurines en faïence fine sur une console habillée d'un napperon.

Lorsque Colombe fut assise, ses yeux se portèrent sur les jambes gainées de bas en soie naturelle de la maîtresse de maison en même temps qu'ils luttaient pour faire abstraction du regard ironique d'Hélène. Pour pallier le malaise, Colombe prit son souffle et se lança dans une longue tirade en accompagnant ses mots de gestes nerveux et rapides.

— Vous avez devant vous cette jeune apprentie dentellière ! Ma vie est si compliquée qu'en prenant pitié de moi pour m'accompagner au séminaire de Fontgombault afin de visiter mon frère Silvère, nous avons été cruellement victimes de cet accident.

— J'en suis navrée mademoiselle…

Puis, l'épouse toussota nerveusement avant de reprendre sur un ton indulgent :

— Votre frère a donc intégré ces lieux pieux sur les bords de la Creuse ? Quelle malchance que cet accident se soit produit sur la route pour aller le rejoindre !

— Nous étions encore bien loin du séminaire, précisa Anselme. Toutefois, par endroits, les routes sont aussi archaïques que sous l'Ancien Régime !

— Tout de même, mon cousin, nous ne sommes plus à l'époque où Turgot était intendant de la généralité de Limoges ! Enfin, tout cela n'enlèvera pas que Colombe n'était guère à sa place dans votre automobile.

— Après tout Hélène, je vous fais remarquer que c'est aujourd'hui dimanche ! Mademoiselle Parvery ne se trouve plus sous vos ordres ma cousine ! regimba Anselme.

— Allons, allons… Tout ça ne partait pas d'une mauvaise intention, adoucit Violette d'un œil conciliant. Colombe, parlez-moi un peu de vous…

Cette bienveillance redonna confiance à la jeune fille qui réussit à passer outre la vindicte d'Hélène. Elle résuma son parcours familial sans épiloguer sur le comportement de Marceau, témoigna de sa reconnaissance à monsieur Anselme tout en faisant savoir qu'elle rêvait d'un avenir meilleur. Violette l'écoutait, presque émue par sa façon de s'appliquer afin de ne pas tacher la lingerie de table damassée lorsque la domestique servit des pâtisseries.

Colombe assista au défilé des plats en verrerie de pyrex si transparents que l'on percevait la face cachée des gâteaux ! Elle se montrait touchante en essayant d'adopter les bonnes manières à travers des gestes mal assurés pour goûter avec curiosité le contenu de sa tasse de thé. Bientôt, la conversation bifurqua sur des faits politiques marquants, et elle se sentit plus que jamais en marge du milieu dans lequel les Varet évoluaient.

— Depuis la victoire de ce Front populaire, je me demande vers quel courant obscur nous allons nous acheminer ! minauda Hélène.

— Il est certain que ce Léon Blum s'emballe un peu vite. Pourquoi ne pas confier le pouvoir aux ouvriers tant qu'on y est, et instaurer la dictature du prolétariat ! renchérit Violette avec ironie. On n'en est pas si loin si l'on en juge sur le caractère insolite des grèves. Non seulement les travailleurs revendiquent les congés payés et le salaire minimum garanti, mais ils annoncent à présent qu'ils ne quitteront pas leurs quartiers avant d'avoir obtenu satisfaction.

— Nous sommes dans le cercle vicieux de la crise. La politique de déflation de Pierre Laval n'a pas résolu le problème. Il a au contraire précipité le rapprochement des communistes avec les socialistes, assura Anselme. Toutefois, il est temps que ces ligues comme la Croix-de-feu[1] et l'Action française[2] soient contrées.

Le danger présent pour la démocratie lui faisait souvent froncer les sourcils et il dénonçait systématiquement la crise qui, selon lui, avait divisé la société. C'était à la fois son obsession, et son cheval de bataille.

Bien que ce débat lui parût confus, Colombe avait certes entendu parler de cette réunion des Croix-de-feu à Limoges en novembre dernier où l'intrusion des militants du Front populaire avait fait un sérieux grabuge. N'ayant pas de franche opinion sur la question, elle espérait simplement voir poindre une société plus juste, grâce à l'action de ce Léon Blum. Elle s'appliquait à comprendre le monde qui

---

1. *Mouvement fasciste.*

2. *Extrême droite.*

l'entourait, un peu perplexe face aux nouveaux codes des marques du progrès, tel le poste de TSF ou la machine à coudre Singer dernier modèle qu'elle avait vue dans l'atelier d'Hélène, mais plus encore, elle trouvait inexplicable la présence de ces trophées de chasse aux têtes allongées qui trônaient au-dessus du canapé : un mufle de sanglier féroce, un cerf au pelage terni…

Même si Colombe fit plutôt bonne impression à Violette ce jour-là, elle ne fut pas pour autant accueillie par des louanges à l'atelier d'Hélène le lendemain matin !

— Tu prends donc le thé chez les Varet maintenant ? chahuta Garance qui savait laisser traîner ses oreilles.

— Eh bien ! Les nouvelles vont vite à ce que je vois ! Rien ne se serait pourtant déroulé de la sorte si nous n'avions été victimes de ce stupide accident avec monsieur Anselme et si son épouse n'avait eu la gentillesse de me recevoir chez elle ! rapporta Colombe en remarquant le col du joli corsage que son amie portait sous sa blouse.

— Tu as donc rencontré la chapelière de Bellac ?

— Oui. C'est une femme… Comment dire… Bien loin d'être du genre à se donner des grands airs, si tu vois ce que je veux dire.

Elles furent prises d'un fou rire de concert, bientôt avorté par la voix autoritaire de madame Clément qui apparut moulée dans son tailleur gris foncé.

— Colombe ! Ne prenez pas de mauvaises habitudes mon petit, ici c'est vous qui préparez le café ! Vous semblez l'avoir oublié, je reçois des clients importants ce matin !

La jeune Parvery vira au cramoisi. Elle avait totalement omis qu'il fallait se mettre sur son trente-et-un en raison de la visite d'une sommité dans les ateliers Clément. Rageant contre elle-même pour son inattention, elle donna de nouveau l'occasion à Hélène de s'acharner sur son bouc émissaire. Colombe fut enjointe de servir ses hôtes à la manière d'une domestique corvéable à merci. À la fin de la journée, elle ne se fit pas moins réprimander en raison du retard qu'elle avait cumulé sur son travail de dentellière.

Colombe encaissa les reproches, aux lèvres un sourire de dédain qui offensa Hélène.

— Votre attitude déshonorante va vous coûter cher mademoiselle Parvery !

— Déshonorante ? s'étonna Colombe.

— Cette comédie a assez duré ! lança la voix d'Anselme qui avait assisté à la scène dans l'ombre. Je ne vous ai pas confié cette innocente pour qu'elle soit malmenée !

— Je suis encore libre d'agir comme bon me semble avec mes apprenties et je n'ai d'ordres à recevoir de personne. Ne vous en déplaise mon cousin, mais votre protégée ne fera jamais une bonne dentellière.

— Allons donc ! Sachez que si vous prenez le parti de déterrer la hache de guerre, je refuse dorénavant d'être complice de vos agissements. Cette servitude me chagrine ! Je ne veux pas qu'il soit dit que je livre des jeunes filles à une tortionnaire !

— Une tortionnaire, rien que ça !

— Votre Anselme jette l'éponge. Il y a des limites à ne pas dépasser, sévit-il dans une fureur incontrôlable sous les yeux ébahis de toutes les dentellières de l'atelier.

— Tu as pourtant bien été content de te donner de l'importance grâce à cette mission que je t'ai confiée lorsque ta Violette t'a aimablement fait comprendre que tu n'avais rien à faire dans son commerce ! se défendit l'intraitable Hélène en réactivant de vieilles rancunes.

— Ta médisance te perdra ! Je ne peux que plaindre ces pauvres filles qui affrontent chaque jour un dragon de ton espèce ! fulmina-t-il en claquant la porte de l'atelier.

Colombe sursauta. Elle présageait que les relations allaient encore se compliquer. Il n'aurait pourtant pas fallu que l'inimitié de sa patronne s'accentue davantage à son égard. Son apprentissage risquait d'être compromis par un renvoi définitif. Cette perspective lui glaça les sangs…

*

* *

Colombe appréciait cette succession de paysages, ces bocages du Haut-Limousin qui défilaient derrière la vitre de l'automobile. Captivée par les miroirs des étangs, elle entendait à peine les paroles d'Anselme qui s'enflammaient sur les performances de l'automobile, estimées bien meilleures depuis sa réparation. Côté passager, Violette, toute de noir vêtue, les cheveux coiffés d'un petit béret de feutre très seyant, esquissa un clin d'œil de connivence dans le rétroviseur à l'attention de Colombe, une façon de rassurer la jeune passagère silencieuse. La petite Parvery appréhendait un peu la réaction de Silvère lorsqu'elle le rencontrerait au séminaire.

Bercée par le ronronnement du moteur sur les petites routes de campagne, elle guettait l'apparition des pierres sacrées et mégalithes qui jalonnaient la campagne. Elle les comparait avec le travail de son imagination nourrie par les récits des veillées au coin du feu. Impossible d'effacer les paroles des anciens qui évoquaient les vestiges de la Basse Marche. Culte religieux ou abris de créatures terrifiantes, les intrigants dolmens suscitaient bien des questionnements souvent tournés en moquerie par Silvère qui prétendait que ces suppôts de Satan ne servaient qu'à semer la zizanie parmi les vivants.

— Il s'agit d'un sujet bien complexe que tu abordes là ! estima Varet lorsque Colombe eut soulevé le débat de l'origine de ces pierres sacrées.

— On devrait lui raconter cette étrange histoire…, hésita un instant Violette comme la route devenait de plus en plus étroite.

Anselme acquiesça en sachant pertinemment ce que son épouse sous-entendait.

— Cela n'a rien à voir avec les mégalithes, mais tout de même ! Ma mère m'a toujours parlé de la tapisserie de *La Dame à la licorne* découverte au château de Boussac dans la Creuse, d'où je suis native. Une comtesse, spécialiste en art de la tapisserie, a fait revivre le message symbolique en exposant ces six tentures du Moyen Âge. Depuis, elles ont acquis une renommée extraordinaire. La licorne fait appel à des éléments divins, ce vert propre aux filatures de la tapisserie a eu une résonance incroyable à travers les siècles, bien que l'inspiration de cette création soit inexplicable.

Même s'il n'y avait aucune raison de faire ce rapprochement, Violette voulait simplement démontrer à Colombe qu'il fallait accepter la part de mystère en chaque chose. Toutefois, cette évocation de *La Dame à la licorne* restait dépourvue de sens pour Colombe qui n'avait encore jamais entendu parler de cette tenture peuplée d'élégantes dames. Seul le « vert » auquel faisait allusion madame Varet s'apparentait à la magie de l'émeraude d'une grande pureté que cette dernière portait autour du cou. Il n'y aurait rien eu de surprenant que cette pierre précieuse se présentât comme un talisman spirituel et elle supposa que Violette adhérait à ce principe. La nature en soi recelait d'innombrables mystères. D'ailleurs, chaque village comptait avec au moins un témoignage occulte ou une anecdote relative au paranormal.

La vue inoubliable sur les proportions parfaites de l'abbaye romane de Fontgombault coupa court à la conversation. Ce site, de par la sérénité qui l'entourait, faisait figure de lieu idéal pour que Silvère entreprît ses études classiques et théologiques. Toutefois, lorsque Colombe eut emprunté un porche voûté afin de se rendre au parloir, elle fut parcourue d'une vive émotion en apercevant son frère cadet dans sa soutane noire de séminariste qui s'avançait au-devant d'elle sous la représentation de la Vierge servie par les anges…

Lorsque ses yeux plus clairs que le ciel eurent exprimé l'étonnement des retrouvailles avec sa sœur, le trouble de Colombe, quant à lui, se transforma en certitude qu'il avait véritablement trouvé sa place.

Silvère, perspicace, comprit vite qu'une affaire urgente avait conduit sa sœur jusqu'ici.

— Marceau te préoccupe, c'est bien cela ? s'enquit-il, pressé d'en venir aux faits.

— Oui Silvère. Il est temps de mettre un terme à cette débauche. Anselme Varet et moi-même avons pu juger de la débandade qu'il règne à la ferme. Nous avons donc conclu que le moment semblait venu de statuer sur notre orientation familiale.

Surpris qu'elle se comportât à la manière d'une adulte mature alors qu'elle n'avait que quinze ans, il se demanda ce qu'elle avait derrière la tête, mais il fut fixé sans tarder lorsqu'elle évoqua l'urgence de se défaire de leur bien.

Il y eut un long silence au cours duquel Silvère se passa la main sur le visage en réprimant un soupir, tandis que Colombe restait en attente d'une poignée de mots déterminants. Elle se rendit compte, de par son mouvement d'épaule, qu'il était embarrassé.

— As-tu besoin de réflexion ?

Mais devant cette apathie, elle fut finalement obligée de reconnaître qu'il n'y aurait pas de véritable discussion entre eux.

— Je la prends cette décision ! affirma la petite par défi.

Il resta sans voix, à se demander sans doute d'où elle puisait son courage. Silvère, quant à lui, se déchargeait de toute implication familiale. Sa passivité déstabilisait Colombe qui, bien que dissimulant une vague d'émotion, se sentait bien seule concernée par ce choix.

Si le parloir apparaissait glacial et austère, Silvère l'était tout autant, replié dans un ballet intemporel.

— Fais comme tu l'entends Colombe !

— Tu es déconcertant ! Toutefois, puisque tu en juges ainsi, je mettrai donc en pratique les résolutions prises avec monsieur Anselme, mais ne viens pas pleurer dans mon giron lorsque la ferme sera vendue ! conclut Colombe en ayant le sentiment de parler à un enfant bien que son frère ait eu deux ans de plus qu'elle.

— Si cela peut atténuer ton inquiétude, tu sais que les biens matériels m'importent peu.

Elle jugea qu'il y avait de la démesure dans cette réaction. Les parents n'avaient-ils pas trimé une vie entière pour transmettre leur bien ? Silvère ne leur devait-il pas un minimum de respect ? Aussi, Colombe dut-elle réprimer un commentaire désagréable.

— Nous pourrons compter sur le soutien de monsieur Varet qui nous aidera à entreprendre les démarches qui s'imposent, ajouta-t-elle, persuadée que son frère était un étrange garçon.

La jeune fille ne put dissimuler sa tristesse lorsqu'elle relata aux Varet sa courte entrevue avec Silvère.

— Rien ne le touche, rien ne l'atteint, sinon la parole de Dieu ! Sous ses abords frêles, mon frère est en granit !

Face au tourment de Colombe, Violette ajouta avec compassion que l'on était souvent mal servi par la famille.

— Silvère a renoncé, son indifférence est une forme de lâcheté, tu dois le reconnaître. En réalité, je me doutais un peu de sa réaction, avoua Anselme et de poursuivre :

— Il ne nous reste plus qu'à engager les démarches nécessaires à la vente de ton bien. Auparavant, Marceau doit être placé sous tutelle. Ce garçon est dans l'incapacité de se gouverner, dit-il en fronçant les sourcils. Je m'adresserai moi-même au juge des tutelles. Je le connais personnellement. Il examinera cette requête. Je devine combien tu es désolée pour ton aîné mais si je me fie au triste spectacle de l'autre jour, il est évident que nous devons affronter la réalité.

Colombe fixa ses yeux emplis de larmes sur les arbres du grand parc chahutés par une bourrasque. Elle sentit une déchirure dans sa poitrine, elle avait l'air perdue. La vente de cette ferme laisserait un trou béant dans son cœur, et tandis que l'on entendait le bêlement plaintif des chèvres dans le lointain, elle se mordit la lèvre inférieure et dit à monsieur Varet :

— Puisqu'il le faut…

Après avoir auditionné Marceau et examiné la requête, le juge ne pouvait nommer un proche « tuteur » dans la mesure où sa famille se limitait à son frère et à sa sœur. Ces derniers n'ayant pas encore atteint l'âge de la majorité, il convint de désigner un tuteur *ad hoc* qui rendrait compte au juge de l'exécution de son mandat. Anselme Varet fut donc assigné à ce rôle. Marceau se vit placé quelque temps sous surveillance, mais l'altération de ses facultés due à ses crises de delirium tremens nécessita bientôt un placement en institut spécialisé. Le juge finit par autoriser la vente de la ferme dès l'automne 1937.

VI

L'UN DES VIOLONS D'INGRES d'Anselme consistait à décortiquer avec finesse les travers de la scène politique internationale grâce à son poste TSF micrométrique qui reproduisait aussi fidèlement les timbres de voix que l'amplitude des sonorités. De l'agitation hitlérienne inquiétant les puissances étrangères à la popularité montante de Mussolini en passant par les voyages présidentiels en Alsace, l'actualité riche lui donnait le sentiment de voyager en restant confortablement installé dans son canapé.

Parfois, il percevait avec crainte les discours agressifs, l'annexion de la Corse ou de la Tunisie par l'Italie. Tout cela ne finirait-il pas par entacher le climat tempéré que l'on avait instauré en France ? L'immobilisme ne garantissait pas la paix ! Parfois, il somnolait, réveillé par les coupures publicitaires ou par le retour de Violette qu'il découvrait à ses côtés, vêtue de son petit collet de renard bleu enserrant ses épaules. L'automne était au rendez-vous et sa femme lui faisait invariablement remarquer qu'il était encore trop tôt pour sombrer dans la léthargie de l'hiver. Il faut dire que chez les Varet, les rôles étaient inversés puisque madame passait le plus clair de son temps à la chapellerie qui avait pignon sur rue, en compagnie de ses clientes, alors que l'époux s'octroyait le beau rôle, celui de superviser les comptes depuis l'ouverture de ce commerce. L'affaire s'avérait profitable, les bénéfices tout à fait considérables, ce qui justifiait qu'il se tînt à distance de ce monde féminin que Violette manageait avec brio. Maintes fois, il s'était d'ailleurs félicité sur ce placement que les époux avaient réalisé suite à la vente d'une métairie et de plusieurs étangs qui avaient appartenu au vétérinaire Jean-Baptiste Varet. En réalité, Anselme avait fait d'une pierre deux coups en satisfaisant les désirs de madame d'une part, tout en se débarrassant de certaines parcelles qui avaient fait l'objet de querelles avec la famille Grousset. Trop longtemps, les familles rivales s'étaient disputé la paternité de plusieurs étangs, semant une zizanie irrattrapable sur plusieurs générations. On avait eu beau se référer aux bornes et faire passer des experts, chacun campait sur ses positions, tant et si bien que cela aurait dû relever du tribunal, si Anselme n'avait décidé d'y mettre un terme en vendant des terrains.

Les haines et les jalousies étaient encore bien vivaces et la hache de guerre à demi enterrée.

L'époux se complaisait à présent du bonheur de sa femme, et c'est à peine s'il avait regretté ses cerisiers et noyers qui donnaient de délicieux fruits près des étangs !

Violette passait donc ses journées entre fournisseurs et clientes, conseillant au fil de son inspiration bérets ou capelines en feutre, en satin ou en velours, ajustant avec patience les petits tours de cou qui garnissaient le décolleté de ces dames. De l'extérieur, on reculait pour admirer l'enseigne de la boutique *Au parfum de Violette*. Le décor de sa vitrine d'avant-garde offrait tellement de surprises que les clientes les plus avisées se précipitaient de Limoges afin de puiser un peu d'inspiration des précieux conseils dispensés par une modiste qui avait appris quelques rudiments dans la Creuse. Son esprit de perfection finissait parfois par l'éreinter. Elle rentrait épuisée et peu disposée à fournir cet effort supplémentaire qui consistait à engager de longues conversations avec son homme ou jouer la parfaite femme d'intérieur.

Ce soir-là, bien qu'elle essayât de dissimuler sa fatigue, son visage paraissait si tendu qu'elle n'eut pas besoin de se plaindre pour qu'Anselme détecte son malaise.

— Je regrette parfois de ne pas me montrer à la hauteur de ta gentillesse, murmura-t-elle un brin de culpabilité dans la voix.

— Ne soyons pas aussi défaitistes ma chérie... Nous disposons de Camille pour les tâches ménagères. Pourquoi ne pas t'octroyer un peu de répit ?

— Dieu merci, Camille accomplit à plein-temps les travaux domestiques. Mais enfin, avec cette boutique, je n'ai jamais une seconde à moi !

Il y eut un silence entrecoupé du raclement de gorge d'Anselme.

— À moins que...

— Je t'écoute, dit-il sceptique et curieux de savoir ce qu'elle avait derrière la tête.

— Colombe semble être une jeune fille très responsable malgré son jeune âge. Pourquoi ne pas lui demander de m'assister au magasin ? On ne peut fermer les yeux sur le fait qu'Hélène la dévalorise, considéra Violette.

Bien qu'Anselme ne cherchât pas à contredire son épouse, il lui fit tout de même remarquer que Colombe était encore en apprentissage et que, si elle acceptait cette proposition, Hélène serait probablement vexée qu'elle quitte l'atelier.

— Cette nouvelle mission ne peut que responsabiliser Colombe. Quant à Hélène, je m'en charge… Cette enfant est précoce, je suis convaincue qu'elle s'adaptera. Il y a des signes qui ne trompent pas. Elle est fine et intuitive, et c'est sans doute ce qui effraye Hélène.

— Pourquoi ?

— Peut-être par peur de voir un jour l'élève dépasser le professeur !

— Tu le penses vraiment ?

— Je connais ma cousine ! Et puis, il faut croire que Colombe a su m'attendrir. Plutôt curieux quand tu sais combien mon caractère inflexible et ma nature méfiante me font douter. Ceci dit, je ne veux pas agir au détriment de son apprentissage. Libre à elle d'accepter ou non mon offre.

Et Colombe accepta la proposition, soulagée d'entamer une nouvelle vie de salariée dans la chapellerie de Violette Varet. C'était ambitieux, mais l'idée d'échapper à l'emprise d'Hélène, et, qui plus est, de percevoir son premier salaire, fut sa motivation majeure. De plus, sa nouvelle patronne présentait un portrait plus flatteur que la précédente. Ce revirement avait donc tout pour la séduire.

VII

Le maire du village avait d'abord adressé plusieurs avertissements à Marceau Parvery auxquels il était resté sourd. Lassée des plaintes relatives à ses crises de démence qui semaient la pagaille au bourg, l'autorité compétente l'avait finalement fait interner en hôpital psychiatrique.

L'ivrogne avait connu les délires épileptiques, et lorsque les crises du sevrage furent moins fréquentes, il ressentit le malaise de la claustration, frustré loin de sa ferme. Ses bois lui manquaient, il s'abîmait loin de ses chemins de terre. Il se comporta tel un animal traqué, et les gardes-malades eurent bien du mal à lui faire entendre raison. Même la nuit, il se rêvait enfoncé dans les herbes pour mieux capturer les vipères dans une petite caisse grillagée. Il hurlait en repoussant les couvertures lorsqu'il se voyait immobiliser les reptiles du pied, le plus près possible de la tête ! Entre ses quatre murs, il éprouvait une douleur sourde, de vieilles peurs remontaient du tréfonds de son être privé de la limpidité du ciel et de la chaleur du soleil. Les cris des oiseaux de proie ou le meuglement des ruminants lui étaient bien plus indispensables que la parole des hommes.

Il fit la connaissance de deux garnements du même acabit, Zef et Joël qui, comme lui, moisissaient d'ennui dans cet institut. Naquit chez Marceau une sorte de délire affectif qui le lia plus étroitement avec ces personnages qui tendaient vers le même idéal de liberté. Ils ourdirent un plan simple et efficace : simuler une violente dispute entre Zef et Marceau, ce qui attira l'attention du cerbère qui s'empressa de les séparer. Pendant ce temps, Joël se faufila derrière le garde, l'assomma et ils filèrent tous trois à l'anglaise.

Zef était d'une laideur inégalable, un nez proéminent lui mangeait le visage, tel un énorme tubercule rehaussé de deux yeux globuleux qui lui conféraient un air imbécile, quant à Joël, il craignait la lumière, cogitait en permanence à demi-mot les paupières mi-closes dans un balancement constant. Ces deux énergumènes associés à Marceau, véritable force de la nature, formaient un trio loin de passer inaperçu.

L'aîné des Parvery marchait vivement en direction des monts de Blond, persuadé de réintégrer sa ferme où il avait entraîné ses complices. Ils avaient mis de longs jours avant d'être capables de retrouver la direction qu'il fallait prendre, volant des bicyclettes qu'ils abandonnaient au gré de leur fantaisie, s'introduisant dans les épiceries pour y subtiliser de menus larcins. Marceau avait même réussi à dérober une bouteille de vin. Les trois compères s'étaient presque bagarrés pour dilapider le contenu de cette piquette de bistrot. La nuit, ils s'arrêtaient dans des granges où il y avait toujours moyen de faire litière. Marceau ne s'était jamais senti aussi vivant dans l'ivresse de ces odeurs de bétail, folâtrant dans ces chemins aux talus couverts de boutons d'or et de hautes marguerites sous le bruit des ferraillements de charrettes. Il retrouvait vite ses jambes aux premiers chants du coq, se sentant prêt à renouer avec mille et un tours pendables ! Comme elle lui manquait, comme il avait hâte de réintégrer la ferme ! Avec un trémolo dans la voix, il évoquait avec les deux autres ces lieux de campagne où il avait fait les quatre cents coups. Une étrange lueur se hissait dans ses yeux verts trop longtemps privés de son milieu ambiant.

Ils parvinrent finalement chez les Parvery un soir sous un clair de lune superbe. Ils avaient marché depuis plusieurs heures, croquant çà et là l'une de ces pommes de Saint-Jean très odorantes dont les pommiers environnants regorgeaient. Les chiens alertés avaient aboyé de ferme en ferme. Marceau eut d'un seul coup le regard fixe, stupéfait.

— Bon sang ! Il y a de la lumière chez moi les gars ! s'écria-t-il, tandis que les deux autres effectuaient une sorte de pas de danse en ricanant.

— Merde ! laissa échapper Parvery. Vous ne comprenez pas ! Je vous dis qu'il y a quelqu'un chez moi !

Il vacillait, hébété, tout en continuant de jeter un coup d'œil par le fenestron sans comprendre. Il discerna des silhouettes, des voix étrangères. Finalement, il se décida à pousser la lourde porte en bois qui, comme jadis, n'était jamais fermée. Il se tint un instant sur le seuil à observer la scène, interdit, Zef et Joël sur ses talons.

Deux gamins étaient assis dans le cantou[1] de la grande pièce commune, un homme vêtu d'une grosse veste de toile affûtait son couteau d'un geste régulier. À ses côtés, une paysanne maigrelette lui tenait compagnie, assise à table.

— Qu'est-ce que vous faites chez moi ? accusa Marceau entre colère et stupeur.

— Tu entends ça ? riposta l'homme en adressant à sa femme un regard lourd de sous-entendus. J'ignore qui vous êtes, mentit celui qui avait bien sa petite idée sur la question, mais nous avons honnêtement acquis cette ferme et votre intrusion n'est pas la bienvenue.

— C'est ce que l'on va voir ! brailla Marceau en se versant un verre de vin du pichet posé sur la table, tandis que les enfants commençaient de se recroqueviller de peur.

Pendant que Marceau avalait son breuvage en faisant claquer la langue de satisfaction, Zef et Joël, attirés par le succulent fumet du marmiton, se ruèrent sur son contenu : de délicieuses pommes de terre farcies qui cuisaient à petit feu dans la graisse de canard…

— Ça suffit cette comédie ! dit sèchement l'homme, l'œil brillant de colère.

— On prendrait bien ta femme comme cuisinière, ricana Marceau devant la mine réjouie de ses comparses qui se délectaient sans demander leur reste.

1. *Cheminée d'une maison paysanne du Sud-Ouest.*

En réalité, Parvery riait jaune, persuadé qu'il se trouvait toujours chez lui. Aussi lorsqu'il entendit les menaces : « Sors d'ici où j'appelle les gendarmes ! », son sang ne fit qu'un tour. Il sentit monter une bouffée de nervosité qui lui dévasta la poitrine. Qui était donc cet étranger qui lui volait son dernier bien ?

D'une pulsion soudaine, le poing de Marceau s'abattit d'un seul coup sur la face du nouveau propriétaire qui s'écroula sur le sol en terre battue. La femme de ce dernier, prise de panique, se cachait le visage derrière ses avant-bras en gémissant.

— Toi, tu la fermes ! Je ne veux pas t'entendre ! fulmina Parvery en se servant de nouveau à boire.

Les trois évadés se remplirent la panse, et se lancèrent dans des jeux de beuverie tels qu'ils en oublièrent la propriétaire qui réussit à inciter les enfants à se rendre à la ferme voisine afin d'ameuter les gendarmes. Les bouteilles jonchaient le sol, lorsqu'au petit matin, les hommes de loi firent une descente à la ferme. Ivres morts, les trois illuminés furent placés en garde à vue. En tant que tuteur, Anselme, informé des faits, se rendit sur les lieux. Il eut bien quelques remords de ne pas avoir évoqué plus tôt la vente de cette ferme avec Marceau, mais il avait estimé que l'aîné des Parvery n'était pas en état d'y voir clair.

Anselme avait beau ressentir de la pitié pour cet innocent qui, au fond, avait tout d'un martyr, il avait bien fallu que quelqu'un gère les affaires familiales sans perdre la face puisque le frère de Colombe se révélait incapable de se suffire à lui-même. La réalité était parfois difficile à admettre. De son côté, le fils Parvery se sentit terriblement lésé lorsqu'on lui expliqua que sa ferme avait été vendue. Sa grosse figure afficha toute sa haine pour son tuteur, ce type qu'il connaissait à peine…

— Ça prendra le temps qu'il faudra, dit-il calmement, mais je me vengerai !

*

* *

De sa Creuse natale, Violette disait qu'elle avait puisé son exigence du travail bien fait. Chaque objet exposé dans son magasin, que ce fût un chapeau, des gants, ou un sac, prenait une sorte de plus-value entre ses mains. Colombe reproduisait ses gestes jusqu'à ce qu'ils fussent parfaits et s'inspirait même de l'intonation de sa voix. Elle manipulait avec grand soin les marchandises nouvellement reçues. Outre les chapeaux en grosse laine du pays, peu fragiles, que la patronne faisait venir de Tulle pour approvisionner ses clientes fidèles à la tradition, on traitait avec grandes précautions les modèles affublés de turban ou de longues visières, ce qui faisait l'objet de leçon d'apprentissage pour Colombe. L'utilisation du porte-chapeaux, ou la façon de prendre en main un couvre-chef par le dessous, justifiait d'ailleurs toute son attention.

Entre la chapelière et sa nouvelle employée, passait depuis le premier jour un courant de sympathie qui attisait les premières jalousies. Au bourg, on fit vite gorge chaude des gestes inexpérimentés de Colombe, qui fournissait pourtant des efforts monumentaux pour se montrer à la hauteur de son nouveau métier. Elle soignait sa tenue, se faisant une joie de porter le boléro beige au col de dentelle que Garance lui avait offert. Encouragée par sa patronne qui partait du principe que rien n'était jamais trop beau pour satisfaire la clientèle, Colombe se mettait au diapason de l'univers subtil des velours, des soies, des cuirs glacés et des pelages irisés. Ce luxe lui était doux comparé au pensum du comptage des points et autres tribulations qu'elle avait endurées chez la dentellière. Elle croyait même avoir entrevu le paradis sous la magie des senteurs fleuries du pot-pourri que Violette avait choisi pour embaumer sa boutique. Pour son plus grand plaisir, la rose dominait, comme dans un jardin somptueux où s'exhalaient des parfums délicieux, ornés du luxe de quelques tentures orientales. On jouait sur l'effet émotionnel ! Le seul regret de Colombe demeurait l'absence de son amie Garance. Cette dernière aurait certainement sacrifié tout ce qu'elle possédait pour être à sa place !

Les voilettes imprimées ou les jerseys caressants, que les épouses de notables s'arrachaient, n'eurent bientôt plus de secret pour la jeune fille. Déballer les gants de suède, de chevreau de leurs précieux étuis, placer les chapeaux sur les formes dans la vitrine devenaient des exercices grisants que Violette avait l'art et la manière d'expliquer. Un apprentissage ne lui avait jamais paru aussi agréable. La dentelle ne constituait en réalité que l'une de ces sublimes garnitures qui trônaient en vedette.

— Tu ne te défends pas si mal ! accordait indulgemment sa patronne en exposant les derniers modèles de bibis ornés de rubans et de fleurs.

Colombe apprit peu à peu à modifier ses manières, à modeler ses gestes avec douceur, à communiquer par un sourire l'enchantement qui se lisait sur son visage.

Bien qu'elle se fît toiser par certaines clientes en raison de son statut enviable ou de ses cheveux roux et de son teint diaphane qui lui conféraient une beauté peu commune, elle n'en arborait pas moins les manières d'une commerçante aimable, toujours prompte à s'informer du bien-être des clientes, par mimétisme avec sa patronne. Cette dernière était d'humeur toujours égale, excepté en présence de la Grousset, en raison de leurs vieilles querelles familiales. Les rancœurs étaient tenaces ! D'ailleurs, même si cette femme ne franchissait jamais le seuil du magasin, cela ne l'empêchait pas de commérer sur le trottoir devant la vitrine ! Aussi, lorsque Colombe surprit d'incendiaires paroles hissées à son encontre par la mère Grousset, elle en fit aussitôt le rapport à Violette.

— Qu'a-t-elle dit exactement ?

— Que l'on connaissait la réputation des Parvery ! Qu'il n'y en avait pas un pour racheter l'autre, rapporta tristement Colombe.

— C'est honteux ! Je ne tolère pas ce comportement. Ce n'est pas la première fois que je subis les sarcasmes de la Grousset. Il faut pourtant voir comment vivent ces gens-là ! Dans la crasse !

— Les miens, soutint Colombe, ils ont fait comme ils ont pu. Ma mère avait parfois tout juste assez de force pour faire la soupe après avoir battu le linge au vieux lavoir, remonté les seaux du puits, surveillé ses fils et nourri ses bêtes, la pauvre femme était pourtant volontaire et courageuse... Elle n'a guère été payée en retour. Ses fils ne sont que des bras cassés !

— Ah ! Ne te tracasse pas, toutes les familles ont compté quelques absents, considéra Violette qui avait sans doute moins connu les topinambours que Colombe. Qu'a-t-elle ajouté d'autre cette bourrique de Grousset ?

— Qu'elle préférait qu'on lui passe sur le corps plutôt que d'entrer dans votre magasin !

— Eh bien, qu'elle se rassure, on ne veut pas d'elle, d'ailleurs promets-moi de ne jamais la laisser franchir le seuil de cette porte si je venais à m'absenter, insista la commerçante le regard plein de venin.

— Soyez-en certaine, répondit Colombe qui n'avait toujours pas saisi la raison de cette haine réciproque.

Deux jours plus tard, madame Varet fut frappée d'une terrible migraine qui la cloua au lit, et la jeune Parvery, mise au pied du mur, dut assumer seule les obligations du commerce. À chaque tintement de clochette de la porte, elle éprouvait une peur secrète de ne pas être à la hauteur des exigences de la clientèle. Aussi pour y pallier, s'armait-elle de son plus beau sourire, ce qui lui valut les compliments de la seule cliente qu'elle servit ce matin-là.

Pourtant, après le départ de son acheteuse, Colombe sentit une menace oppressante qui se rapprochait. Était-elle épiée ? Pour en avoir le cœur net, elle observa la rue qui ne désemplissait pas. Les ouvriers juste sortis des usines de tannerie flânaient aux terrasses des bistrots, chahutant les serveuses en tablier blanc, tandis que les paysannes en sabots lui rappelaient ses anciennes habitudes. En prêtant l'oreille, elle aurait pu saisir le sens de leur conversation, mais elle préféra s'attendrir sur un petit garçon bien mis qui transportait une miche de pain bien serrée sous son bras. Rien d'autre à signaler !

Profitant du silence de la boutique endormie, elle se donna des airs de patronne, enfila une paire de gants soyeux. En observant l'image que lui renvoyait le miroir, elle se coiffa d'un chapeau de paille en s'imaginant courir parmi les fleurs des champs à l'arrivée de la belle saison. Ce « péché de coquetterie » dont lui parlait jadis sa mère était bien pardonnable, dès lors que se présentaient à elle d'aussi jolis articles de mode, il eût été un crime de ne pas les essayer !

Elle poursuivit ce jeu jusqu'à ce qu'un souffle inattendu lui frôle le cou. Elle tressaillit et se retourna avec appréhension. Ses yeux inquiets fouillèrent l'alentour avec insistance…

Bien que les couvre-chefs d'aspect singulier eussent aisément fait vagabonder l'esprit, Colombe se rassura, elle se trouvait bien seule dans la boutique de madame Varet.

Sois raisonnable, se sermonna-t-elle lorsque l'effet de honte eut dépassé celui de la stupeur. Depuis quand ton imaginaire te joue-t-il des tours ?

VIII

Sa main flatta l'animal jusqu'à la selle. L'alezan très calme était le préféré d'Anselme. Il l'avait dressé sans cravache, comme le faisait son père lorsque l'homme demeurait dans la force de l'âge. Anselme se hissa sur l'animal, prit appui sur les étriers et initia un petit trot, laissant derrière lui les remparts de Bellac. À l'ombre des sentiers, il longea un ruisseau en direction des parcelles qu'il avait vendues aux Grousset. Les rives avaient été débroussaillées, le vent glissait entre les peupliers dont les troncs luisaient sous la lumière en demi-teinte. Il bifurqua vers un autre chemin, se faufila dans un sous-bois sombre et songea soudain à son père, vétérinaire, à qui il avait succédé quelque temps dans son négoce, avant d'avoir défrayé la chronique sur l'utilisation de produits toxiques provoquant des inflammations gangréneuses à certains troupeaux.

Bien qu'il n'ait jamais été responsable des erreurs de dosage intervenues dans l'élaboration des médicaments destinés à purifier les bêtes, il avait, à son insu, répandu la contagion. L'affaire avait été loin, au point que sa clientèle lui en fit porter le chapeau. Sur le rapport d'un inspecteur général, Anselme avait finalement été suspendu de ses fonctions. Il avait éprouvé de grandes difficultés à traverser cette rude épreuve dont il était resté profondément marqué.

Il surprit soudain un envol d'hirondelles, l'alezan fit alors un écart brusque qui manqua de le flanquer à terre. Reprenant la bride avec fermeté, ses pensées ricochèrent sur un autre souvenir. Il parcourut mentalement chaque détail du jour où son père était rentré de chez l'un de ses clients en cette année 1920. Ce jour-là, alors qu'il n'était pourtant qu'un garçonnet d'une dizaine d'années, Anselme avait détecté une fausse note dans l'attitude du vétérinaire ! Jean-Baptiste Varet avait dû faire vêler l'une des bêtes de l'étable des Parvery à Blond. À l'issue de cette intervention, cet homme, qui avait toujours été parfaitement maître de lui-même et mesuré en paroles, avait tenu d'étranges propos à peine cohérents, les yeux baignés d'ivresse alors qu'il ne buvait jamais ! Mais le jeune Anselme avait surtout été désemparé en constatant combien les bêtes que son père avait apprivoisées avaient changé de comportement à l'égard du vétérinaire. Elles l'observaient avec défiance, jusqu'à ses propres chevaux qui ne le laissaient plus approcher. Ce père, qui avait toujours été préoccupé du bonheur des siens, commença à devenir prisonnier de lui-même, distant, interprétant le moindre événement comme une menace. Plus il éprouvait du mal à faire face à ses propres démons, plus il devenait autoritaire. Plus tard, lorsqu'Anselme fut reçu à son tour médecin vétérinaire, Jean-Baptiste en fit peu de cas, le tachant même par son silence au moment où il avait eu à souffrir de cette grave crise professionnelle. De ce jour, Jean-Baptiste devint un autre homme qui ne réussit jamais vraiment à émerger de ce gouffre.

Lorsqu'Anselme voulut arrêter sa monture, l'alezan effectua un demi-tour. Il eut juste le temps de se laisser glisser à terre avant que l'animal ne se cabre, projetant de la terre dans sa ruade. Le cavalier ne comprenait pas la raison de ce revirement. Le calme apparent ne laissait pourtant sous-entendre aucun danger. L'odeur des prairies à présent gorgées de soleil se mêlait à celle des bêtes. Il caressa la crinière fine et abondante afin d'aider le cheval à libérer sa peur primaire.

— Là... Calme-toi, dit-il en effectuant des gestes instinctifs.

Un frisson parcourut Anselme. Même s'il avait été contraint d'abandonner sa clientèle, il s'y était résigné avec le temps, accusant parfois le destin ou la malchance, c'était selon. Des liens l'unissaient toujours profondément aux animaux, et c'était toujours avec une pointe de nostalgie qu'il arborait ses bottes et canadienne à la saison du poulinage. Couché dans la paille, sous la jument, il avait si souvent accompagné les efforts expulsifs de l'animal, que ce contact physique n'avait jamais cessé de lui coller à la peau. Il ne s'était jamais senti aussi épuisé et heureux qu'en donnant la vie. Il gardait de ces interventions le souvenir ému d'actes héroïques. Maintes fois, à l'instar de son père, il s'était rendu à pied dans des fermes isolées accessibles par des chemins défoncés afin d'intervenir pour des luxations d'épaules, courantes chez les bovins, mettant à contribution son habileté manuelle. Ses diagnostics émérites lui avaient toujours permis d'ajuster la dose thérapeutique au poids de l'animal jusqu'à cette soirée fatale qu'il s'obstinait à vouloir chasser de sa mémoire.

Il avait appris avec satisfaction que les coupables de ces erreurs médicamenteuses avaient finalement été punis par la loi, mais pour lui, le mal irréparable était fait, sa carrière avortée. Anselme ne se voyait guère passer sa vie à rétablir son image.

Le ciel s'était chargé de nuages, donnant au bleu cette pâleur fragile. Ses douleurs dorsales vinrent le titiller, comme à chaque fois que le passé revenait au triple galop. Il longea les champs moissonnés où les belles bottes régulières auraient tout à craindre de l'averse. Anselme, en revanche, aimait cette pluie d'été. Il parcourut presque les yeux fermés les chemins qui le séparaient de l'étang tant ils lui étaient familiers, guettant la fraîcheur des premières gouttes. Combien de fois, enfant, avait-il atteint ses abords silencieux afin de se précipiter heureux, dans la petite cabane pour préparer les lignes ? Un envol de canards agita les eaux dormantes et soudain, un fait précis lui revint en mémoire… Quand il laissait vagabonder ses pensées, elles le ramenaient toujours vers ce spectacle auquel il avait assisté ce matin-là alors qu'il était décidé à taquiner la carpe et le brochet. La scène s'était déroulée moins d'une semaine après ce fameux jour où Jean-Baptiste avait soigné les bêtes des Parvery. Anselme avait été le premier surpris d'apercevoir son père, qui se tenait sur la rive de l'étang, à demi dissimulé dans les roseaux. Lui qui d'ordinaire, appelé par ses obligations professionnelles, se consacrait exclusivement à ses clients, s'était donc curieusement libéré pour se consacrer à son loisir favori : la pêche. Pourtant, à mieux l'observer, le fils avait vite constaté qu'il était venu pour une tout autre raison. Il effectuait des gestes incantatoires, les paumes ouvertes vers le ciel tel un sorcier chaman sous le mugissement des veaux du pré voisin. Comme il professait d'une voix rauque, méconnaissable, des formules des plus étranges, Anselme décida de se camoufler derrière les branches d'un vieil arbre à terre afin de poursuivre son observation. De là, il avait assisté à la scène, éberlué, avant de distinguer, à la surface des eaux sombres, des remous qui se formaient, tandis que de plus belle, s'exhumaient de la bouche de son père des formules magiques. Sous quelle emprise était-il ? En proie à une étrange nervosité, Anselme dut en venir à une conclusion qui l'avait déstabilisé : son père était victime d'un envoûtement. Immobilisé, le souffle coupé, il avait essayé de comprendre l'inexplicable, alors qu'il montait des eaux une sorte de lueur tandis que le vent inclinait les roseaux. Le jeune homme s'était alors senti incapable de quitter sa cachette. Il avait attendu que prenne fin cet acte de sorcellerie. Quelle pouvait être la motivation du vétérinaire ? Autour d'Anselme, tout un monde s'était écroulé, celui d'une cellule familiale solide et responsable où il avait grandi. S'il s'imaginait tenu de garder le silence sur le spectacle auquel il avait assisté, il n'en était pas moins resté bouleversé. La douleur fut sourde, elle le resta, car il n'avait voulu contrarier personne. Jamais il n'aurait osé affronter les réactions relatives à ce sujet tabou, aussi garda-t-il ce fardeau sur le cœur jusqu'à la mort de son père.

Si d'aucuns avaient songé qu'Anselme avait vendu ses parcelles près des étangs pour arriver à un compromis avec les Grousset, la réalité n'était pas tout à fait celle-ci. La principale motivation du fils consistait à se défaire sans tarder de ces hectares chargés de maléfices, car, comme le prônaient les initiés, les miroirs d'eau étaient souvent des lieux hantés de sorcellerie. Cette vente se solda finalement à l'avantage des Varet qui firent peu après l'acquisition de la chapellerie de Violette.

Tout en se rapprochant de l'espace marécageux, il s'orienta vers cette cabane qu'il n'avait plus jamais fréquentée depuis son adolescence. Protégé par ses guêtres, il se fraya un passage dans les hautes herbes. Au milieu d'une jungle d'orties et de broussailles, la baraque l'attirait comme un aimant. Les volets n'avaient pas été repeints, ils pendaient sur leurs gonds. Anselme, envahi d'une étrange sensation, laissa les lourdes gouttes de pluie s'écraser sur sa chemise, tandis qu'une chaleur humide se répandit dans l'atmosphère. Il s'approcha, essuya le carreau poussiéreux de la fenêtre à l'aide de son mouchoir et reconnut à l'intérieur, pêle-mêle, de vieilles cannes à pêche, des épuisettes ainsi que plusieurs musettes, de celles qui accueillaient jadis casse-croûte et chopine pour la journée de pêche. Il comprenait que rien n'avait changé, jusqu'au décor inaltérable.

Assise sur le banc de pierre, auprès des dahlias et des reines-marguerites où tournoyaient les hannetons, Violette, vêtue d'une blouse, s'accordait une pause en admirant les plates-bandes d'aromates, d'ail et d'échalotes de son jardin, débarrassées de leurs herbes folles. À l'aide de sa binette, elle avait réalisé du beau travail. Ce violon d'Ingres, qu'elle tenait de ses jeunes années, n'avait pas manqué d'amuser son époux, les premiers temps de leur mariage. Elle aimait le contact avec la terre, son odeur forte, mais encore fallait-il que cela ne dure pas trop longtemps !

Violette reconnut le trot du cheval d'Anselme au son régulier des sabots qui se rapprochait.

— Je m'inquiétais pour toi ! lança-t-elle à son époux qui avait fière allure lorsqu'il immobilisa l'alezan à sa hauteur.

— Mais enfin c'est ridicule ! Ce cheval doit caracoler tant qu'il peut, et tu le sais bien, dit-il en flattant l'encolure de l'animal. Colombe est-elle restée seule au magasin pendant tout ce temps ?

— Je ne suis pas soucieuse pour Colombe. Elle est plus douée que toutes les filles de son âge réunies. J'aimerais pouvoir déployer autant d'énergie qu'elle en est capable.

Il faillit ajouter que c'était une question d'âge, mais il préféra se taire, percevant que sa femme se sentait comme lui, d'humeur acariâtre.

Même le cheval, qui sentait venir la fin de la balade, piaffait d'une curieuse impatience. Anselme le tint par le licol afin de le mener à l'écurie. La petite averse orageuse s'était dissipée, laissant place à un soleil franc, incitant le cavalier à faire quelques pas au-dehors de sa propriété. Il reconnut le grincement des bicyclettes, supposa qu'il s'agissait de celles des ouvriers débauchant de la tannerie, ce qui lui indiqua l'heure approximative. En longeant la rue de l'église, il salua le forgeron occupé à changer le soc d'une herse et c'est un peu plus haut qu'il vit des écharpes de fumée noire s'élever vers le ciel. Préoccupé, il se hâta de rallier les rues centrales, et constata avec stupeur que l'odeur devenait âcre au fur et à mesure que sa vision se troublait. Il accéléra encore le pas, croisa des visages à l'expression inquiète sans avoir la présence d'esprit de s'enquérir de ce qu'il se passait en ville. Lorsqu'il parvint aux alentours du *Parfum de Violette*, son cœur ne fit qu'un bond et ses craintes se confirmèrent. Les pompiers à pied d'œuvre avaient lutté sans relâche contre les flammes dévastatrices dont ils étaient finalement venus à bout. L'orage de feu était passé !

— Mon pauvre monsieur, quel drame ! dit une voix qui se voulait rassurante, tandis que quelques badauds s'étaient amassés près du *Café du commerce*.

D'autres paroles de réconfort s'enchaînèrent alors qu'Anselme, interloqué, suivait les manœuvres tout en évaluant l'étendue des dégâts. Il serra les dents et se mit à tousser sous cette odeur piquante.

— Mon Dieu Colombe ! s'écria-t-il décomposé, les yeux pleins de larmes, comme s'il revenait soudain à la raison.

Aveuglé par la fumée, il chercha désespérément la jeune fille parmi la foule.

— Avez-vous vu notre jeune employée ? demanda-t-il à un voisin qui évoquait déjà un probable incendie criminel.

— Mademoiselle Colombe a été exfiltrée, elle s'est réfugiée au café !

En état de choc, recroquevillée sur une chaise tel un animal craintif, Colombe fut incapable d'articuler une seule parole à l'arrivée d'Anselme. Ses yeux apeurés refusaient le regard de son protecteur, tandis qu'un inconnu à l'habit noirci par la fumée s'imposa au-devant de la scène :

— C'est moi qui ai aidé cette jeune fille à s'arracher des flammes ! dit-il dans une expression d'effroi. Je m'appelle Pablo Herrero.

— Merci jeune homme, dit Anselme d'une voix toute paternelle avant de s'enquérir de l'origine de l'incendie.

— Je suis simplement arrivé à temps ! précisa celui qui parlait français avec quelques difficultés. Au moment où les pompiers sont intervenus, elle se trouvait déjà hors de danger. Les trois *golfos*[1] avaient levé le camp !

— Vous voulez dire qu'elle n'était pas seule dans le magasin ?

— Non, elle se débattait contre trois *golfos*, mais j'aimerais qu'elle puisse vous en dire davantage sur les faits.

— Les voyous vous voulez dire ? C'est bien ça ? Ce sont donc ces individus qui auraient mis le feu au magasin de ma femme ?

— J'ignorais que vous étiez le propriétaire ! Pardonnez-moi, je ne suis que depuis peu installé à Bellac, poursuivit l'étranger. Excusez mon mauvais parler. Vous savez, le mal était hélas déjà fait lorsque

1. *Voyous (en espagnol).*

j'ai vu cette jeune fille qui hurlait en cherchant à se frayer un chemin dans cet enfer.

Anselme était en train de se faire tout haut la réflexion de savoir comment un tel drame avait pu se produire que Colombe, revenue de l'enfer, intervint peu après :

— C'est Marceau ! Je l'ai vu ! avoua-t-elle sans laisser planer l'ombre d'un doute.

— Ton frère ! déplora Anselme en lui attrapant la main qu'il serra fort dans la sienne.

Elle opina.

— Et maintenant, que va-t-il se passer ?

— Si tu t'en sens capable, j'aimerais que tu me racontes le déroulement des faits.

— Oui, dit-elle, parvenant à peine à dissimuler l'horreur que lui inspirait cet aveu. Marceau et deux autres types que je ne connaissais pas se sont introduits dans le magasin. Mon frère m'a tournée en dérision avant de semer la pagaille en clamant qu'il voulait se venger. Il a fait allusion à la vente de la ferme, tandis que les soudards malmenaient les chapeaux et les gants, saccageant les matières avec un malin plaisir. Le plus laid ricanait en observant Marceau jouer avec son briquet. Ce dernier prétendait qu'il allait bien s'amuser avec ces tissus inflammables. J'ai voulu hurler, hoqueta Colombe, mais l'un des types, qui avait mis à sac le magasin, m'a plaqué sa main sur la bouche pour me faire taire. Je me suis débattue.

Émue, Colombe pleurait, ne sachant plus comment ce garçon, qui se tenait à présent à ses côtés, l'avait exfiltrée de cet enfer. Tout s'était bousculé, elle avait eu si peur que son cerveau refusait de se souvenir des gestes qui s'étaient enchaînés en une fraction de seconde.

Anselme la réconforta de son mieux. Après sa déposition chez les gendarmes, Colombe n'avait plus la force de marcher, les sangs rongés à l'idée de devoir affronter Violette pour lui annoncer la nouvelle. Contre toute attente, madame Varet, bien qu'effondrée par la nouvelle, eut une réaction pour le moins surprenante.

— Je ne peux m'en prendre qu'à moi-même ! C'était irresponsable de ma part de t'avoir laissée seule Colombe. Je me demande où j'ai eu la tête ! Mon manque de vigilance n'aura pas échappé à ces voyous. Sans doute, Marceau a-t-il épié les alentours du magasin, à l'instar d'un animal guettant sa proie, car c'est bien de cela dont il s'agit, n'est-ce pas Anselme ?

— Je ne vois pas d'autre explication.

— Ont-ils au moins été arrêtés ?

— Hélas non, ils sont en fuite, précisa Colombe, mortifiée par la culpabilité.

Ce ne fut que lorsqu'elle constata de ses propres yeux que le *Parfum de Violette* qui avait fait toute sa fierté n'était plus qu'un champ de ruines envahi par les cendres, que le visage de Violette se liquéfia. Son trône social s'écroulait. C'était un véritable coup de grâce. Elle n'entendit aucun des mots de réconfort glissés à son attention. Heureusement que le bras de son époux lui évita de s'effondrer.

La scène se déroula en présence d'un journaliste du *Courrier du centre* qui, un peu trop zélé, se fit rabrouer par Anselme qui ne disposait d'aucune précision à lui apporter sur le déroulement des faits.

Colombe, quant à elle, se fit également intercepter par la presse mais elle refusa de se livrer à la meute, au demeurant bien informée : « *Mademoiselle Parvery, il semblerait que votre frère soit responsable de l'incendie...* »

— Je ne ferai aucune déclaration, laissez-moi tranquille !

Dans ce brouhaha général, elle se hâta de descendre la rue du Coq, avec cet impérieux besoin de se confier en toute sincérité à Garance, sa seule amie.

— Ça pour une tuile ! C'en est une ! reconnut la brunette en préparant une collation de rillettes et de saucisson pour Colombe qui n'avait pas même pris le temps de dîner. Forcément, cela ne va pas améliorer tes rapports avec les Varet. Comment ont-ils réagi ?

— Ils sont bien conscients que je n'y suis pour rien, mais je t'avoue que j'ai beaucoup de mal à regarder madame Violette en face. C'est stupide mais je ne peux m'empêcher de ressentir un peu de culpabilité, c'est bien mon frère qui est la cause de leur malheur.

— Enfin ma pauvre petite, tu ne vas pas te rendre coupable de la perfidie de Marceau !

— En attendant, la boutique se tenait tout de même sous ma responsabilité lorsque le drame est arrivé. Et dans des moments pareils, mon petit doigt me dit que les conseils de Silvère me seront utiles. Sa sagesse et son intuition peuvent me rendre service. Je dois me rendre à Fontgombault.

— Méfie-toi cependant que les Varet n'interprètent pas ce déplacement à mauvais escient. Ils pourraient s'imaginer que tu cherches à les fuir. Monsieur Anselme reste ton tuteur, car ne t'en déplaise, tu n'as pas encore l'âge requis pour faire ce que bon te semble.

— Merci de me le faire remarquer ! Je reconnais toutefois que tu as raison, je dois me montrer digne de leur confiance, mais vois-tu, j'ai besoin d'air…

C'était surprenant de voir combien Colombe se comportait déjà comme une petite femme. Bien que son aspect physique fût encore enfantin, sa maturité avait franchi une étape supplémentaire depuis qu'elle vivait à Bellac. Elle comprenait et anticipait les situations comme si elle avait eu cinq ans de plus. Du reste Garance, de deux ans son aînée, la considérait comme son égale.

Ce n'était pas la première fois que Colombe prenait conscience de la complexité des rapports humains, mais elle se sentait de nouveau trahie et humiliée par ce frère qui ne lui apportait que déshonneur. Non seulement il l'accablait de honte, mais elle devait surmonter une culpabilité qui, bien que n'ayant eu aucune raison d'être, perdurait. Elle avait beau savoir que les Varet ne lui tiendraient pas personnellement rigueur du drame qui venait de se dérouler, cela n'empêchait pas son malaise de croître. Cet effroyable cataclysme lui fit passer une nuit blanche, si bien qu'au petit matin, elle quitta aux aurores la maison de Garance pour prendre le premier car qui lui permettrait d'atteindre le séminaire de Fontgombault où elle parlerait à Silvère.

IX

À L'ISSUE D'UN VOYAGE long et épuisant où elle dut prendre plusieurs correspondances pour Le Blanc et une autre à Saint-Savin-sur-Gartempe afin d'atteindre l'abbaye, Colombe eut le drôle de sentiment de vouloir se rapprocher d'un Dieu auquel elle n'avait jamais cru !

Dans l'odeur humide des pierres de Fontgombault, elle atteignit un large corridor, traversa un cloître avant d'arriver au parloir où le jeune séminariste l'attendait avec une expression détachée.

Bien qu'elle se soit crue dans un lieu hors du temps, elle n'en exposa pas moins rapidement à Silvère les raisons de sa visite. En apprenant l'acte désespéré auquel s'était livré son aîné, Silvère hocha discrètement la tête.

— Marceau s'égare… Il nous faut prier contre cette force aveugle qui pousse les êtres les uns contre les autres ! confessa-t-il avant de se retirer en lui-même.

— Tout de même, c'est notre frère ! rectifia Colombe qui gardait malgré tout le sens de la famille, alors que Silvère s'éloignait toujours davantage.

— Comment te le dire, Colombe, j'aurais sans doute dû t'en parler plus tôt, mais nous avions déjà suffisamment souffert et j'estimais que tu étais encore trop jeune pour entendre ce genre de considération.

À cet instant, elle fut rassurée sur le sens de sa visite. Elle avait eu raison de se fier à son intuition, Silvère avait effectivement une révélation à lui faire.

— Parle, je t'en prie.

— Notre curé de Blond m'a fait quelques confidences au sujet du père de monsieur Varet, vétérinaire à Bellac. Peut-être l'ignores-tu, mais du temps où ce dernier exerçait ses fonctions, il venait soigner nos bêtes à la ferme. Un soir à l'heure du souper, alerté par des mugissements anormaux, notre père s'est déplacé auprès de son troupeau et a constaté qu'une vache était à terre, sans vie. Il fouilla l'alentour mais ne remarqua rien de suspect hormis des oiseaux étranges qui survolaient le périmètre. Le reste du troupeau semblait devenu fou. Étant donné qu'une autre de ses vaches était sur le point de vêler, il fit appel à Jean-Baptiste Varet. Ce dernier constata que la bête à terre avait été empoisonnée. Puis, le vétérinaire s'approcha de la vache prête à mettre bas, et c'est alors qu'il reçut un coup de sabot à deux doigts de l'envoyer *ad patres*. Une sorte de panique monta, notre père appela du secours, et lorsque le vétérinaire eut recouvré ses facultés, il conseilla de désinfecter l'étable. À l'issue de cette affaire, le père Varet fut totalement chamboulé. Tous ceux qui l'avaient connu auparavant dirent que ce n'était plus le même homme.

— Mais, c'est de la sorcellerie ! intervint Colombe.

— Ce que je veux dire, c'est qu'Anselme Varet est forcément au courant de cette histoire.

— Je ne suis pas dans la confidence...

— Peut-être en a-t-il honte ? Ce genre de phénomène n'est guère avouable, d'autant plus que par la suite, son père fut accusé de propager le mal.

— Et pourquoi ne m'en as-tu jamais parlé ?

— Afin de te tenir à l'écart de la pensée nuisible, car évoquer le malin envenime le mal, et il faut savoir que les animaux peuvent également propager le malheur s'ils ont été touchés. Toutefois, en raison de l'événement que tu viens de me relater et le lien que tu entretiens avec les Varet, j'estime que je ne pouvais te cacher cette histoire plus longtemps.

— Cela me bouleverse, d'autant plus que notre père fut tout autant concerné par ces affaires de sorcellerie que ne l'a été le vétérinaire... Si je comprends bien, murmura Colombe pensive.

Silvère ne répondit pas.

— Si tu prenais la liberté de me faire une seule recommandation, quelle serait-elle ?

— Je pense que le mieux serait que tu prennes du recul dans ta relation avec les Varet, trancha Silvère sans considérer l'affection de Colombe pour ses amis. Marceau a-t-il été arrêté ?

— Non tu penses bien, sinon je te l'aurais dit. J'ai tellement honte de lui, que je voudrais battre en retraite, mais pour aller où ? Rends-toi compte que je n'ai nulle part où aller, Silvère... Nous n'avons pourtant pas mérité ça !

— Courage ma sœur ! Et évite de considérer que l'existence tourne autour des Varet !

— J'ignore si tu réalises à quel point je leur dois mon émancipation ! Au contact d'Anselme, je reçois un enseignement digne de celui d'un précepteur ! conclut la jeune fille en songeant que personne sur cette Terre ne s'était montré aussi généreux envers elle.

Encore une fois, elle s'estima un peu contrariée de devoir se faire seule sa propre opinion. Peut-être en demandait-elle trop à Silvère, qui vivait intégré à ce décor austère et disproportionné, à l'abri de toute agression.

— Monsieur Anselme est un puits de science. Il m'éveille sur les réalités de ce monde. Remarque peut-être vaudrait-il mieux ne pas comprendre que la puissante machine de guerre est de nouveau en marche ?

— Ne dis pas ça malheureuse ! C'est donc ton protecteur qui te met de telles idées en tête ?

Le silence retomba. La Grande Guerre avait laissé trop de séquelles dans les cœurs. Le jeune Silvère demeurait un être sensible qui avait vu son père s'échiner sur une terre ingrate avec le peu de force qui lui restait après s'être battu au front.

Chamboulée, Colombe quitta le séminaire, en ayant eu le sentiment de participer à un dialogue de sourds avec Silvère. Rien n'avait changé ! Éblouie par la lumière, les yeux dans le vague, elle était pourtant bien consciente de devoir se plier aux caprices d'un destin bien plus fort qu'elle…

Le voyage retour en car lui fit découvrir des paysages forestiers, une halte sous l'odeur forte des blés, puis, en arrivant dans la Basse Marche, la surprise d'apercevoir les bergères occupées à maintenir les moutons couchés sur le flanc pour procéder à la tonte. Habituellement, la coupe de la toison se réalisait aux ciseaux et au printemps ! Or cette année, la saison avait été détestable et les beaux jours étaient apparus comme des retardataires, aussi Colombe se réappropria-t-elle le souvenir de ces rituels où les poignées de laine placées dans des panières et transportées au lavoir seraient débarrassées de leurs odeurs de suint. Tandis que les moutons iraient nus, leurs « manteaux » une fois séchés feraient le bonheur des fileuses à la quenouille travaillant sans répit les écheveaux de cette laine caressante dont la sensation lui était si familière. Le métier de dentellière avait finalement succédé de manière légitime à cette tradition de fileuse, véhiculée de mère en fille. Elle eut soudain à l'esprit la voix réprobatrice de Silvère au sujet de cette affaire d'envoûtement qui aurait pu avoir tant de conséquences sur l'entourage des familles. Bien qu'il y ait eu de quoi éveiller l'inquiétude, elle n'avait pas l'intention d'encourager ces croyances. Quand elle parvint à s'éloigner de cette pensée, le car arrivait déjà à Bellac. Le soleil faisait encore scintiller les feuillages. Colombe supposa que son amie Garance avait dû la chercher, puis interpréter ce départ comme la suite logique de leur conversation de la veille. Toutefois, le soutien de sa camarade ne tarda pas à porter ses fruits une fois encore, puisque le soir même, cette dernière lui apprit qu'Hélène Clément se montrait prête à la réintégrer à l'atelier, et dans de bonnes conditions puisqu'elle serait embauchée, donc, salariée. Elle jouirait du statut moderne du travail, ce, dans le respect des droits acquis par la classe ouvrière un peu partout en France.

Colombe sembla hésiter.

— Tu ne vas pas faire la fine bouche ! L'action et les *desiderata* du front populaire sont déjà mis en pratique chez madame Clément, conclut Garance, qui connaissait les nouvelles lois des conventions collectives qui passaient par la réglementation du droit de grève et l'obtention de la semaine de congés payés.

Ce ne fut pourtant pas de gaieté de cœur que Colombe accepta de se soumettre aux ordres de son ancienne patronne, mais elle avait besoin de travailler et elle reconnut que la période troublée qu'elle traversait ne lui laissait guère le choix. Mineure et sous la tutelle d'Anselme, elle dut faire d'autant plus d'efforts sur elle-même, qu'elle se sentait affaiblie et fragilisée par les révélations qu'elle tenait de Silvère. À sa grande surprise, Hélène se radoucit, ce qui lui laissa penser qu'elle voulait oublier la mauvaise conduite qu'elle avait eue à son égard. Ce n'est pas que madame Clément fit preuve de compassion, mais elle cessa de la tyranniser en considérant Colombe comme une employée qui remplissait correctement sa mission. Non seulement la jeune fille retrouva vite les gestes qu'elle avait appris, mais étant donné qu'elle ne souffrait plus du poids de la maltraitance, elle gagna beaucoup d'assurance, se fiant à son bon sens plutôt qu'à toute autre recommandation. Finalement, elle ne suivit en rien les conseils de son frère et veillait au contraire à ne pas trop espacer ses visites chez les Varet, afin de soutenir au mieux Violette, suite à la perte de sa chapellerie. Ce n'était pas auprès de sa cousine Hélène, égoïste et éternellement pressée, que madame Varet pouvait espérer trouver beaucoup de réconfort.

Toutefois, les visites à Violette n'empêchaient pas Colombe de s'interroger sur la probabilité d'avoir été victime d'un envoûtement. Elle alla d'ailleurs jusqu'à fréquenter l'église aux heures creuses, afin d'y boire de l'eau bénite pour chasser le diable de son corps, car cela faisait partie de ces gestes d'exorciste qui alimentaient les croyances lorsque l'on craignait d'avoir été touché par le mauvais œil.

Comme elle se trouvait un soir sur le parvis dominant la vallée du Vincou, elle aperçut Pablo Herrero qui marchait au-devant d'elle, clignant des yeux, alors que les derniers rayons du soleil teintaient l'horizon de pourpre. Elle n'avait pas revu l'Espagnol depuis le jour de l'incendie. Lorsqu'il fut à sa hauteur, il la salua d'un air jovial qui illumina son visage et donna la force à Colombe de soutenir son regard. La jeune fille se sentit soudain émue. Il prit naturellement de ses nouvelles en affichant un sourire qui fit montre d'une dentition parfaite contrastant sur sa peau burinée par le soleil.

— Tu fréquentes les églises toi ? avisa-t-il une pointe d'ironie dans la voix.

— Non, se défendit Colombe dont la timidité accentuait ses traits enfantins.

Le garçon d'une beauté époustouflante ne ressemblait en rien aux jeunes gens du pays. Sa silhouette musclée et la casquette qui tombait sur ses yeux ténébreux lui donnaient une allure de voyou, alors que dans l'esprit de Colombe résonnait le mot sauveur !

— Où vas-tu comme ça ? poursuivit-il tandis que la jeune fille sentit son embarras monter d'un cran.

— Je rentre chez moi, formula-t-elle, déjà prête à repartir, mais ce fut sans compter sur une pulsion soudaine qui la rapprocha de Pablo pour déposer une bise sur la joue.

Les yeux de Colombe brillaient d'une émotion contenue tandis que le jeune homme resta sans voix.

— C'est pour m'avoir sauvé la vie ! crut-elle bon de préciser avant de prendre ses jambes à son cou.

Pablo Herrero observa la jeune fille s'éloigner, puis il resta un long moment à contempler les jeux raffinés de l'eau de la rivière en contrebas derrière l'alignement des arbres sombres. Plus tard, tout en allumant une cigarette, il prit la direction de la ferme des Sureix, où il vivait avec ses parents, depuis leur arrivée au pays. Depuis la montée du franquisme, ces exilés d'Espagne avaient dû, à l'instar de centaines de leurs compatriotes, abandonner leurs biens pour fuir le monde sanglant qui opposait les nationalistes aux républicains. Chez eux, la révolution avait pris un caractère chronique en signant le coup de grâce de la démolition du gouvernement sous les incendies et les persécutions. La famille, qui avait fait ce choix crucial de tout quitter, vivait un peu en marge, ce qui n'empêchait pas Pablo de goûter ardemment sa liberté retrouvée.

De son côté, Colombe, au cours d'un thé dominical où elle avait été invitée chez les Varet en compagnie de sa patronne madame Clément, ne tarda pas à en apprendre un peu plus long sur la situation politique de l'Espagne.

Anselme semblait d'autant plus troublé par cette guerre civile que les mauvaises nouvelles continuaient de déferler. Selon lui, il suffisait que les soutiens étrangers s'ingèrent dans les affaires espagnoles prenant part pour le marxisme ou pour le nationalisme, et le péril menacerait bien au-delà des frontières ibériques !

Bien que navrée par tout ce qu'elle entendait, la jeune fille buvait ses paroles, d'autant plus qu'elle pensait à ce que Pablo pouvait ressentir dans de tels moments…

Chacun y allait de son commentaire, et grande fut la surprise de Colombe, lorsque sa patronne ajouta :

— L'Espagne court au suicide, il paraît qu'elle est entrée dans un sommeil de mort, les villes sont désertes, les fenêtres sont pavoisées de drapeaux rouges et d'enseignes soviétiques, les chantiers sont arrêtés. Seules les casernes fonctionnent !

— De qui tenez-vous ces informations ? s'enquit Violette.

Hélène sembla presque confuse d'avouer qu'elle tenait ces nouvelles de Pablo Herrero qui les avait obtenues de l'un de ses amis encore à Tolède.

— Il faut croire que les Herrero ont eu beaucoup de flair en quittant l'Espagne à temps ! ajouta Anselme.

— Je vais peut-être vous faire sourire, mais Juanita, la mère de Pablo, a soi-disant vu dans le marc de café le début du soulèvement en juillet 1936. Elle a perçu un indice qui ressemblait à l'annonce des hostilités par Franco, poursuivit Hélène en replaçant son châle en dentelle noire derrière son épaule.

— Non !

— Comme je vous le dis ! Il paraît qu'elle s'est écriée : « Sanguinaire ! La guerre sera partout, dans la cohue, les fusillades éclateront en ville, personne ne pourra rétablir l'ordre. » Et c'est exactement ce qui se passe ! Combien de ces familles veulent à tout prix connaître le sort d'un père ou d'un mari enrôlé dans la milice ? On ne le saura jamais !

— Tout cela nous rappelle de bien tristes souvenirs, rétorqua Anselme qui gardait en mémoire les récits des terribles batailles de la Grande Guerre.

Colombe était d'autant plus surprise de voir que Pablo s'était confié à Hélène alors qu'elle avait imaginé ce garçon réservé. Un frisson de jalousie lui vrilla l'estomac et grâce à Violette, piquée de curiosité, elle put en savoir davantage sur lui et sa famille.

— Quand ils ont fui Tolède, alors que l'armée nationaliste commençait son avancée, certains autochtones se sont réfugiés dans des souterrains de l'Alcazar où des réserves avaient été constituées… Mais les Herrero ont préféré l'exil, c'est courageux de tout laisser derrière soi pour sauver une famille. Vous ne trouvez pas ?

— Les Herrero sont des gens combatifs et discrets avec ça ! ajouta Anselme.

— Les contingents de réfugiés étaient évidemment nombreux lorsqu'ils sont arrivés d'Espagne et pour décongestionner les départements limitrophes, on a orienté certains groupes vers Poitiers…

Six cents me semble-t-il. Ils ont reçu des soins de la part des comités de secours, et c'est ainsi que le père et le fils se sont fait embaucher chez les Sureix dès leur arrivée à Bellac.

— Vous les connaissez donc bien, ma cousine ?

— En tous les cas, trancha Varet sans même attendre la réponse d'Hélène, ce Pablo qui a porté secours à Colombe le jour de l'incendie, n'a pas hésité à prendre des risques…

Colombe ne pipait mot de peur de trahir ce qu'elle ressentait. Elle se tenait assise toute droite, curieuse de chaque détail. Pour une fois, Hélène avait abandonné son côté guindé pour se livrer un peu plus librement. Il était d'ailleurs curieux de constater combien elle semblait sensible à la posture des Herrero, alors que son cœur dur et autoritaire ne laissait d'ordinaire apparaître aucune compassion pour qui que ce fût.

Anselme, quant à lui, redoublait d'attention pour la jeune fille. Il n'eut d'ailleurs pas besoin de la prendre à part pour s'assurer que les esprits s'étaient apaisés dans l'atelier de madame Clément. À la manière dont Hélène avait pris la défense de Colombe au fil de l'après-midi, il considéra que son indifférence dédaigneuse semblait enfin dissipée. Personne n'osa revenir sur le terrible incendie, comme si le mot d'ordre avait été donné de ne pas en parler. On cessa également de deviser sur les Espagnols, mais Colombe trouvait tout de même étrange qu'Hélène fût aussi bien informée du sort des Herrero. C'était d'autant plus surprenant que son caractère hautain eût pu la faire réagir avec mépris à l'endroit de ces exilés.

Bien que frileuse sur les bonnes dispositions qu'Hélène prenait à son égard, et consciente qu'il perdurait une froideur dans son regard, Colombe considéra son attitude avec soulagement. Mieux valait vivre dans la paix des esprits !

Chacun apprécia l'onctueux clafoutis qui fondait dans la bouche, et ce dans le silence de l'activation des mâchoires, au moment où un choc violent s'abattit sur le carreau de la grande fenêtre du petit salon. Tous quatre s'observèrent consternés.

— Vous avez vu quelque chose ? s'écria Violette en bondissant du fauteuil, tandis qu'Anselme essayait de détecter l'impact du choc sur le carreau.

— Cela ne peut être qu'un oiseau, rassura Hélène.

Ils se rendirent tous au jardin où une poule noire de taille moyenne avait, dans sa chute, écrasé plusieurs lys.

— Mon Dieu ! Mais elle est égorgée ! constata Colombe.

Anselme n'hésita pas à l'embrocher au bout d'un bâton aiguisé qu'il brandit pour dénoncer l'infamie de l'acte.

— C'est franchement dégoûtant ! Je me demande qui peut être l'auteur de ce genre de blague de mauvais goût, s'insurgea Hélène.

— Si je tenais la pourriture qui a lancé cette bestiole, il aurait de mes nouvelles, répliqua Anselme en observant le cadavre aux plumes noires encore luisantes.

— La poule noire est souvent utilisée dans le travail occulte des sorciers, conclut Violette sous l'œil effrayé de Colombe, tandis qu'Anselme emportait le volatile jusqu'au tas de fumier, l'air consterné.

— Un tel acte ne peut être que prémédité, assura Hélène.

Colombe fut tout à coup prise de frissons. Lui revinrent en mémoire non seulement les poncifs de sa mère qui prétendait que certains cadavres d'animaux sont utilisés pour nuire aux humains par les sorciers, mais plus particulièrement cette croyance qui circulait sur les poules noires. Elle fit aussitôt le rapprochement avec la nuit de pleine lune qu'ils venaient de traverser. Son sang ne fit qu'un tour. La pratique de sorcellerie décrétait que pour exercer son maléfice, le sorcier devait se rendre à un carrefour où quatre chemins forestiers aboutissaient afin d'y tracer un cercle. Le sang de la poule noire égorgée y était répandu tandis que le mage prononçait ses souhaits en invoquant le diable afin qu'il se présente à lui et que le pacte s'établisse.

— Colombe ! fit Violette qui devinait ses pensées alors que la crainte s'affichait sur le visage de la jeune fille… Ne te rends pas malade pour toutes ces choses qui n'en valent pas la peine ! Tu es tendue comme un arc !

Violette avait les nerfs solides. Elle se comportait comme si la naïveté de Colombe fut à deux doigts de la faire sourire. La jeune fille se demanda où elle puisait la force d'aborder les incidents du quotidien avec autant de détachement. La menace des ondes maléfiques demeurait pourtant bien présente, mais cela ne semblait pas lui procurer la moindre contrariété, sans doute était-ce une manière de sauver la face ?

L'épouse d'Anselme l'impressionnait en ce sens qu'elle renversait ses certitudes. Elle exerçait d'ailleurs sur Hélène un ascendant positif qui l'avait adoucie, et incitée à pondérer ses élans. D'ailleurs cette dernière la prit à son tour par l'épaule en constatant son malaise devant cette vision maléfique de la poule noire.

— Viens, ne restons pas là, il ne faut pas non plus écouter toutes les sornettes que l'on raconte, il est probable que les garnements s'amusent… Un point c'est tout, avisa-t-elle d'un ton désinvolte.

Le charme et la gaieté de la réunion furent pourtant rompus en raison de cette arrière-pensée que personne n'osait avouer : le magasin incendié et à présent ce volatile égorgé devant leur fenêtre… Marceau et ses complices étaient-ils à l'origine de cet acte dégoûtant ? La question planait forcément dans tous les esprits.

De nouveau au salon, Colombe ne put terminer sa part du succulent clafoutis confectionné par Violette. Elle étouffait, prisonnière d'un sentiment de culpabilité qu'elle semblait incapable d'éradiquer. Pourquoi les Varet se comportaient-ils si gentiment avec elle ? Après tout, elle ne représentait rien pour eux ! Elle finissait par penser que les conséquences de la vente de cette ferme s'avéraient dramatiques, car ils n'essuyaient que des déboires depuis que cette décision avait été prise. Sans doute taisaient-ils leur ressenti par accès de pudeur ?

Anselme était finalement le seul à ne pas dissimuler sa contrariété, qui s'envenima vite en colère.

— Il est temps de coincer Marceau, la provocation a assez duré ! Nous avons vraiment affaire à un enragé ! maugréa-t-il.

Colombe, qui connaissait bien l'insolence de son frère, songea qu'ils avaient vraiment manqué de prudence, mais ce n'était certes pas le moment de le faire remarquer.

— Ne me dis pas que c'est cette poule noire échouée sur notre carreau qui t'amène vers cette considération ! énonça Violette soudain agacée.

— Ce ne sont pas ces boniments répandus sur les nuits de pleine lune, et autres histoires de sorciers immolant les poules noires qui m'affolent ! Soyons sérieux. Toutefois, nous n'allons pas subir indéfiniment les manipulations de cet abruti !

— Si c'est bien de lui qu'il s'agit ! intervint Hélène.

— Mais évidemment, de qui voulez-vous que cela provienne ? rétorqua Anselme dans un haussement d'épaules.

— Vous ne m'enlèverez pas de l'esprit qu'il est tout de même curieux que Marceau revienne sur le lieu de son crime, d'autant plus qu'il fait l'objet d'un avis de recherche, statua Violette.

— Marceau nargue son monde, c'est une ombre au tableau des Parvery, soupira Colombe la mine déconfite, en ayant bien du mal à camoufler sa honte, cela ne peut être que lui et il n'est pas impossible qu'à l'heure actuelle, il s'amuse de notre contrariété, une manière de poursuivre sa vengeance…

X

De l'aiguille que l'on voyait à peine courir dans les mains de Garance, Colombe en paraissait toujours étonnée et admirative. Elle ne posséderait jamais ce talent, mais son assiduité avait toutefois payé. Elle piquait sa dentelle en discernant les points d'appui, fichant ses épingles dans le vélin placé en dessous de l'ouvrage. Puis, elle mettait les points au fuseau au service de son imagination, de son goût, et de ce point de vue-là, elle n'était pas en reste !

Du temps de son apprentissage, elle se contentait de remplir les dessins donnés sur le vélin. À présent, ses rudiments de connaissance de l'art lui permettaient d'affiner l'ouvrage au point de le personnaliser. Elle ne voyait plus les heures passer. Outre le point long et « la bouclure », elle se permettait certaines fantaisies, des points mode où elle jetait sur le réseau des fils de lin en croix, elle se surprenait parfois de sa dextérité, mais sa préférence s'orientait toutefois vers la réalisation du contour par un point de broderie, qui témoignait de la qualité d'ensemble de son travail. De temps à autre, elle levait le nez pour admirer les modèles placés sur le présentoir de l'atelier : manchettes, cols, sous-vêtements.

Il devait être vingt et une heures, qu'elle se trouvait toujours à l'atelier à vouloir terminer ce qu'elle avait entrepris. Colombe aurait probablement poursuivi sur sa lancée sans même se soucier de l'heure, si une voix grave provenant du bureau d'Hélène ne l'avait incitée à tendre l'oreille. Elle tint un instant ses ciseaux à l'arrêt, prête à découper l'ouvrage entre les deux toiles de doublure.

Le rire d'Hélène retentit. Dans l'écho, elle reconnut l'accent chantant de Pablo, et bien qu'il lui fût impossible de percevoir le sens de leur conversation, les intonations gaies et dynamiques qui s'ensuivirent attirèrent son attention. Cela laissait supposer qu'il s'agissait d'un échange d'égal à égal. Colombe se figea, intriguée par le comportement de sa patronne d'ordinaire inflexible. Soudain, un silence s'immisça au milieu de leur entretien, puis, les paroles reprirent sur le ton d'une confidence. Ce bourdonnement régulièrement alimenté éveilla d'autant plus les soupçons de Colombe, qu'elle se demandait ce que sa patronne avait derrière la tête.

Elle recoupa encore une fois les derniers fils de lin qui tenaient l'ouvrage au parchemin. C'est alors que le rire saccadé d'Hélène reprit de plus belle, laissant bientôt place à la voix de séductrice qu'elle lui connaissait, celle dont madame Clément usait habituellement pour parler aux clients. Ses talons résonnèrent sur le plancher, donnant l'impression qu'elle raccompagnait Pablo.

Les doigts de Colombe tremblaient. Ce degré d'intimité laissait supposer un véritable rapprochement entre eux, un comportement qui n'aurait pas fini de faire jaser les commères !

La jeune fille déposa son ouvrage sur la table. Il était tard, elle croulait de fatigue. Il y a déjà longtemps qu'elle aurait dû avoir quitté l'atelier. Pourquoi se sentait-elle si bouleversée par la présence de Pablo chez Hélène ? Elle le connaissait à peine. Toutefois, le son de sa voix grave lui emplissait le cœur d'espoir et de projets. L'exil de sa famille et la force que laissait sous-entendre la démarche des Herrero pour se reconstruire exerçaient sur elle une sorte de fascination indescriptible. Pablo bousculait ses codes déjà établis sur les hommes en lui distillant d'autres repères encore fragiles. Mis à part monsieur Anselme qu'elle plaçait dans une catégorie à part, la petite Parvery avait jusqu'ici assimilé la gent masculine à ces ouvriers de la tannerie toujours pressés ou à ces paysans sans vergogne qui, après avoir moissonné le blé, lutinaient les filles dans le foin. Pablo était pourtant lui aussi en charge du labour des terres ou du ramassage des pommes de terre à la ferme des Sureix, si elle se référait aux informations données par Hélène Clément, mais il paraissait différent.

L'imagination de Colombe vagabonda vers cette ferme au fur et à mesure qu'elle rentrait à pied vers son meublé. Elle supposa Pablo levé chaque jour aux aurores pour faucher les hectares, dans cette poussière où voltigeaient les brins de paille. Après avoir fourni de gros efforts, il devait se joindre à la grande tablée, comme le voulait la coutume des agapes, où jarrets, volailles et haricots blancs arrosés du rouge de la récolte permettaient aux journaliers de reprendre des forces après le travail.

Elle exhala un soupir. Transportée dans son univers de rêves, Colombe en oubliait la belle nuit étoilée où la douce clarté baignait la rue étonnement déserte. Son pas assuré fut tout à coup interrompu par un homme qui s'imposa sur sa route sans qu'elle ne l'ait vu venir. Elle se raidit :

— Marceau ! fit-elle dans un sursaut de répulsion, tandis qu'elle reconnut à peine le visage boursoufflé de son aîné où figuraient quelques rides d'expression.

Seule, elle devenait une proie facile, Marceau n'avait à cet instant aucun adversaire à qui se frotter. Aussi, conscient de sa suprématie, toisa-t-il sa sœur en arborant un sourire narquois.

— Tu fais moins la fière, petite sotte !

Ces mots la révoltèrent. Colombe était tendue et la haine lui nouait la gorge.

Il dégagea violemment ses cheveux de son cou afin de s'assurer qu'elle portait toujours sa fine chaîne en or avec son médaillon en pendentif, puis il l'arracha d'un geste brusque.

— Et tu peux t'estimer heureuse que je me contente de ça ! persifla-t-il devant la jeune fille tétanisée, qui portait machinalement la main à son cou.

Colombe, les traits tirés par l'effroi, eut un soupir de soulagement lorsque Marceau eut disparu dans la nuit. Puis, elle se reprocha sa passivité avant de se sentir assaillie par des visions de cauchemars. Lui remontait à l'esprit le brasier où le magasin de

Violette s'était écroulé en flammes. Elle se sentit à deux doigts de défaillir. Cette chaîne en or constituait le seul souvenir qu'elle conservait de sa mère, un héritage que Marceau s'était approprié par dépit. Probablement errait-il, à court d'argent, prêt à tout pour monnayer leur dernier bien ?

Plus orpheline que jamais, elle se réfugia dans sa tanière, tel un animal blessé.

Instinctivement, le lendemain matin, alors que le ciel gris flétrissait l'horizon, elle éprouva le besoin intense de voir Pablo, ne serait-ce qu'un instant. Ce curieux pincement au cœur n'était pas seulement lié à l'agression de Marceau la veille au soir, mais plutôt à ce débordement de sentiments qu'elle aurait été incapable de définir. L'émotion était trop forte, à la fois insidieuse et sournoise lorsqu'elle eut longé le petit chemin où les martinets pépiaient avec entrain sur son passage. Elle reconnut la ferme des Sureix grâce à sa toiture à quatre pans de tuiles plates couronnées d'un épi de faîtage en terre cuite vernissée. Le lierre grimpait sur le mur de pierre atteignant la toiture. L'odeur de fourrage que le temps orageux accentuait rappela à Colombe les moments heureux où, allongée sur une botte, elle avait observé le défilé des étoiles alors que sa mère bottelait le foin.

Elle comprit tout de suite que Pablo se trouvait dans la grange aux portes grandes ouvertes, aussi se dissimula-t-elle derrière un bosquet de noisetiers afin d'observer sans être vue. Une chaleur se mit à courir dans ses veines, à la manière d'une fautive prise la main dans le sac. À l'intérieur de la grange, elle devina la silhouette de Pablo de dos. Il fendait des bûches tronçonnées, les pieds dans un tapis de sciure, dont l'odeur emplissait l'atmosphère. Il planta avec précision sa hachette dans le billot, concentré, ne prêtant attention qu'aux tronçons séparés en deux parties qui tombaient à terre.

Cette vision raviva le trouble de Colombe, tout en réveillant sa mémoire sur l'instant où il avait eu ce geste de venir la secourir, lorsque les flammes dévastaient la boutique de Violette. Sans en comprendre la raison, elle se sentit soulagée, non seulement de cette proximité avec l'Espagnol, mais également parce que sa mémoire olfactive, ravivée par l'odeur de la paille, lui rappelait les petits lits douillets qu'elle s'était composés gamine, avec la complicité de son frère Marceau… Car les bons moments avaient existé avec son frère, avant qu'il ne devienne cette brute épaisse. Ce jour-là, son aîné aussi avait coupé du bois. Il exécutait sans rechigner les ordres de sa mère, une femme solide et juste, qui menait d'une bonne poigne sa maisonnée. Elle avait pris le relais du père, s'attelant à la tâche, soucieuse de l'ordre des choses. Même dans ses larmes, il n'y avait jamais rien eu de fragile chez elle. Pas plus servante que maîtresse, la mère avait hérité de la force du père, de son fieffé tempérament qui l'aurait habilitée à prendre la suite, si la maladie ne l'avait fauchée trop tôt.

Bien que ne manifestant aucun intérêt pour le travail des champs, Marceau avait obéi, impressionné par cette mère toute-puissante. À sa mort, il devint chef de famille, et n'avait donc plus d'ordre à recevoir de quiconque. Il le fit rapidement remarquer à Colombe, qui, bien qu'encore dans l'innocence de l'enfance, n'en était pas moins la première à se lever chaque matin pour allumer le feu dans l'âtre. Faire de son mieux ne la rendit pas pour autant capable d'exercer une hégémonie sur ce frère, qui, faute de bonne volonté, devint vite incapable de se gouverner lui-même. Elle avait entendu parler de ses relations entre obéissance et rébellion qu'il avait entretenues avec le père, mais n'avait jamais pu s'en faire sa propre opinion, faute d'avoir trop peu connu son géniteur. L'homme était mort, disait-on, des suites de ses blessures de guerre.

La petite Parvery ne vit pas l'heure tourner, bercée entre rêve et réalité, tandis que le ciel commençait à s'éclaircir. Elle était sur le point de sortir de sa cachette, lorsque Pablo apparut dans la cour de la ferme pour fumer une cigarette. La nature s'était montrée plus que généreuse avec ce beau garçon bâti en Hercule. Il tira sur sa cigarette en observant les nuages comme accrochés au faîte des arbres. Il trimait sans doute depuis tôt le matin et Colombe se demanda s'il parvenait à chasser les images de cette guerre civile qu'il avait laissée derrière lui en Espagne.

La jeune fille osait à peine respirer, de peur qu'un geste imprudent ne fasse basculer son plan. Le temps semblait suspendu au-dessus d'un précipice ! La peau de Pablo ressemblait à celle des gens de sa terre lorsque le plein été les a durement exposés au soleil. Il travaillait torse nu, mais de sa virilité se dégageait une certaine douceur qu'elle associait aux mots qu'il avait prononcés à son attention le jour du drame. Du lieu où elle se trouvait, elle devinait le clignement de ses yeux sous les réverbérations du soleil timide, alors que le geste machinal du fumeur témoignait du réconfort qu'il semblait y puiser. Le mégot fut tôt écrasé, puis il disparut à l'intérieur de la grange laissant derrière lui un sillage de tabac brun.

Colombe en profita pour sortir de sa cachette et reprendre le petit chemin où, de toutes parts, on élevait les meules et l'on comptait les gerbes dans le triomphe des moissons finissantes. La jeune fille, qui avait pris du retard sur l'heure habituelle de l'embauche, eut toutefois affaire à une patronne conciliante qui lui fit part que son tuteur souhaitait lui parler.

Le soir, Anselme était rivé sur l'actualité. Il ne voyait pas même passer les ouvriers qui, libérés de leurs obligations, s'épanouissaient en tandem en quête d'aventure romanesque. C'était pourtant la nouvelle mode pour ceux qui filaient vers la liberté dans des tenues identiques, d'un synchronisme coloré. Les temps changeaient, même si le bourg n'en donnait guère l'impression. Anselme écoutait sa TSF, alors forcément, il commentait tout haut les nouvelles lorsque sa protégée franchit le seuil de la salle à manger.

— Les puissances veulent limiter les conflits pour ramener la paix dans le monde ! Tu le crois ça, Colombe ?

— Au risque de vous décevoir, je n'en pense pas grand-chose ! Vous vouliez me voir ?

— Un instant, chut ! fit-il en apposant son index sur ses lèvres.

Elle tendit l'oreille. Il fut justement question des actualités d'Espagne où les bombardements par obus se poursuivaient.

— Ces événements risquent de provoquer de graves répercussions. L'extension européenne du conflit espagnol peut venir de la mer ! commenta Anselme lorsque les réclames déferlèrent à la fin du journal.

— Même si le monde est en souffrance, je vous trouve bien taciturne, nota Colombe.

— Tu as en Espagne l'exemple d'un vieux peuple civilisé en guerre contre lui-même. Les œuvres d'art religieux ont été lacérées, brisées, dans un fanatisme révolutionnaire qui fait froid dans le dos. Cela peut te paraître loin de nous, mais les régimes totalitaires avancent insidieusement.

Même si elle ne saisissait pas tout à fait la portée de ce qu'il expliquait, elle aimait l'écouter, d'autant plus que ce n'était pas pour rabâcher des lieux communs. Il évoquait avec justesse la confusion des pays de dictature, sans la noyer dans des détails inutiles et incompréhensibles. Ils étaient loin des conversations qui tournaient autour du bon grain et du semeur. Colombe devait comprendre que la France essayait d'œuvrer pour un idéal de liberté et de démocratie, et pour cela, l'analyse pertinente de monsieur Varet la mettait à bonne école.

— Vois-tu Colombe, il ne se passe pas une semaine sans que l'on nous rappelle les parades militaires qui en Allemagne ou en Italie prennent de drôles de tournures, ajouta-t-il dans un sourire désabusé. Mais parlons de toi si tu veux bien ! On dirait que quelque chose te tourmente ?

— Je crains d'avoir pris une décision prématurée, énonça-t-elle franchement. Ce n'était pas forcément la bonne solution que de vendre la ferme. Je risque d'avoir mon aîné à dos pour le reste de mes jours !

— Est-ce que tu penses vraiment ce que tu viens de me dire ?

— Hélas oui.

— Sois honnête avec toi-même, si tes frères s'étaient montrés aptes aux exigences de la terre, il est probable que tu aurais pu les seconder à la tâche, mais comment voulais-tu pallier tant d'insuffisance ?

— Tout de même, n'avons-nous pas été un peu vite en besogne ?

— Je ne le pense pas.

— Marceau a peut-être traversé une crise passagère, il aurait pu se ressaisir si je l'avais aidé à se redresser... Au lieu de cela, nous avons touché son orgueil d'homme !

— Mais enfin Colombe, qu'es-tu en train de me faire remarquer ? Que nous avons commis une faute ? As-tu oublié l'incivisme et la violence de ton frère ? Reviens à la raison et ne te laisse pas déborder par des souvenirs d'enfance qui appartiennent au passé ! J'ai placé ton héritage et tu pourras en disposer dès ta majorité, en attendant, cet emploi chez Hélène Clément te sera du meilleur soutien dans l'existence, crois-moi !

Elle n'allait certes pas s'apitoyer sur la détresse de Marceau qui, la veille encore, l'avait défaite de son dernier souvenir familial, chose qu'elle se garda bien d'avouer à Anselme.

D'un geste, Colombe repoussa la mèche de cheveux qui retombait sur son visage. Elle observa plus intensément monsieur Varet avec une expression de sollicitude. Ses paroles sécurisantes levaient les incertitudes. Il la ramenait à la réalité. Spontanément, elle s'enquit de la santé de Violette et Anselme ne lui cacha pas que son épouse avait la fâcheuse tendance à se claquemurer dans sa chambre durant des heures depuis le terrible incendie de son magasin. Toutefois, il restait confiant, prétendant que son courage et sa volonté de fer suppléeraient aux moments de difficulté.

— Je conçois pleinement cette attitude, formula Colombe qui essayait d'étayer son vocabulaire depuis qu'elle côtoyait Hélène Clément et les Varet.

Savoir s'exprimer en société paraissait une règle impérative qu'elle voulait, entre autres, essayer de maîtriser.

Afin de pallier les manques de son instruction, Anselme l'encourageait à poursuivre ses efforts. Il l'incitait à prendre des initiatives de lecture, grâce aux romans mis à sa disposition comme *L'Hôtel du Nord* ou *Les Thibaud* de façon à aiguiser sa curiosité, afin qu'elle eût envie d'en découvrir bien d'autres. La lecture ne lui déplaisait pas, c'était le temps plus que l'envie qui lui faisait défaut, mais à présent qu'elle résidait à Bellac, elle devenait parfaitement consciente qu'il lui manquait certaines clés essentielles à son émancipation, une base honorable pour devenir une femme instruite et respectée.

— Venons-en à la raison pour laquelle je t'ai demandé de venir ce soir, précisa soudain Varet qui avait gardé le meilleur pour la fin.

— Je vous en prie, articula Colombe qui commençait à piaffer d'impatience.

Comme il prolongeait encore le suspense en s'amusant du fait que Colombe l'interrogeait du regard, elle n'y tint plus.

— Décidez-vous, monsieur Anselme !

— C'est au sujet de ton frère Silvère. Une lettre m'a informé qu'il a été ordonné prêtre ! La cérémonie s'est déjà déroulée, sourit le tuteur de la famille.

— Comme Silvère doit être heureux ! se réjouit Colombe dont les yeux s'illuminèrent de joie.

— J'ai appris qu'il officierait à Crozant, dans un site tout à fait exceptionnel où l'église occupe un promontoire. Je t'engage vivement à lui rendre visite dès que tu le pourras.

Au-delà du fait que son frère fût entré dans les ordres et que cela la bouleversait, Colombe songea que Silvère était sans doute le seul à comprendre sa crainte du retour de Marceau.

XI

Le chemin escarpé qu'elle avait dû gravir lentement pour se rendre à l'église de Crozant se faufilait parmi les landes et les bruyères, jalonné de croix de granit postées dans les carrefours. Elle avait longé des gorges qui s'enfonçaient dans les ravins, contourné des tours affaissées serties de genêts d'or dans des lieux où l'eau avait rongé le roc. Le paysage, magnifié par ses deux rivières qui confluaient, s'harmonisait avec le tempérament de Silvère.

Cette nature sauvage dominée par les ruines altières de la citadelle avait permis à Colombe de laisser voguer son imagination vers son frère qu'elle supposait dans sa soutane noire, prêchant dorénavant du haut de sa chaire. Elle restait tout aussi perplexe et impressionnée par tant de dévotion religieuse, que son esprit ne parvenait pas à donner à Dieu plus d'importance qu'à ces étranges créatures comme les fadettes ou les martes qui disposaient également de pouvoirs sacrés. Les légendes séculaires avaient eu beau circuler bon train au cours de leur jeunesse, Silvère avait toujours su se préserver du surnaturel, sa manière sans doute de s'arracher à la force occulte du mal. Comment ne pas en être troublée, lorsque les récits de votre enfance vous ont abreuvée de ces crimes de sorcellerie et des punitions du diable qui sévissaient dans les campagnes ? Elle se convainquit d'en débattre avec le jeune prêtre…

Toutefois, lorsque Colombe se retrouva devant le portail qui fermait le muret d'enclos, et qu'elle aperçut Silvère dans sa soutane, le cou enserré dans un col rigide, sommairement installé sur un petit banc au bout de l'allée, l'émotion lui coupa tous ses moyens. Le jeune prêtre, qu'elle avait craint un instant de troubler dans sa retraite, leva ses yeux surpris, et l'accueillit dans une chaleureuse accolade.

L'ivresse de cette nouvelle vie semblait le libérer de ses inquiétudes ; elle détecta une sorte de fièvre dans sa voix énergique. Les rangs séculiers l'avaient visiblement transformé, comme si ce paysage imprenable sur les boucles de la Creuse et de la Sedelle essaimait un souffle divin.

— Dire que j'ai pu douter de toi ! résuma un peu maladroitement Colombe tandis qu'un sourire étrange flottait sur ses lèvres.

Comme elle jetait un œil sur le feuillet qu'il tenait entre ses mains, Silvère plaisanta :

— Je ne vais pas te passer la doctrine chrétienne en revue, mais certains psaumes, notamment ceux de David, donnent réponse à bien des questions !

— Justement, si tu me comprends à demi-mot, sache que j'ai le sentiment que notre frère se venge sur la plus faible par facilité.

— Demande à Dieu un peu de secours pour sortir de la détresse, il foulera aux pieds tes ennemis, ceci aussi figure dans les psaumes de David, ajouta-t-il les yeux pleins de compassion.

— Tout cela est bien trop abstrait pour moi.

— Mets-toi bien dans l'esprit que notre histoire est semblable à celle de ces familles que la guerre a décimées. Il faut s'en tenir au fait que la reprise de l'exploitation de notre ferme n'a pas été possible ! Marceau n'a jamais fourni le moindre effort pour apprendre le métier de paysan. Maintenant, que la brebis galeuse ne vienne pas te rendre responsable ! s'alarma le prêtre en poussant la porte du presbytère pour inviter Colombe à y entrer.

— En attendant, c'est justement ce qu'il fait ! constata la jeune fille tout en découvrant le salon du presbytère accolé à un cabinet d'études rustique. Son regard se promena vers une paire de fauteuils recouverts de panne cramoisie qui donnaient envie de s'y prélasser, non loin d'un lit de coin couvert d'un édredon laissant présager des hivers rudes. Elle imagina soudain la chape glacée qui devait tomber sur les épaules à la mauvaise saison !

Colombe se représenta Silvère agenouillé sur son prie-Dieu de serge blanche, tandis qu'il prenait place au bureau recouvert de maroquin noir.

— Le lieu manque un peu de clarté, reconnut le prête en allumant une lampe de chevet, mais je m'y sens bien.

— C'est l'essentiel, approuva la jeune fille tandis qu'il dégageait une Bible parmi les volumes entassés dans les rayons d'une bibliothèque accessible du bureau.

— Tu as là de quoi parfaire une solide instruction !

Silvère eut un rictus lointain. Il parlait toujours aussi peu de lui, de la vie qu'il avait menée au séminaire de Fontgombault dont Colombe ne connaissait pratiquement rien.

— Je te confie cette Bible ! Elle t'aidera, j'en suis convaincu, dit-il en remettant à sa jeune sœur les Saintes Écritures.

Sans mot, elle rangea la Bible dans son sac. Silvère était doté d'une rare douceur d'âme et Colombe n'osa pas le contrer.

Elle comprit à cet instant qu'il avait pris une telle distance avec le commun des mortels, que sa vie spirituelle le positionnait déjà en pur esprit, à l'image d'un vol de milans noirs qui planaient au-dessus du site grandiose qui les entourait. Colombe fut alors ballottée par des pensées contradictoires. Cet espace infranchissable lui ôtait toute envie de confier davantage ses tourments matériels malgré les bonnes dispositions du prêtre à son égard.

— Tu n'as pas ressenti le trac pour ta première messe ? s'enquit spontanément Colombe.

— La confiance en soi se gagne ! C'est une grâce qui m'est faite. Les gens vivent dans des hameaux isolés, je peux les aider à mieux accepter leur condition. La première fois, une vingtaine de fidèles sont venus voir à quoi ressemblait le nouveau curé ! Mais il m'arrive également de célébrer la messe seul !

— Tu n'en as visiblement pas fini avec la solitude !

— Je peux toujours obtenir un changement de la part de l'évêché si toutefois je ne souhaitais pas conserver ma fonction à Crozant, mais maintenant que ce projet enthousiasmant m'a été confié par notre Créateur, j'entends bien aller jusqu'au bout de ma mission.

— Je comprends, formula Colombe qui tentait de s'habituer au choix drastique pris par son frère lors de son ordination : pauvreté, obéissance, célibat, ce qui semblait l'épanouir vers une tranquillité vraiment supérieure.

Toutefois, elle se demandait si le fait d'offrir sa vie à l'église ne se révélait pas une manière de vivre infantilisé, puisque le comité paroissial était en charge de l'ordonnancement de sa cure. Silvère se trouvait ainsi débarrassé de toutes les contraintes. Comment aurait-il pu concevoir que Marceau fît planer sur elle une menace alors que le prêtre ne songeait qu'à célébrer la messe parce qu'il demeurait avant tout gardien d'un dogme ?

*

* *

Colombe prit pour prétexte de se procurer de ce fromage blanc de vache, la *caillade,* dont elle raffolait, afin de se rendre à la ferme des Sureix pour approcher Pablo Herrero.

Le jeune Espagnol bêchait un carré de terre, et c'est à peine s'il leva la tête vers la nouvelle venue lorsqu'elle s'écria :

— Bonjour Pablo !

Il lui répondit par un timide signe de la main, et hésita un instant avant de lâcher sa bêche pour s'avancer vers la jeune fille. La sueur ruisselait sur son front, dans son cou, tandis que sa chemise largement ouverte découvrait une poitrine musclée. Des aboiements lointains troublaient le silence.

Sous son souffle court, un éclat traversa les yeux sombres du garçon :

— Je te croyais occupée à l'atelier de madame Clément ?

Cette phrase provoqua un séisme chez Colombe qui n'était pas venue jusqu'ici pour entendre parler d'Hélène Clément.

— J'ai terminé ma journée de travail !

Colombe se sentit tout à coup vide et inconsistante. Quelques papillons jaunes s'agitaient tandis que le soleil donnait encore fort en cette fin d'après-midi. La jeune fille entendait cogner son cœur. Elle était jolie à voir ainsi, émue et troublée devant cet homme à tout faire au visage déjà strié de rides.

— J'aimerais te parler ! laissa-t-elle échapper sans la moindre appréhension, surprise elle-même par sa hardiesse.

Le jeune homme, qui n'en sembla pas surpris, lui donna rendez-vous le soir même, près du lavoir, tandis qu'une expression trouble voilait son regard. Submergée d'une étrange émotion, Colombe hocha la tête en signe d'assentiment, puis elle se retira lentement en direction de la pièce commune de la ferme des Sureix pour acheter du fromage. Le jeune homme, quant à lui, reprit aussitôt sa bêche qu'il enfonça d'un coup de talon dans la terre…

Les prés jaunis annonçaient la fin inéluctable de l'été, tandis que les arbres exhibaient leurs feuilles déjà roussies à l'approche de la nuit. Des enfants dépenaillés se pourchassaient dans les ruelles lorsque Colombe prit la direction du lavoir pour y retrouver Pablo. Elle se sentait déjà prisonnière, comme si sa vie tout entière eut dépendu de ce rendez-vous avec celui qu'elle connaissait à peine. Aussi, lorsqu'elle aperçut le joli sourire du garçon appuyé contre la margelle du puits, son cœur fit un bond. Il sifflotait entre les dents pour mimer la décontraction et elle se surprit elle-même à cet instant d'avoir eu l'audace de le provoquer jusque chez les Sureix...

— Il te manque le décolleté dans le dos ! moqua-t-il à l'arrivée de Colombe, moulée dans sa petite robe à mi-mollet.

Bien qu'elle eût l'impression de passer en jugement et que son estomac se contracta, elle essaya de garder la face.

— C'est une robe que je me suis offerte sur mon premier salaire ! renchérit-elle d'une voix fragile. Tu dois savoir ce que cela signifie, un premier salaire !

Il baissa la tête, un peu honteux d'avoir vexé la demoiselle qui avait fait un effort de toilette. Cette dernière jeta un regard circonspect aux alentours des eaux troubles du lavoir, où le rituel des lavandières venues battre le linge s'était déroulé le matin même. Elle connaissait par cœur la résonance des coups de battoir. Combien de fois avait-elle fait ce geste qui permettait de casser la fibre du linge pour en extraire les souillures ? De même que ces corvées d'eau qu'il fallait puiser pour laver les draps en utilisant les cendres de bois comme lessive.

Un léger courant d'air véhicula le parfum musqué de Pablo jusqu'aux narines de Colombe. Même s'il s'était lui aussi apprêté pour leur rencontre, il n'avait pratiquement pas desserré un mot depuis cette boutade qu'il lui avait adressée. Elle ne pouvait se défaire de l'idée qu'il semblait bien plus loquace en compagnie d'Hélène Clément. Avait-elle l'art et la manière de lui faire passer le mal du pays ? Ou bien était-ce l'atout de la richesse qui lui déliait la langue au contact de sa patronne ?

— Tu ne devais pas rendre visite à madame Clément ce soir ? lança soudain Colombe tel un défi.

Surpris, Pablo masqua sa déroute avec habileté.

— Ne me dis pas que c'est pour cette raison que tu as demandé à me voir ? Tu ne manques pas d'aplomb, mais je ne crois pas te devoir des comptes, se rebiffa-t-il en retenant difficilement son envie de sourire.

— Ma nervosité me joue des tours, reconnut-elle d'une voix doucereuse. Je reconnais que ce n'était pas très délicat de ma part de m'ingérer dans tes affaires.

— J'essaye seulement d'aider, marmonna-t-il sans autre commentaire.

Bien évidemment, Colombe cessa de l'importuner avec ses questions indiscrètes, aussi en vint-elle à lui demander s'il réussissait à s'adapter aux exigences de son nouvel environnement.

— Nous revenons de loin ! La guerre en Espagne a renouvelé des tragédies. Je sais de source sûre que nous avons perdu tous nos biens. Notre terre est dévastée. La reconstruction sera longue et douloureuse, mes parents sont âgés, peut-être ne reverront-ils jamais leur pays ? Il faudra pourtant prendre une décision, je ne resterai pas garçon de ferme très longtemps…

— Et que comptes-tu faire ? s'enquit Colombe.

— Me battre, comme le font tous les exilés d'Espagne !

L'attitude de Pablo ne lui donnait qu'une envie : mettre cette théorie en pratique pour elle-même. Il incarnait le courage atavique du fauve, elle percevait un esprit libre et volontaire et cela lui plut.

— Je n'ai pas moi non plus l'intention de moisir chez madame Clément ! s'exclama un peu trop vite Colombe, en comprenant que de telles paroles risquaient de lui être préjudiciables.

Après tout, elle avait été bien heureuse qu'Hélène la reprenne à son service, au moins pour un certain temps.

— Ton frère, c'est bien ce Marceau n'est-ce pas ?

Elle acquiesça timidement.

— On n'est pas responsable de sa famille, soupira-t-elle. Mon aîné ne pense qu'à en découdre, s'empoigner, on le dirait victime d'un maléfice. Depuis la mort de nos parents, Marceau a beaucoup changé. Auparavant, c'était un être indolent qui n'aurait pas fait de mal à une mouche. Et puis soudain, lorsqu'il n'y a plus eu de poigne pour faire régner l'ordre à la maison, il a refusé ce rôle de soutien de famille, et ses actes ont dégénéré à la manière d'une automutilation. Je te passe les détails mais nous avons été contraints de vendre la ferme que nous possédions dans les monts.

— J'avais bien cru comprendre que tu avais rencontré quelques soucis d'ordre familial. Il faut que tu penses à toi, Colombe. Maintenant que tu as acquis la réputation d'être habile de tes mains, tu dois poursuivre sur cette lancée.

La jeune Parvery rougit. Cela ne représentait pas une mince affaire que de se hisser au rang de dentellière, et ce compliment fit mouche.

— Est-ce de madame Clément que tu tiens l'information ?

— Pas uniquement, mentit-il en plantant son regard dans le sien.

Cette fois-ci, elle se sentit flattée.

— Ton ancienne ferme est-elle loin d'ici ?

— Dans les monts de Blond. Mais c'est de l'histoire ancienne. Une femme n'est pas faite pour ensemencer l'avoine ou biner les betteraves, comme me l'a fait remarquer monsieur Varet, à moins qu'elle ne se marie avec un paysan, ajouta-t-elle cramoisie. Il n'empêche que je crains de nouvelles représailles de la part de Marceau.

Soudain, Pablo sortit son peigne de sa poche pour recoiffer sa tignasse brune.

— L'aîné d'une famille devrait prôner l'exemplarité, dit-il, alors que derrière sa présence avenante pointait une légère gravité. Toutefois, si je saisis bien la situation, c'est toi qui prends sa place en abordant les problèmes et en essayant de les résoudre.

— En même temps, j'ai déjà compris qu'il faut affronter les responsabilités pour acquérir l'expérience, s'empressa-t-elle d'ajouter.

— Ce n'est pas faux. Finalement, notre parcours n'est pas dénué de points communs !

— Toujours est-il que je n'ai pas le droit de me plaindre. Il y a tant de pauvres filles qui doivent vendre leur vertu pour subvenir à leurs besoins.

Une ombre se posa soudain sur elle. Colombe constata en levant les yeux que Pablo s'était rapproché. Il risqua une main dans ses cheveux roux un peu emmêlés pour écarter une mèche qui laissait apparaître un regard plus gris que vert les soirs d'orage.

— Qu'avais-tu d'important à me dire ?

Il avait murmuré ces paroles si près d'elle, qu'elle retint son souffle, émue, les yeux perdus dans ceux du jeune homme. C'était comme un gouffre qui tentait de se refermer sur elle. Devenue sauvageonne, elle eut cet instinct de recul, la gorge serrée et prit ses jambes à son cou…

XII

L'EFFERVESCENCE de la rue battait son plein. Colombe observait de sa fenêtre la boutique de l'horloger, comme si la fuite du temps soulignée par les oignons de gousset et les pendules lui permettait de s'évader dans un monde secret. Toutefois, les éclats de voix des paysannes bras ballants qui riaient sans retenue au milieu de la rue la ramenèrent vers cette angoisse qu'elle semblait incapable de surmonter. Son regard coula vers l'enfilade des commerces avant de se poser sur le perron de l'épicerie buvette, où un homme se requinquait grâce à une lampée d'eau-de-vie, tandis que quelques ouvriers attablés devant leurs verres vides attendaient le casse-croûte matinal.

Garance, qui avait pris l'habitude d'entrer sans frapper, la sortit de son observation. L'insouciance et la gaieté de celle qui venait de faire irruption dans son meublé réussirent à lui décocher un sourire timide.

— Oh toi ! Tu m'as l'air inquiète, ta nervosité est flagrante ! lança-t-elle au premier coup d'œil. Je tiens à te mettre en garde contre les beaux parleurs !

— Tu ne vas pas t'y mettre toi aussi ! Je suis un peu soucieuse au sujet de Pablo, voilà tout, se défendit Colombe. En cette période de Saint-Michel, on fane le regain et on le rentre. Or, il est absent de la ferme des Sureix depuis plusieurs jours. J'irais bien me renseigner, mais si la patronne est mal lunée, je vais en prendre plein pour mon grade.

— Ma parole, tu le suis à la trace ! Il y a pourtant bien plus grave que je sache ! As-tu vu l'actualité ? s'exclama soudain Garance. Les événements prennent une drôle de tournure. J'avais trouvé légitime que les ouvriers grévistes obtiennent satisfaction sur certains points, d'ailleurs, la plupart des patrons en ont pris de la graine, mais le climat a maintenant des connotations révolutionnaires ! Certains parlent à juste titre de dignité ouvrière, une véritable révolution bolchevique est en train de se tramer ! D'ailleurs, j'aimerais bien connaître l'opinion de monsieur Anselme sur le sujet, lui qui suit de près les incontournables actions du Front populaire.

— Si tu tiens à le savoir, le fait que les socialistes soient à présent vainqueurs dans notre arrondissement n'est pas pour lui déplaire, mais en revanche, l'idée que les communistes emportent grand nombre de cantons lui fait grincer les dents ! La dernière fois que nous avons évoqué l'actualité ensemble, il me répétait tout de même qu'il serait préférable de combattre l'idéologie de monsieur Blum pour que les intérêts de paix soient sauvegardés… Moi, je n'ai guère d'avis sur la question, tu sais bien que j'écoute plus que je ne me positionne.

— Tout de même ! dit-elle en se précipitant vers son coin cuisine étincelant où il régnait l'ordre parfait. Tu ne t'intéresses peut-être que moyennement à l'actualité, mais tu fais une excellente maîtresse de maison ! Ceci étant, je t'ai enseigné un métier et je constate que j'ai bougrement bien réussi !

— Je reconnais que tu es une bonne instructrice, je n'ai jamais eu de si bonne institutrice sur les bancs de l'école communale, confessa Colombe sans flatterie.

Un petit sourire de connivence se dessina sur le visage de Garance. Depuis le premier jour, elles s'étaient liées d'amitié. Garance aidait Colombe à s'affirmer, à revendiquer ses droits, elle lui transmettait son sens des exigences et des responsabilités. L'idée même des congés payés n'aurait pas effleuré l'esprit de Colombe si son amie ne lui avait expliqué que ce repos légal lui serait salutaire sans pour autant pénaliser le rendement de l'atelier. Garance lui apprenait à vivre avec son temps et à se faire respecter. De son côté, cette dernière se découvrait la jeune sœur docile que le destin ne lui avait pas donnée. Elle admirait sa pugnacité face à Hélène ainsi que sa capacité d'adaptation en milieu hostile. Les jeunes filles partageaient finalement les mêmes affinités.

— Tu penses à ton Espagnol ? C'est un véritable trouble amoureux, ma parole !

Colombe s'en défendit, sans doute par incapacité de définir ce premier émoi.

— Tu sais, ces gens-là doivent être pendus au moindre éternuement de Franco ! railla Garance qui ramenait tout à la politique.

— Qu'en sais-tu ?

— Il s'agit d'une évidence ma belle ! Comment qualifier ce qu'ils ont vécu autrement qu'un séisme ?

Le souvenir du visage de Pablo animé de ses expressions étranges revint à la mémoire de Colombe qui ne trouva rien d'autre à répondre à son amie que :

— Tu as peut-être raison... Mais j'aimerais simplement savoir où il se trouve à l'heure actuelle...

*
* *

Violette, vêtue d'un simple cardigan de laine et d'une écharpe nouée autour de son cou, prit un chemin de ronces défoncé par les ornières au-delà du hameau de Chapterie. Elle n'avait pas mis le nez dehors depuis des jours et éprouvait le besoin de respirer à pleins poumons sans avoir à se détourner des passants curieux qui ne manquaient jamais une occasion de s'apitoyer sur son sort. Le magasin avait brûlé, et après ? Avec la venue de l'automne, et les paroles d'Anselme qui rabâchait que le règne des nazis Hitler et Mussolini unis aux nationalistes espagnols était en marche, elle étouffait dans son foyer ! Leurs tête-à-tête devenaient un pensum !

En s'enfonçant dans les sous-bois, où l'odeur de mousse et de champignons recouverts de fougères emplissait l'atmosphère, elle ne parvint pas à se détendre tout à fait. Et si tout ce qu'il prétendait se révélait vrai ? Si leur vie devait de nouveau être bouleversée par la guerre ?

Pendant de longues années, ils avaient partagé un bonheur idyllique dans cette campagne jonchée de prairies vert tendre, ils avaient vécu dans l'aisance sans trop d'effort, en partie grâce à leurs acquis familiaux. Puis, la chapellerie avait pris le sage relais d'un avenir qui s'annonçait prometteur, si ce stupide accident n'avait mis un terme à leurs espérances. Sans doute avait-elle eu tort de confier à Colombe le sort de sa boutique, mais le mal était fait. L'humiliation passera, *ça passera*, mais il ne faut pas laisser le vide s'installer en moi jusqu'à la fin de mes jours, se répétait-elle le visage un peu défait, tandis que ces chemins lui rappelaient la Creuse, surtout lorsqu'elle apercevait ces paysannes qui étendaient leur linge sur les buissons alentour. Des images précises lui bousculèrent l'esprit de ce temps où sa cousine Hélène, avec son caractère confiant et sa faculté d'intuition, était impliquée dans son élégant métier de dentellière. Elle s'évertuait déjà à lui prouver qu'elle connaissait tout des origines du métier au XVIe siècle, qui figurait dans l'inventaire de la dot de la sœur de François Ier. Puis, Hélène se vantait de ses capacités à réaliser des *chantillys de dentelle* noire et blanche, des guipures, afin d'honorer le plus saillant des *barbichets*[1], selon la méthode des dentellières du Puy-en-Velay. Il faut dire qu'elle était à bonne école. Les fileuses, au tour de main adroit, n'avaient pas manqué à l'appel au fil des générations où les femmes s'étaient rarement croisé les bras. Hélène tenait cet apprentissage de la grand-mère, cette vénérable femme qui avait appris

1. *Coiffe limousine.*

l'art et la manière de manier le fuseau dès son plus jeune âge. Cette dernière, brûlante d'empathie avec celles des générations précédentes, s'était pourtant étiolée tant elle s'était piquée d'ardeur pour ce métier. À l'époque où Hélène avait réalisé ses premières mantilles et voilettes, Violette, de son côté, se rêvait déjà à la tête d'un négoce qui l'aurait mise au contact de ces nobles matières sans en subir les contraintes de la réalisation…

Violette avait connu Anselme l'année où les chenilles avaient fait des dégâts dans les blés. Bien qu'une baguette de coudrier trempée dans l'eau bénite fût censée faire déguerpir les insectes, les paysans à pied d'œuvre dans les champs essayaient d'en venir à bout le jour où le fils Varet, victime d'une panne sèche avec sa première Renault, s'était arrêté chez les Nivel de Boussac. Bien qu'agacé par cette détestable invasion de chenilles sur ses terres, le patriarche avait probablement humé la présence d'un hôte de marque, épris comme lui d'automobile. Recevant peu de visites et ayant rarement l'occasion de débattre de l'un de ses sujets favoris, il accueillit Anselme à bras ouverts pour le dîner et constata, après vérification de la position de fortune des Varet, que cet homme d'un rang honorable serait un bon parti pour Violette, la plus jeune des Boussac encore célibataire.

Anselme était plutôt joli garçon, mademoiselle de Boussac ne fit pas la fine bouche et la destinée lui donna finalement raison. À force d'observation, son intuition s'était avérée juste et son mari lui voua bientôt une adoration aveugle. Puisqu'elle disposait non seulement de la beauté, mais également de l'étoffe d'une femme intelligente, il sembla flatté de s'initier à l'héritage de la tapisserie d'Aubusson grâce à son épouse, descendante des héritiers du château de Boussac où la tapisserie de *La Dame à la licorne* avait été redécouverte au XVIIIe siècle. Leur mariage avait manifestement débouché sur une belle complicité, Anselme n'avait cessé d'être à l'écoute des moindres désirs de sa femme, et de la soutenir dans ses ambitions. Bien que cela fît jaser, et que l'on prétendait un peu partout à Bellac, qu'elle portait la culotte, Anselme n'en avait cure ! Il n'en était pas moins résolu à accompagner son épouse dans son accomplissement, c'est pourquoi ils firent acquisition de cette chapellerie.

Les deux cousines avaient été élevées comme des sœurs. Bien que le Dieu de la chance ne repasse jamais deux fois le même plat, Hélène aurait pu revendiquer un droit supplémentaire à la chance ! Jusqu'alors, l'amour s'était soldé pour elle par deux grands déboires : un promis mort au cours d'un accident de chasse et une liaison avec un homme marié qui lui avait déchiré le cœur. Même si le temps avait posé une sorte d'aigreur sur son caractère, cela ne l'avait pas empêchée de tenir son petit monde sous sa coupe et de réussir seule dans ses négoces. Les cousines creusoises étaient si jalousées à Bellac qu'elles ne pouvaient s'attarder dans la grande rue sans que les commères ne se précipitent à leur fenêtre pour commenter avec aigreur la toilette des *étrangères.* Il faut dire que leurs manières habiles dénotaient au milieu des blouses et des sabots des paysannes. Mais c'était de bonne guerre !

Car Hélène et Violette n'hésitaient pas à grossir le trait, afin de faire comprendre que les locaux devraient se familiariser avec leurs agissements et non le contraire !

Même si les souvenirs creusois titillaient son brin de nostalgie, Violette se rassurait vite, elle n'avait jamais dérogé à ses idéaux en prenant le patronyme de Varet. Ce n'était pas parce que le danger était arrivé inopinément, dressant l'obstacle devant elle, qu'elle allait baisser les bras.

XIII

TOUTE LA NUIT, les averses avaient martelé les vitres. L'orage roulait encore dans le ciel, mais l'air était devenu plus respirable le matin où Marceau avait gravi avec difficulté le petit escalier en colimaçon. Il s'était levé tôt, car sa vie changeait de cap grâce à une rencontre fortuite qu'il avait faite un peu plus tôt.

Tout avait commencé suite à la découpe d'un article de presse dans *Le Courrier du centre* qui avait dévoilé son identité en tant que suspect recherché dans l'incendie du magasin *Au parfum de Violette.* Au moment de le glisser dans son portefeuille, il s'était mis à ruminer la gorge serrée : *L'enquête devrait déterminer les causes précises de l'incendie,* autant dire que c'était lui et lui seul qui serait tenu pour responsable de l'embrasement de la chapellerie. Sa sœur l'avait identifié, sa vie était fichue.

Comme la tension était vite montée parmi les trois compères et que la décision de Marceau n'avait pas fait l'unanimité, ils s'étaient désolidarisés. Parvery était le seul à avoir été identifié, il demeurait également le seul à s'en tenir à son objectif de fuite. Sans doute, l'adrénaline lui permit-elle de tenir le coup ? À moins que ce ne fût une rencontre de bon aloi ?

— Vos malheurs ne me regardent pas ! avait dit le paysan en acceptant de lui faire de la place dans sa bétaillère aux côtés de ses chevaux à la sortie de Bellac.

Marceau avait fait contre mauvaise fortune bon cœur et dès que le camion s'était ébranlé, il avait voyagé sous les hennissements, tandis que les prés défilaient sous ses yeux, anéantis. Il avait toutefois de la chance, car il s'entendait bien avec les chevaux, et ce contact l'apaisa.

— Pour votre gouverne, avait dit le paysan en déposant Marceau aux alentours d'une croix de chemin près d'Argenton-sur-Creuse le soir venu, il y a un bar *Chez Suzy* à moins d'un kilomètre de là, où les gars confrontés aux déboires avec la justice se retrouvent.

Avant de s'éloigner, Marceau l'avait remercié d'un clin d'œil de gratitude. L'homme avait attendu un instant qu'il disparaisse dans la fraîcheur de la nuit alors que frissonnaient les feuillages, puis il était reparti.

Ce fut une ambiance de campagne militaire qui l'attendait chez Suzy. À son entrée, des hommes aux visages cabossés, balafrés, se querellaient, déformés par le désespoir, d'autres se retournèrent sur le nouveau venu. La douairière au corps fluet secoua la tête avec une grimace. Elle n'aurait pas été laide si ses traits chiffonnés et sa bouche au pli amer ne lui avaient donné un air d'impertinence.

— Et pour le jeune homme ?

Marceau avait retourné ses poches vides en regardant par terre. C'est alors qu'un borgne au béret vissé sur le crâne s'était frayé un chemin parmi les tables afin d'aborder le nouveau venu :

— Tu dois avoir tes raisons si tu viens baguenauder dans les coins ? Bienvenue officiellement en enfer !

— Explique ton cas, mon joli, il y a sans doute une solution pour toi, avait argué un dénommé Cheson, appuyé au zinc.

— Tu recherches un passage vers la rive interdite, c'est ça ? avait renchéri le borgne en faisant signe à la tenancière de remplir le godet de Marceau.

La rive interdite, les tempêtes, Parvery en savait quelque chose ! Depuis toujours, il appartenait aux flots et aux vents qui le tournaient et le retournaient sur le rivage.

Toutefois, puisqu'il semblait difficile de lui tirer les vers du nez, Cheson avait confessé :

— La Légion étrangère, t'en as entendu parler ?

Marceau avait soudain levé les yeux avec intérêt…

— Pas plus que ça !

La solution s'était offerte. L'engagement clandestin comme soldat dans la Légion étrangère sous les képis blancs et épaulettes rouges, où il incorporerait un régiment de volontaires, lui permettrait de se faire oublier de ses contemporains. Aucune pièce justificative ne lui serait demandée.

Ainsi, grâce à l'introduction des mercenaires de chez Suzy, Marceau se rendait auprès de l'administration générale afin d'intégrer l'un des corps d'armée spécifiques. Profitant de la montée des tensions internationales à la suite de l'Anschluss en septembre 1938, il allait côtoyer toutes les nationalités confondues. La plupart des hommes, victimes du nazisme ou exilés d'Espagne pour échapper aux répressions phalangistes ou d'Europe centrale, parlaient à peine deux mots de français. Tous ces hommes se retrouvèrent dans les kasbahs d'Afrique du Nord, transformées en postes militaires pour la circonstance. Même si certains jours il n'en avait plus le courage, il dut s'adapter aux marches spartiates et malaisées dans un pays accidenté, avare en eau, sous une chaleur de plomb. Ce sable à perte de vue, l'ocre de ces montagnes, les pitons rocheux dans cet horizon sans limites, lui donnèrent à prendre conscience de sa petitesse.

Au bout de quelques semaines, il apprit qu'il serait bientôt transféré dans ces bataillons marocains du campement. Cela ne changea rien, il y partit à l'instar d'un imbécile heureux. Pour lui, ce ne serait jamais pire que la tôle. Dans le désert, sous les ordres d'un adjudant déjà miné par le climat tropical, il fut enrôlé dans une patrouille qui se préparait pour la guerre du Rif. Les adversaires étaient soi-disant coriaces, mais au fond de lui, Marceau ne demandait qu'à en découdre comme un enragé.

Soumis aux exercices de maniement d'armes, aux corvées de terrassement sous le climat torride, il s'épuisa pourtant à petit feu ignorant encore tout ce qui l'attendait, et ce, jusqu'au jour où il dut partir au combat !

L'incorporation dans les convois qui franchissaient les pentes des dunes caillouteuses allait le mettre à plus rude épreuve. Les attaques se soldaient par de vraies boucheries contre les insoumis. Il s'habitua au sang, souvent hagard et anéanti, au bout de lui-même. Poignarder un Berbère ou prendre son sabre pour lui trancher la tête ne constituait que l'une de ces étapes imposées par la bataille. De ce fait, Marceau ne put bientôt plus fermer les yeux. Lui ou moi, sa réflexion s'arrêtait là depuis qu'il appartenait à ces cavaliers légionnaires, toujours sur le qui-vive, à la merci des ordres souvent relayés par des signaux venus d'autres campements de légionnaires.

À chaque instant, la mort menaçait, atroce, sous la tactique de torture des insoumis. Combien de soldats égorgés comme des gorets gisaient sur les champs de bataille ?

Parfois, lorsque les assaillants chargeaient avec leurs sabres et que le lieutenant ordonnait de faire feu à volonté, Marceau, à demi fou, ressentait une jouissance extrême à engager la fusillade. De l'autre côté, les hommes tombaient comme des mouches. Il lui arrivait d'être désigné par son supérieur pour acheminer dans le désert les dépouilles de ses compagnons d'armes tombés au combat. C'était déjà une façon de tutoyer la mort. Marceau se disait que la prochaine fois, ce serait peut-être lui à la place de ce corps gisant, ensanglanté. Il avait le sentiment d'entrer dans la dimension insoupçonnable de la Grande Guerre, celle qu'il n'avait pas connue.

Même si le soir venu, entre soldats, on embrochait du singe sur un feu de camp en se réconfortant dans d'interminables beuveries tandis qu'une sentinelle de mitrailleuse gardait le camp, les caïds sanguinaires, les balafrés, n'en évoquaient pas moins leurs expériences glauques où se mêlaient amertume et désespoir. Les types fracassés, à demi morts, trouvaient encore la force de plaisanter malgré tout…

Dans un tourbillon de poussière irrespirable face à un essaim de cavaliers au cours d'une expédition, Marceau tomba dans une embuscade. Il avait été pris d'une peur irraisonnée à genoux, la lame de l'ennemi sous la gorge. Cela avait relevé du miracle si le dispositif d'une autre unité n'était intervenu à la seconde pour lui sauver la vie. Mais comment ? Tout s'était déroulé si vite qu'il n'en avait pas eu la moindre idée. Marceau avait ressenti la peur comme jamais il n'en avait connu de toute son existence. En réalité, il s'était vu mourir. Sa tête lancinante et douloureuse pissait le sang qui lui coulait jusque dans la bouche. Puis, la douleur avait supplanté la frayeur, le sol tanguait dans un mirage. Baignant dans sa sueur et prisonnier de ses délires, il crut entendre des fusillades à bout portant et il perdit connaissance. Tout redevint étrangement calme autour de lui. Dans l'unité mobile de l'hôpital où il fut rapatrié, il y eut un médecin militaire qui l'examina, mais Marceau, entre la vie et la mort, ne perçut que des ombres. Dans un coma, sa mémoire lointaine se mit à engranger des souvenirs audacieux relatifs à l'époque où son frère était rentré dans les ordres. Depuis ce coup de grâce, il s'était cru victime de toutes les persécutions…

— Il a peut-être affronté les adversaires les plus coriaces dans le Rif, mais je ne donnerais pas cher de sa peau ! avait alors confié le médecin à l'infirmière.

*

* *

L'actualité devenait un véritable sujet d'inquiétude et les Varet n'étaient pas exempts de la règle. Non seulement il y avait à craindre de l'annexion de l'Autriche par le chancelier Hitler, car la paix se trouvait réellement menacée avec cette montée des mouvements nazis, mais la poursuite des objectifs de ce dernier en septembre 1938 en rendant les Sudètes citoyens du Reich laissait présumer le diktat !

D'ailleurs, d'un Front populaire moribond avaient suivi les accords de Munich, signés entre Daladier et l'Allemagne. Même s'ils se voulaient pacifiques, le tournant de l'Histoire n'aurait pu tromper personne, même Colombe ! *Le Travailleur limousin* sous la plume de Georges Guingouin mettait en garde contre ces fumées pacifistes…

Bien que la crainte de l'avenir rendît les femmes un tantinet moroses, d'autant plus que la plupart gardaient en mémoire les meurtrissures de la Grande Guerre, Violette crut pourtant déceler chez Hélène un trouble d'une autre nature. Après quelques hésitations, elle finit par évoquer avec sa cousine ce sujet décrété depuis longtemps tabou.

— Ta petite Esther est presque une femme à présent !

Hélène tressaillit comme si ce rappel à l'ordre reflétait ses pensées secrètes. Elle ne s'en défendit pas, au contraire, cet aveu sembla soulager celle qui avait si souvent, au fil du temps, essayé d'imaginer l'apparence et les manières d'être d'Esther.

C'était bien la première fois depuis toutes ces années que Violette osait évoquer cet enfant d'une manière aussi directe avec Hélène. De sa liaison passionnée avec un officier de carrière, marié, était née une petite fille. L'homme promu à un grade supérieur avait dû quitter la région. Mademoiselle Clément, encore très jeune, avait été encouragée par sa famille à rejeter le statut de fille mère qu'elle aurait dû endosser si elle avait fait le choix d'élever Esther seule. Infléchie par l'autorité paternelle qui prétendait que cet enfant serait un obstacle à la réalisation d'un beau mariage, Hélène, qui possédait toutes les cartes en main pour construire une vraie famille, se tourna de son mieux vers cet avenir qui s'annonçait prometteur. Esther avait été confiée à une sage-femme chargée de la déposer à l'hospice des enfants trouvés sans nommer la mère. Depuis, bientôt seize ans s'étaient écoulés, et Hélène, maintenant proche de la quarantaine, songeait de plus en plus souvent à cette jeune fille sur le point de devenir une femme. Le vide avait laissé trop de place jamais comblée dans l'existence de la dentellière. Le mariage tant attendu par sa famille ne s'était jamais présenté. Son destin l'avait abreuvée de cette solitude qui aigrit le caractère.

En cette période de tension, où la France procédait à une mobilisation partielle qui ravivait les craintes d'un nouveau conflit mondial, Hélène n'avait plus l'esprit en paix, tant qu'elle n'aurait pas obtenu de nouvelles de sa fille. D'ailleurs, elle avait déjà lancé Pablo à sa recherche.

— Ma pauvre cousine ! insista Violette juste informée de la démarche d'Hélène, je me demande comment un garçon comme Pablo pourrait retrouver la piste d'Esther ! Il est lui-même dans une situation de précarité.

— Mais enfin ! Pablo s'est investi dans cette mission en tout bien tout honneur ! Je le rémunère en conséquence pour qu'il soutienne ses parents dans leur combat quotidien. Je ne me permettrais pas d'exploiter le désœuvrement des Herrero à des fins personnelles.

— Ce n'est pas ce que j'insinue, mais la situation est de plus en plus délicate sur les routes de France où des milliers d'Espagnols viennent chercher refuge. Ils s'acheminent difficilement, c'est un vrai drame humanitaire que tu sembles oublier !

— Je le sais aussi bien que toi !

— Et puis, où pourrait-il trouver Esther dans cette cohue ?

— Il est un peu tôt pour en parler. De toute façon, je n'ai pas de conseil à recevoir de toi, s'irrita Hélène. Tu n'as jamais eu d'enfants, tu ignores ce que c'est qu'une vieille blessure faite de remords et de doute. Comment pourrais-tu en juger ?

Violette eut un ricanement.

— Si tu avais construit ta vie autrement, tu n'y songerais sans doute pas de la même manière.

— Qui t'autorise à me parler ainsi ? Comment peux-tu remettre en doute la puissance d'un souvenir ? Je ne vais pas flotter toute ma vie au gré des avis de la famille ! Et puis toi, tu t'en moques, tu as Anselme, assujetti à ta parole depuis toutes ces années, j'aimerais bien savoir ce que tu aurais fait sans lui !

— Agis à ta guise Hélène, j'avoue que cela ne me regarde pas.

— Enfin une parole sensée !

— Toutefois, si Pablo réussit à retrouver Esther, ta fille, elle, ne sera pas forcément disposée à te revoir.

— Mais enfin, qu'en sais-tu ?

— C'est une enfant de l'Assistance publique. Elle peut te culpabiliser et te rejeter, y as-tu songé ? Finalement, ton raisonnement est très égoïste, c'est comme ça t'arrange, avisa Violette d'un ton péremptoire.

— Pourquoi cette réaction ? Je vois que nous ne parviendrons pas à nous comprendre ! fulmina Hélène.

Les cousines se heurtaient rarement, mais cette fois-ci, le fait de camper chacune sur sa position avec morgue créait un climat de tension que Violette chercha à rompre en s'exprimant calmement.

— Ta fille a été déclarée pupille de l'Assistance publique, confiée à l'orphelinat de jeunes filles de l'abbaye d'Aubazine avec un simple numéro de matricule, me semble-t-il ? Pablo va devoir faire preuve de bon sens.

— J'y réfléchis depuis des mois, qu'est-ce que tu crois… Aucune barrière n'est infranchissable pour un garçon débrouillard, conclut Hélène en retrouvant son sang-froid.

Violette soupira. Il n'y avait pas grand-chose à ajouter. Esther avait sans doute enduré bien des brimades derrière les murs d'un orphelinat lugubre auprès de religieuses à cornette. Comment pouvait se dérouler une petite enfance en institution ? Comment avait-elle pu s'épanouir sans la protection d'un foyer et l'amour d'une mère ? Violette reconnaissait bien là l'esprit manipulateur de sa cousine qui avait probablement prétendu à Pablo qu'il réussirait aisément à obtenir gain de cause dans sa mission. C'était insensé, mais les Herrero étaient dans une telle position de faiblesse que le jeune homme avait dû considérer cet engagement comme un honneur, à moins qu'il n'ait été vraiment sensibilisé par l'histoire d'Hélène.

En dehors des Varet et des jeunes mains de l'atelier, Hélène ne fréquentait pas grand monde. Elle était toutefois suffisamment attachée à sa cousine pour avoir eu envie de s'installer à Bellac auprès d'elle dix ans auparavant. L'âge faisant, elle savait son réel isolement. Prendre un mari lui aurait certes permis de lutter contre cette solitude. Toutefois, même si elle avait retourné maintes et maintes fois cette problématique dans sa tête avec ses bouillonnements fantastiques et ses montées de sève, elle n'en conservait pas moins ses manies de vieille fille autoritaire qui s'offusque pour un rien. Hélène, qui se révélait peu encline à bouleverser ses habitudes, entendait bien rester maîtresse chez elle !

XIV

COLOMBE ne fut pas longtemps dupe des messes basses pratiquées par les cousines dans son dos. Une sorte de désaffection progressive se tramait à son égard, manifestée par la froideur de leurs rapports. Elle était moins souvent invitée à se joindre aux Varet pour le thé du dimanche après-midi. Toutefois, un événement dramatique, dont la France entière allait en subir le contrecoup, les mit face à une réalité qui supplanta les petits tracas du quotidien. Anselme avait eu toutes les raisons de se montrer pessimiste, car le rappel sous les drapeaux des Français mobilisables ne se fit pas attendre après que les nazis d'Hitler eurent envahi la Pologne.

Le 3 septembre 1939, l'Angleterre et la France déclarèrent la guerre à l'Allemagne. Le tocsin retentit à Bellac et Colombe comprit ce que cela signifiait ! Anselme qu'elle aimait tant allait devoir partir. Le souvenir de tous ces noms gravés sur le monument aux morts de la guerre de 14-18 laissait présumer que ce drame n'avait pas suffi ! Tout cela était absurde et même si la France entrait à reculons dans ce nouveau conflit, l'Histoire semblait pourtant sur le point de se répéter.

Au même titre que plus de quatre millions d'hommes dont certains d'entre eux avaient déjà participé aux combats de la Grande Guerre, Anselme reçut sa feuille de mobilisation. Tantôt il se tourmentait, tantôt il pestait contre Hitler. *« Ce fou dangereux, incontrôlable ! »* reniflait-il plein de mépris.

Violette, qui ne réalisait pas tout à fait les conséquences de cette mobilisation, se voulait rassurante, et Colombe trouvait encore la force d'y croire, malgré le spectre de Verdun, celui de la grande offensive du Chemin des Dames et tous les massacres connus qui menaçaient de ressusciter sous une autre forme.

— Je ferai mon devoir ! Il faut défendre notre pays sans faiblesse, déclara-t-il en lançant à son épouse un regard affectueux et contrit. Je prépare ma valise et rejoindrai mon unité.

Anselme fit ses recommandations sans ciller, et la jeune Colombe Parvery changea totalement d'optique de vie dès lors que l'on entra dans cette drôle de guerre qui traînerait jusqu'au printemps 1940. Elle suivait pas à pas l'actualité, surtout dès qu'elle sut qu'Anselme avait été mobilisé pour l'opération Sarre, là où des unités légères de reconnaissance traversèrent la frontière franco-allemande alors que l'ennemi était engagé en Pologne. Anselme leur avait fait part de l'étrangeté de la situation qu'il jugeait déroutante. De l'autre côté de la ligne Siegfried, de toute évidence, les Allemands optaient pour une propagande de paix qu'ils tentaient de généraliser grâce à des affiches et des messages diffusés sur des haut-parleurs.

— C'est à ne rien y comprendre ! disait Violette.

— Pas tant que cela. Les opérations d'invasion de la Pologne ont absorbé la plupart des unités de l'armée allemande, elle n'a plus la force de faire face à l'ouest, expliquait Hélène dont la vision pragmatique était du plus grand secours.

— Cette inactivité de l'ennemi est tout de même suspecte, conclut Colombe qui devenait de plus en plus attentive aux opérations.

Lorsque les forces se replièrent sur la ligne Maginot dans l'éventualité d'une contre-attaque allemande, elle espéra, à l'instar de la plupart de ses contemporains, que la guerre pût finir avant même d'avoir débuté. Pourtant, il fallut se rendre à l'évidence que cette drôle de guerre instaurait un climat de morosité. Bellac était en berne. Le joyeux bruit d'enclume s'était tu, l'entretien des exploitations agricoles laissa bientôt à désirer, faute de bras !

— Est-on véritablement à l'abri derrière cette ligne Maginot ? s'enquit Colombe avec curiosité.

— Les soldats l'ont été dans ces galeries qui se relient à plusieurs mètres sous terre, mais je crains qu'ils ne le soient plus depuis que l'artillerie allemande a scellé le destin de la Pologne. Les avions de chasse de la Luftwaffe se sont rapprochés de la ligne Maginot.

La peur du lendemain gagnait du terrain dans le cœur des femmes qui s'efforçaient de faire face avec courage. Dès le mois d'octobre, l'armée allemande entra en France, et occupa une tranche de territoire français pendant cinq mois.

Même si le département de la Haute-Vienne était un fervent défenseur d'une politique de gauche, la signature du pacte germano-soviétique fut jugée d'un mauvais œil. Les communistes signifièrent bientôt leur désaccord avec le parti. Jusque tard dans la nuit, Garance et Colombe essayaient de trouver une explication à la situation absurde dans laquelle la France était plongée depuis septembre 1939. Heureusement que le naturel optimiste de Colombe reprenait le dessus. Tant qu'elle disposait d'un travail, qu'il lui restait l'amitié de Garance en partage, elle gardait en apparence la tête froide. Pourtant, comment ne pas songer qu'Anselme subissait les conséquences de cette pensée politique qu'il détestait ? Il avait eu raison d'affirmer qu'Hitler voulait placer l'Europe sous l'hégémonie de la race germanique et qu'il y parviendrait par la force destructrice des armes ! Son tuteur avait également prédit que le nazisme et le bolchevisme se rapprocheraient, décelant entre les deux hommes trop d'intérêts communs.

— Selon lui, l'Allemagne n'a songé qu'à sa revanche ! Ce sont des paroles de visionnaire.

— Reste à espérer que les batailles tiendront moins de place que par le passé…

Entre femmes, elles exposaient leur point de vue. Violette observait que la guerre évoluait avec les mœurs. L'armée nouvelle, avec ses hommes casqués, jugulaires au menton, s'articulait autour des unités motorisées, des canons tractés, des chars, des side-cars, de vraies citadelles roulantes. On était bien loin de ce que son père lui avait relaté de l'esprit de 14, et par pudeur sans doute, elle ne dévoilait pas tout à fait le fond de sa pensée, car elle craignait que ce conflit ne flambe comme un sarment sec…

Ce fut ce jour de mai où les troupes allemandes violèrent les frontières des Pays-Bas, de Belgique et du Luxembourg, que la radio avait fait part des premières dépêches en ces termes :

« *L'heure est venue pour chaque Français de l'accomplissement silencieux et résolu des plus grands devoirs* ».

Colombe n'en avait pas cru ses oreilles, et même si en entrant dans son meublé, elle fila vers la fenêtre pour ouvrir le rideau en grand afin de laisser pénétrer la lumière printanière, une surprise de taille finit de lui faire perdre pied. En bas, au *Café des sports*, elle aperçut son bel Espagnol attablé à la terrasse, en présence d'une jeune inconnue. Elle en oublia presque la gravité des événements. Pablo lui parut méconnaissable. Son visage raidi et décharné, ses vêtements crasseux suscitèrent mille interrogations dans l'esprit de Colombe. D'où venait-il et qu'avait-il fait pendant ces mois d'absence ? Ses sentiments confus se mélangeaient. Son esprit se débattait entre le soulagement qu'il ne fût pas impliqué dans cette maudite guerre et l'incompréhension de le savoir aux côtés de cette jeune fille qu'elle redoutait déjà de connaître. Dire qu'elle avait écouté cette chanson à la mode, *J'attendrai*, en pensant à lui ! Colombe sentit sa respiration s'accélérer lorsque Pablo se pencha longuement vers le beau visage de l'étrangère où elle devina qu'un langage sensuel les unissait déjà.

De rage, elle s'écarta de la fenêtre. Son orgueil en avait pris un méchant coup ! Elle n'était d'ailleurs plus certaine d'avoir envie de le revoir. S'il avait éprouvé le besoin de ramener cette jeune fille à Bellac, il était certain que cette dernière ne restait pas insensible à ses avances, comme le prouvait cette scène de séduction. Colombe se laissa choir sur son lit, à la fois désemparée et engourdie par des espoirs déchus. Ses yeux se perdirent dans la blancheur du plafond, elle se sentait prisonnière de drôles d'états d'âme.

De son côté, Pablo accompagna Esther jusqu'au domicile d'Hélène Clément. Ils allaient toucher au but. La jeune fille ne manifestait aucune émotion. Souriante, décontractée, Esther plaisantait avec Pablo comme si la guerre n'avait jamais existé. Rencontrer une mère qui l'avait abandonnée n'éveillait pourtant rien de banal…

L'une des principales qualités de Pablo, la persévérance, avait été mise à rude épreuve pour remonter la piste de cette jeune fille. À l'orphelinat d'Aubazine, au cœur d'une forêt épaisse, où Esther accompagnée d'une sage-femme avait pourtant été placée en septembre 1922, il s'était heurté au regard affolé et sans cesse en mouvement de la mère supérieure qui avait refusé de le renseigner au sujet de l'admission de cet enfançon. Pourquoi avait-elle manifesté autant d'embarras ?

L'Espagnol n'avait pu lui en tenir grief, après tout, elle avait sans doute des raisons de se montrer méfiante. Pablo n'en démordit pas pour autant. L'esprit baigné de cette sérénité qui imprègne les pierres des lieux de méditation, entre calvaires, ruisseaux et panoramas époustouflants, il avait considéré les religieuses tout en ayant l'intime conviction qu'il manquait peu de chose pour dévier et infléchir la tournure des circonstances. Il était resté convaincu qu'il parviendrait à remonter cette piste et ne s'était pas trompé. Une rencontre fortuite avec une religieuse au visage harmonieux et au regard empli de bonté dissipa ses craintes. Heureusement que de jour en jour, il avait amélioré son français !

— Ne vous indignez pas, avait-il supplié en affûtant son discours, je viens vous parler au nom d'une mère coupable que le destin n'a pas épargnée et qui rêve de se racheter.

Il avait prétendu qu'Hélène avait vécu dans la misère noire, qu'elle avait été déchue de ses droits sur sa fille, mais que son vœu le plus cher était de renouer avec sa fille. Suite à cette discussion nourrie d'arguments tangibles, ils convinrent d'un nouveau rendez-vous où la dévote lui fournit les éléments dont l'orphelinat disposait sur Esther. Pablo reçut la confirmation que la jeune orpheline avait séjourné à Aubazine avant d'être placée à Sainte-Féréole, près de Brive, dans une famille d'accueil dont elle lui transmit les coordonnées. Pablo en avait rougi de satisfaction. Il était plutôt chanceux puisqu'il parvint à se rendre sur les lieux, où armé de patience il avait épié cette famille qui exploitait une petite ferme qui dominait tout le bassin de la cité gaillarde. En ce printemps pluvieux qui rendait le paysage morose, Pablo n'était pas certain de vouloir se confronter aux parents nourriciers d'Esther. Comment évoquer les vraies raisons qui motivaient sa démarche ? Sa venue à la ferme n'aurait probablement pas été appréhendée d'un bon œil. C'était seul à seul avec la jeune fille qu'il voulait parler. Après tout, elle était âgée de dix-sept ans ! Alors il avait guetté un indice qui lui aurait signalé sa présence. En respirant les odeurs qui montaient de la terre au petit matin, il avait observé l'homme qui sortait le fumier et remettait de la litière fraîche pour ses bêtes. Par chance, aucun chien de garde ne risquait de compromettre ses plans.

L'eau de la mare aux canards était montée sur le chemin voisin où les vieilles feuilles s'étaient accumulées. Pablo supposa qu'en hiver, ou par fortes précipitations, les chemins devaient être impraticables, ce qui n'avait pas dû rendre la vie facile à Esther.

Celle qu'il supposa être la demoiselle en question apparut un soir où Pablo avait été sur le point d'abdiquer. Vêtue d'une ample pèlerine de couleur claire, la dynamique enfant aux cheveux blonds parut ici chez elle. Pablo s'était alors persuadé de passer une nuit supplémentaire à la belle étoile, afin de lui emboîter le pas dès le lendemain matin lorsqu'elle quitterait la ferme, ce qu'il fit, malgré sa peur de ressembler à un vagabond avec sa barbe de trois jours. La jeune fille fit un effort de politesse lorsqu'il l'interpella par son prénom.

— Qui vous a dit mon nom ? s'était-elle enquise, sur la défensive.

— Il s'agit d'une longue histoire. Pourriez-vous m'accorder quelques instants ?

Elle avait hésité tandis que Pablo lisait la surprise dans son regard bleu porcelaine.

— Je m'appelle Pablo Herrero, avait-il avancé en lui tendant la main, croyez bien que je ne veux pas vous retarder.

Il aurait pu ajouter qu'il était animé de bonnes intentions, mais il n'avait pas voulu l'effrayer.

— J'ignore toujours qui vous a donné mon nom !

— C'est exact, je vais vous le dire.

Esther avait regardé sa montre en faisant savoir qu'elle n'était pas en avance, mais elle avait accepté de le rencontrer le soir même au *Bar de la mairie* afin qu'il passe aux aveux.

Esther, en évoquant sa condition de domestique dans l'une de ces maisons bourgeoises à tourelles de Brive, s'était nerveusement mordillé la lèvre inférieure. Pablo ignorait les raisons de son trouble, mais il constatait que des larmes perlaient dans ses yeux. Au fur et à mesure que la ville se teintait des couleurs du crépuscule, il crut comprendre qu'elle n'était pas forcément attachée à ce décor et que la vie qu'elle menait ne lui convenait pas tout à fait. Pablo avait exposé les raisons qui l'avaient amené jusqu'ici, tandis qu'elle baissait la tête en apprenant que sa vraie mère n'avait jamais cessé de l'aimer. Il ne s'attendit pas à entendre :

— Pourquoi faites-vous tout cela ?

Pablo avait soupiré. Les peines de l'exil de sa terre natale ainsi que le déchirement des séparations l'avaient sensibilisé à la cause d'Hélène. Il avait détecté les remords d'une mère qui ne s'était jamais résolue à l'idée de vivre sans sa fille. Il n'avait perçu que cette fêlure vivace. Aussi, apporter son aide constituait peut-être la plus belle chose qui lui était donnée de faire en ce bas monde.

— Mais, il s'agit de votre mère..., s'était-il contenté de répondre.

Éblouie par la lumière du soleil couchant qui se reflétait dans la fenêtre, elle avait eu du mal à le fixer.

— Ma mère, vous en êtes sûr ?

— Absolument certain.

— C'est facile maintenant... N'auriez-vous pas été manipulé ?

— Non, ne le croyez pas, Esther...

— Que vous le vouliez ou non, j'ai été abandonnée à la naissance, s'était durcie la jeune fille, vous ignorez sans doute ce que cela signifie, Pablo, et tant mieux pour vous. Loin de moi l'idée de jouer le souffre-douleur, mais à chaque fois que vous écopez d'une correction dans une famille adoptive, cela vous ramène à votre condition ! Mon demi-frère était le coq ! Quant à moi, il leur tardait de me placer comme domestique... Enfin, j'imagine que ce n'est pas pire que d'être contraint à l'exil et de devoir laisser derrière soi tous ses biens. Je suppose que c'est l'appât du gain qui vous a incité à accepter cette démarche, avait-elle insinué froidement.

Esther n'avait pas entièrement tort, mais bien qu'il lui pardonnât sa réflexion acerbe, sa phrase lui avait fait l'effet d'un acide sulfureux. Les valeurs morales étaient soudain rabaissées à peu de chose. Sa volonté de conciliation entre la mère et la fille lui tenait tout autant à cœur que le gain qui permettait de soulager ses parents vieillissants.

— Vous avez le sens de la formule !

— Je ne vous blâme pas, avait-elle dit, je connais la situation politique dans laquelle se trouve plongée l'Espagne.

— Là n'est pas la question, Esther.

— Il me faut du temps, Pablo, pour assimiler la nouvelle. Mettez-vous à ma place. J'ignorais tout de ma famille hier encore et j'apprends l'existence d'une mère empressée à l'idée de me connaître, avouez que cela est déroutant.

— Je n'ai pas l'intention de vous imposer quoi que ce soit ! avait assuré le garçon, persuadé que l'aspect fragile d'Esther n'était qu'une façade.

D'ailleurs, la réflexion qui avait suivi lui avait confirmé qu'il ne s'était pas trompé.

— Elle vous a proposé combien ? Je peux faire un effort si vous m'octroyez cinquante pour cent de vos gains ! J'en ai besoin tout autant que vous…

— Si ce n'est que cela, j'accepte tout de go… Ainsi, vous avez de bonnes raisons de vous soumettre à cette rencontre qui n'engage à rien, sinon à éclairer votre lanterne, avait-il regimbé.

Et c'est ainsi qu'ils avaient voyagé jusqu'à Bellac.

Esther observa le petit balcon du premier étage niché sous le pignon de la façade rue Thiers et attendit pieusement que la porte s'ouvre, tandis que Pablo se tenait un peu en retrait. Hélène vint au-devant de sa fille avec appréhension. Ses mains moites et sa difficulté à déglutir trahissaient son émoi. Elle contempla Esther avec attendrissement, retenant ses larmes. Elle s'arrêta sur chacun des traits de son visage, comme fascinée par l'aura de cette belle jeune fille. Même si pendant un court instant, elle ne sut comment l'accueillir, ses bras s'ouvrirent, abandonnés à l'instinct maternel.

Esther, le visage fermé, se laissa étreindre, en acceptant que sa mère y trouve un peu de réconfort. Le cœur de la dentellière battait la chamade, tandis que la jeune fille silencieuse souffrait d'un mal de tête.

— Merci d'être venue ! murmura Hélène, envahie d'une véritable bouffée de joie.

Esther, son enfant, incarnait déjà son pilier.

— Ne restons pas là ! Entrez ! intima Hélène en réalisant la présence de Pablo un peu en retrait.

Le garçon, qui refusait de pénétrer leur intimité, fit savoir qu'il patienterait à l'extérieur.

Esther n'avait toujours pas desserré la parole lorsqu'elle découvrit la maison d'Hélène. Les rideaux tranchaient joliment sur la sobriété ambiante du salon. C'était un décor chaleureux, de bric et de broc, où un guéridon bien astiqué rehaussé d'un vase massif garni de fleurs séchées apportait une note de gaieté à l'ensemble. Une profusion de napperons en dentelle sur lesquels reposaient de jolis bibelots ainsi que des lampes qui communiquaient l'essentiel sur le monde d'Hélène. Sur l'invitation de sa mère, Esther prit place dans le canapé, tâta le moelleux d'un coussin tandis qu'Hélène se hâta de déposer une cafetière de tôle émaillée et ses mazagrans sur la table ronde.

— Tu aurais peut-être préféré boire autre chose que du café ? se ravisa la dentellière qui, sous l'émotion, ne savait plus trop ce qu'elle faisait.

— Cela ira très bien ! Vous étiez donc curieuse de voir à quoi je ressemblais ? Ou peut-être à qui ?

Bien qu'elle se fût préparée à ce genre de réaction, Hélène eut un sourire amer.

— Toute précision sur ton origine vaut mieux que de l'incertitude, n'est-ce pas ? babilla Hélène tout en versant le café.

Esther ne parvint pas à placer ce commentaire sur sa propre échelle d'appréciation.

— Je comprends que ton ressentiment à mon égard soit bien vivace, tu prétendrais le contraire que je ne te croirais pas. Je n'ai pas la prétention de vouloir effacer le passé d'un seul trait, mais, si je t'ai fait venir auprès de moi, c'est pour que tu saches qu'il n'est jamais trop tard pour corriger ses erreurs.

La jeune fille acquiesça.

Bien qu'Hélène fût pétrie de bonnes intentions, cela n'ôtait pas les humiliations, les pleurs à chaudes larmes après les réprimandes des vieilles religieuses, ainsi que les maigres pitances et tout ce qu'elle avait dû endurer au fil de ces années.

Esther n'était pas bavarde, mais elle manifestait une grande diplomatie. Au mieux, elle usait de courtes tirades pour décrire son parcours et sa condition actuelle de soubrette dans une maison bourgeoise de Brive. Les signes d'aisance financière de sa mère lui suscitèrent un flot de questions qu'elle retint. Outre le luxe apparent, brillait au doigt d'Hélène une bague qui aurait suffi à elle seule à subvenir une année entière à tous ses besoins.

De son côté, la mère, face à ses émotions incontrôlables, s'attendrissait sur des petits riens. De qui sa fille avait-elle hérité son regard bleu porcelaine ? Ses joues fraîches comme la rosée ? Et sa petite fossette du menton ?

Esther fut tôt informée de l'existence de ses cousins les Varet qui résidaient non loin, et les présentations avec sa cousine Violette se firent dans les heures qui suivirent. Dans la maison des Varet, la jeune fille fut prise d'une quinte de toux. Elle expliqua qu'elle avait dû prendre froid dans la chambre en plein courant d'air qu'elle occupait sous les combles à Brive. Pas de poêle dans une pièce qui aurait nécessité des travaux d'assainissement…

Hélène et Violette échangèrent un regard contrit.

— Toutefois, je ne demande rien à personne ! précisa Esther.

— Pour ça, tu as de qui tenir ! se gaussa Hélène devant l'esprit d'indépendance de sa fille, tandis que Violette se répandait en compliments sur le maintien et les bonnes manières de sa petite cousine.

Si le charme d'Esther opéra au-delà de toutes ses espérances sur les cousines, il n'eut pas le même impact sur Colombe. En se croisant sur le perron de chez les Varet, les deux jeunes filles se gratifièrent d'un regard si méprisant que les mots s'avérèrent inutiles. L'attitude de Pablo qui, accompagnant Esther, en oublia de saluer Colombe, ne fit qu'envenimer le malaise.

— Quelle insolence cette jeune fille ! pesta Colombe en entrant chez les Varet.

— J'aurais autant aimé qu'Hélène fasse elle-même les présentations, trancha aussitôt Violette un peu offusquée à l'idée de tenir plus longtemps Colombe à l'écart de la confidence.

— Bah ! ajouta Hélène prête à quitter la maison, il n'est pas exclu que des rumeurs circulent déjà sur la présence de ma fille à Bellac…

— Votre fille ?

— Oui Esther est ma fille, précisa Hélène jubilatoire, et il est probable qu'elle emménage chez moi sous peu, avait décidé cette dernière sans en aviser l'intéressée. Elle aura plus de confort que chez ses patrons qui lui mènent la vie dure à Brive ! Tout de même, ce n'est pas parce que nous sommes en guerre que tout est permis !

Ça promet, pensa Colombe qui s'expliqua aussitôt les raisons des cachotteries des semaines précédentes. Même sans connaître Esther, elle avait déjà saisi l'arrogance de son regard. Elle présageait que la présence de la fille d'Hélène aurait des conséquences indésirables sur son avenir, en commençant par la détérioration de ses rapports avec Pablo. Esther avait déjà capté toute l'attention de l'Espagnol.

Le cœur de Colombe battait furieusement de toute l'intensité de sa jalousie…

XV

En ce mois de mai 1940, Limoges ressemblait à une cité cosmopolite où une foule considérable s'était massée autour des automobiles belges, des charrettes ardennaises tirées par des bœufs roux pour la simple raison que se tenait une réunion officieuse à huis clos de parlementaires. Députés et sénateurs s'exprimaient au sujet de la capitulation de la Belgique par le roi Léopold III, qui n'avait pas le droit de prendre une telle initiative sans l'approbation de la nation. Ils se déclaraient solidaires du gouvernement qui considérait Léopold III dans l'impossibilité juridique et morale de régner. Ils s'engageaient à poursuivre la lutte contre l'envahisseur et ce, jusqu'à la Libération.

— Cette réunion n'a rien d'officiel ! affirma Esther qui se contentait de répéter ce qu'elle avait entendu de quelque esprit éclairé.

Elle ne suivait pas vraiment la conjoncture diplomatique, mais elle avait compris que la Belgique exprimait sa gratitude à la Grande-Bretagne et à la France qui les avait accueillis fraternellement à Limoges dans le cadre d'une réception publique à l'Hôtel de Ville.

La jeune fille avait convaincu Pablo de faire ce déplacement sous le prétexte d'un plaisir grisant qu'elle prenait aux bains de foule. Bien qu'il ne fût guère enthousiasmé d'assister à cette forme d'exode, il avait cédé pour ne pas lui déplaire. En tant qu'exilé ibérique, il avait suffisamment souffert de ces travers, mais peut-être par solidarité et compréhension sincères, avait-il accepté d'adhérer à cette cohorte, en espérant que ce fût animé du même esprit humaniste qu'Esther en son for intérieur combattait le culte de la puissance germanique.

L'invasion de la Belgique et l'avancée éclair de l'armée allemande avec la supériorité de ses divisions de panzers, qui avait contourné le dispositif défensif allié, avaient donné lieu à la débâcle qui durerait plus d'un mois. La conséquence de cette percée du massif des Ardennes par les troupes allemandes fit bientôt arriver bon lot de réfugiés tous azimuts, quelques rares Peugeot 402 du nord de la France ayant pu échapper à la pénurie d'essence, ainsi que d'innombrables charrettes.

De sa fenêtre à Bellac, Colombe, qui apercevait ce troupeau hétéroclite aux toits surchargés de valises, de cartons, de matelas et de bicyclettes, demeura sidérée. C'était un véritable coup de grâce ! La liberté était dépouillée !

Au milieu de cette marée humaine, la petite Parvery ne pensait qu'à Anselme. Où était-il à présent ? Violette avait reçu des photographies de son homme dans son uniforme de cavalier kaki aux jambières de cuir mordoré. Plus tard, l'épouse avait eu connaissance d'un autre cliché pris au camp de Haguenau où Anselme, en compagnie de quelques hommes de sa batterie, semblait en bonne santé, ce fut tout du moins ce qu'en avaient témoigné les quelques mots griffonnés au dos. Depuis des semaines, elle n'avait plus aucune nouvelle.

À la TSF, on expliquait que les gendarmes essayaient de stopper la débandade de cette débâcle. Sur les routes, les voitures en panne, les brouettes, les vélos de ces gens dont la plupart ne savaient où se diriger encombraient les principaux axes de circulation. En quelques mots, l'information était loin de rendre compte de l'ampleur de la fuite des populations sur tout le territoire, mais ce fut à peu près tout ce qui filtrait de ces hostilités. La cohue était d'ailleurs indescriptible. Entre les familles dispersées et les enfants perdus, il semblait impossible de rendre compte de la décomposition du pays.

Les visites de Colombe chez Violette se raréfiaient. Sans doute ne savait-elle plus exprimer sa gratitude ? En réalité, il s'était produit un déclic au tréfonds d'elle-même. La petite Parvery ne trouvait plus sa place au foyer Varet depuis que les trois femmes se serraient les coudes et s'inventaient des messages codés desquels Colombe se sentait exclue. D'ailleurs, aucune ne s'inquiétait à son sujet, lui faisant sentir qu'elle devenait *persona non grata* comme si l'on avait souhaité son éviction. Elle s'y était résignée, persuadée que seule l'influence morale d'Anselme aurait pu modifier le comportement des femmes de la famille, peut-être même les faire changer d'avis. En attendant, elle s'astreignait à combler certaines de ses lacunes par la lecture, en suivant les conseils dispensés par son mentor de la première heure.

L'armistice fut signé à la période où Pablo faisait les foins à la ferme des Sureix, aidé d'enfants armés de râteaux qui mettaient du cœur à l'ouvrage. Le sémillant Ibérique, hypnotisé par les beaux yeux d'Esther et ses manières sirupeuses, se montrait toujours aussi distant à l'égard de Colombe qui ne percevait qu'effronterie à travers les sourires de madone délivrés à tout bout de champ par sa rivale. Il y avait de quoi crever de rage !

Aux yeux d'Hélène, rien n'était trop beau pour sa fille qui se pavanait avec les dernières créations de corselets brodés ou de châles façonnés. Pourtant, Colombe était certaine que l'absence d'Anselme donnait libre cours à une attitude de laisser-faire que son protecteur n'aurait pas tolérée. Esther semblait mener cette maison par le bout du nez, ce qui décevait Colombe au plus haut point.

— Sous ses airs de sainte-nitouche, c'est le diable en personne ! s'agaçait Garance qui la détestait tout autant que son amie.

La brunette affirmait toujours son opinion avec force et courage. D'ailleurs, elle n'était pas la dernière à manifester sa désapprobation à propos de la lâcheté du gouvernement en place qui avait validé les clauses de l'armistice. Pétain aurait désormais plus de pouvoirs qu'aucun dirigeant français depuis Louis XIV n'en avait jamais eus. Que l'Allemagne occupe plus de la moitié du pays, l'Est, le Nord, le Centre jusqu'à la Loire ainsi que la zone littorale, tandis que la France verrait son armée démobilisée, autant dire livrée à l'occupant, c'en était trop que d'afficher un tel visage de désolation !

Pourtant, la vie continuait et les bruits couraient sur ces hommes faits prisonniers et partis travailler en Allemagne dans des camps. Si le maréchal Pétain n'avait pas lancé cet appel à cesser le combat, probablement que des milliers de soldats français ne se seraient pas rendus aux Allemands ! Colombe se morfondait pour Anselme, et seule son amie Garance lui prouvait qu'il ne fallait pas perdre espoir, car le courrier était bloqué et personne n'en recevait.

— Je suppose que tu n'as pas entendu le discours du général de Gaulle qui, depuis Londres, sur les ondes de la BBC, appelle à ne pas cesser le combat contre l'Allemagne nazie. C'est un discours d'espoir et un appel à la Résistance.

— Comment sais-tu tout ça ? s'enquit Colombe en lui décochant un regard interrogatif.

— Ne t'inquiète pas, je dispose de mes sources !

— Tout cela me paraît bien dérisoire face à la France fidèle aux valeurs du gouvernement de Vichy.

— Bon, tout d'abord, fais-moi le plaisir de regarder la réalité en face. Nous avons encore la chance d'être dans une zone non occupée par l'ennemi. L'aviation allemande a déployé un champ d'action sur les territoires hollandais, belge et français où les bombardements militaires n'ont pas épargné les populations civiles, je te l'accorde. Pourtant, lorsque des escadrilles de bombardiers à croix gammées survolaient les villes pour lancer leurs charges, d'aucuns pensaient qu'il s'agissait d'un exercice de défense passive ! Et les objectifs militaires sont devenus de plus en plus sanglants… Et tu as vu comme moi le défilé de ces réfugiés en cortège fuyant leurs maisons détruites et leurs villes en flammes… Nous, nous avons encore la chance d'être épargnés de tout ça ! Il faut poursuivre la lutte !

— La physionomie de cette guerre rappelle ce que nos aînés ont pu vivre en 14… Enfin, je le suppose.

— Sauf qu'il n'y a jamais rien eu de semblable à la débâcle, ajouta Garance.

— Toutefois, bien malin celui qui peut dire à quelle sauce nous allons être mangés !

— Nous en avons un bel avant-goût. Entre la mise en vigueur des cartes d'alimentation et les files d'attente interminables pour obtenir quelques denrées, notre économie est pratiquement paralysée. Le Führer se considère comme le maître à l'Ouest.

— Comment veux-tu faire cesser ces hostilités ?

— Je te parlerai bientôt de nos projets, laissa entendre Garance qui, fidèle à elle-même, trouvait encore le moyen de déborder d'optimisme.

*
* *

Depuis qu'il se mesurait à des forces terribles, Marceau Parvery était devenu un vétéran endurci, comme s'achevait l'année 1940 ; sous le ralliement du lieutenant-colonel Raoul Magrin-Vernerey, devenu Monclar après avoir rallié la France libre, il s'intégra à la 13e Demi-Brigade de la Légion étrangère, entamant une autre partie de cache-cache avec la mort. Les plus robustes avaient succombé sous ses yeux, quant à lui, c'était un miraculé, un homme modelé par l'uniforme kaki, portant ses stigmates tels des trophées, qui incorporait le corps expéditionnaire des képis blancs pour entrer dans la guerre. À défaut d'être celle de sang, cette famille authentique à l'esprit de franche camaraderie que représentait la Légion avait mis du plomb dans la cervelle de l'aîné des Parvery.

Ayant pris place à bord d'un paquebot aux côtés du gros des troupes de la brigade du colonel Monclar pour rallier la cause de la France libre, il s'était accoudé au bastingage en laissant voltiger ses pensées et sa révolte contre les autorités de Vichy. Pour l'honneur et la fidélité qui lui rappelaient la devise inscrite à son drapeau, Marceau avait choisi de continuer la lutte, encouragé et sécurisé par la Légion étrangère, dont le général de Gaulle avait passé en revue la section. Ainsi, était-il parti sur la côte ouest de l'Afrique prêter main-forte aux troupes britanniques préposées contre l'armée italienne alliée des Allemands, qui projetait de contrôler l'Éthiopie, l'Érythrée et la Somalie.

En cette fin de 1940, il vivait ces semaines de navigation vers le Moyen-Orient dans un inconfort permanent, tandis que les Allemands et les Britanniques se livraient une guerre aérienne et sous-marine implacable. Bientôt, tandis que jeux et beuveries se succédaient, étaient parvenus à bord des télégrammes inquiétants sur le débarquement des soldats allemands en Libye. Hitler, au secours de ses alliés italiens acculés par les forces britanniques, avait engagé une contre-offensive.

Lorsque l'ordre fut donné d'accoster, les légionnaires déambulèrent, apprivoisant le premier contact avec l'Afrique où se mêlaient les odeurs enivrantes dégagées par les corps engourdis par la chaleur, l'épais mélange d'épices et de fumée âcre. Marceau, chaviré par le long voyage, gardait encore à l'esprit ses interminables parties de poker. Ils voyagèrent de nouveau vers une autre base de la mer Rouge où les ordres plus précis les amenèrent à se retrancher dans un camp. La cohorte de légionnaires, dont la réputation de soudards faisait ombrage au prestige britannique, fut gentiment priée de patienter avant d'affronter l'ennemi. La 13e DBLE allait finalement se lancer dans la campagne de reconquête de l'Érythrée, qui se prolongerait jusqu'en mai 1941.

*

* *

Dans le chaos de l'été 1940, Violette avait passé des jours sombres, identiques, où elle avait aidé les différents centres d'accueil improvisés par la commune pour les réfugiés. Distribution de vêtements, de vivres, à de pauvres gens affolés et humiliés, qui ne pourraient rentrer en zone occupée que munis de leur laissez-passer allemand, « *ausweis* » et à condition qu'ils puissent trouver des places dans des trains de marchandises. Elle compatissait d'autant plus sur leur triste sort et celui de leurs chers absents, que cette démarche humanitaire l'empêchait de sombrer dans l'abattement en raison du contact rompu avec Anselme. Qu'était devenu son époux ? Elle n'en savait rien. Plus elle cherchait la réponse à cette lancinante question et moins elle la trouvait. Cette volonté d'y voir clair dévorait son énergie. Soutenue par Hélène, elle avait contacté l'Agence centrale des prisonniers de guerre à Paris. Un petit carton lui avait été adressé, indiquant qu'Anselme avait été fait prisonnier dans un camp provisoire. Son adresse ne serait connue qu'à son intégration d'un camp régulier. Elle dut patienter jusqu'en octobre 1940 pour recevoir une carte postale revêtue de la griffe de la poste des prisonniers de guerre La KRIEGSGEFANGENENPOST. L'envoi qui avait été soumis au contrôle de l'autorité allemande ne comportait aucune précision sur la localisation du camp. *« Je suis prisonnier de l'Allemagne et en bonne santé »*, précisait-il sans autre commentaire. À peine avait-elle reconnu son écriture…

Dans les rues de Bellac, il n'y avait guère que Pablo et Esther pour s'afficher main dans la main ! Colombe, assise sur un banc près de l'hôtel de ville, feignit de se plonger dans sa lecture, alors que les amoureux arrivaient à sa hauteur. Ils auraient pu garder leur relation secrète, mais l'Espagnol était visiblement si fier de se pavaner au bras de la fille Clément que ses yeux pétillaient d'un éclat de jais sous leurs rires complices. Si Colombe en avait éprouvé de la jalousie, et qu'elle souffrait encore de l'indifférence de Pablo, elle tentait d'adopter la stratégie du détachement, se contentant d'observer dans l'ombre, sans même chercher à entamer la conversation puisqu'il se défilait, comme s'il avait été soumis à la férule de cette étrangère.

Selon le point de vue de Garance, il était grand temps de tourner le dos à ces enfantillages pour enfin s'investir dans la lutte, la vraie ! Hors de question de se ranger derrière l'icône du vieux chef, louait-elle. Il avait suffi que la brunette fasse la connaissance d'un nouvel ami, Albert Duroy, pour que l'influence de ce dernier affermisse ses idées politiques encore hésitantes. D'ailleurs, Garance et quelques jeunes gens du bourg avaient du mal à avaler le légiféré du gouvernement de Vichy : les francs-maçons et les juifs interdits dans certaines fonctions… L'engagement de la France dans la collaboration et toutes ces affiches à l'effigie du maréchal étaient jugés d'un mauvais œil. La venue de Pétain qui faisait une tournée dans les provinces françaises avait d'ailleurs relancé le débat sur ce qu'étaient devenus ces communistes d'hier. Les amis de Garance espéraient un sursaut pour l'idéologie qu'ils soutenaient.

— Le maréchal est principalement adulé par les anciens qui jugent la collaboration comme la seule issue possible, prôna Colombe en scrutant les alentours pour s'assurer que personne ne l'écoutait.

— Cette soumission mènera à notre perte ! En zone occupée, les troupes allemandes achètent tout ! Ceux que j'entends chanter à pleine voix « *Maréchal nous voilà* » dans les chantiers de jeunesse ne savent pas ce qu'ils font ! Viens ce soir dans l'arrière-salle du bistrot de chez François. Il y a les frères Grousset, Gauthier et Gilbert, que tu connais sans doute, et je te présenterai Albert Duroy, un réfugié belge qui a été accueilli dans une salle de classe ouverte en urgence, précisa Garance en faisant quelques pas aux côtés de son amie.

Les frères Grousset, Colombe ne les avait jamais rencontrés, elle s'était bien gardée de les fréquenter en raison de l'aversion des Varet à l'égard de cette famille.

Le ciel s'était dégagé, elles s'arrêtèrent près de l'église pour admirer la vallée.

— Au sujet des réfugiés, il paraît qu'à Limoges, il y a environ deux cent mille personnes qui attendent encore une aide qui ne vient toujours pas ! soupira Colombe.

— Ce n'est pas facile ! La plupart de ces pauvres gens inquiets et perdus manquent de linge et de chauffage, le sous-secrétariat d'État aux réfugiés fait ce qu'il peut, mais les moyens ont été sous-estimés ! Dis-moi, je compte sur toi ce soir pour écouter avec nous sur la BBC « *Les Français parlent aux Français* » murmura-t-elle. Réfléchis un peu, on ne va pas se laisser déplumer indéfiniment…

— La radio anglaise ? C'est de cela dont tu veux parler ?

— Bien sûr ! Mets-toi au diapason ! Je te préviens, elle n'est pas tendre pour le gouvernement de Vichy ! Ce n'est pas pour autant que les communistes partagent cette opinion, tu t'en doutes, mais au moins, ils s'informent !

— En tous les cas, cela ne fera pas revenir le kilo de sucre ou la miche de pain qui se raréfie ! se morfondit Colombe qui aurait bien aimé savoir comment Anselme aurait interprété le point de vue de Garance.

— Je te présenterai Albert Duroy, dit la brunette d'une drôle de voix qui essayait de cacher une soudaine inclinaison du cœur.

— Tu me l'as déjà dit ! moqua Colombe en jetant les yeux au ciel.

Avec un fatalisme délicieux, Garance expliqua derechef que cet homme revenait de l'enfer, pris dans cette marée humaine où les camionnettes bâchées, charrettes à bras, soldats de compagnies disparates avaient fui depuis Bruxelles la peur au ventre d'une attaque de ces avions *stuka*. Albert avait vécu cette humiliation et assisté à des scènes épouvantables de panique, de chevaux éventrés sur les routes, de familles séparées qui partaient vers le sud sans même savoir ce qui les attendait. Il ne savait même pas comment ni pourquoi au fil de cet interminable voyage, Bellac avait été sa destination finale.

Colombe se hissa sur la pointe des pieds pour apercevoir la façade de *Chez François* dont le cafetier était un bon bougre. Bien qu'en apparence le calme régnât, il s'en passait des choses dans l'arrière-salle le soir venu !

D'un commun accord, elles s'y retrouvèrent plus tard, autour de commentaires libres en compagnie des trois garçons. Les fils Grousset, Gauthier et Gilbert, étaient de jeunes gaillards un peu bateleurs, pas encore en âge d'être mobilisés. Ils avaient été soumis très jeunes aux exigences du travail pénible de la tannerie, le raclage des peaux, leur transport sur des civières, autant de rudes tâches qu'ils accomplissaient journellement sans pour autant en paraître humiliés ni découragés. Leur combat en avait fait des hommes. On aurait presque pu les confondre, tant leur carrure identique et leur regard franc d'un bleu horizon en disaient long sur leur lien familial, si ce n'est que le sourire avenant de Gauthier mit aussitôt Colombe en confiance. Albert

Duroy, plus réservé, ne lui souhaita pas moins la bienvenue et curieusement, elle se sentit immédiatement acceptée dans ce cercle d'amis où la parité n'était pas tout à fait respectée. Il faut dire que Garance n'avait pas tari d'éloges sur sa camarade, qu'elle avait dépeinte à l'instar d'une fille courageuse et intelligente qui viendrait efficacement grossir les rangs de ceux que l'on n'appelait pas encore les « résistants ».

Emportés dans cette flamme de la jeunesse, les Grousset avançaient avec optimisme que l'Allemagne perdrait la guerre. Ils s'affichaient nettement contre la résignation des collaborateurs et contre le nazisme, cela allait de soi. Marqués par ce qu'ils savaient de la révolution russe d'octobre 1917, les frères se passionnaient pour la philosophie marxiste. Ils prétendaient qu'elle portait l'espoir d'améliorer le sort des hommes, ce que personne ne contredisait, par ignorance. Ces propos radicaux, plutôt fier-à-bras, auraient pu rendre Colombe méfiante, mais elle fut vite impressionnée par ces visions très affranchies qui tranchaient avec le quotidien lugubre et attentiste qui baignait ses jours à l'atelier depuis un certain temps. Pourtant, bien qu'elle ait nourri des sympathies pour la gauche, elle ne s'était jamais engagée politiquement. Il ne fallait pas perdre de vue que l'Allemagne venait de remporter une grande victoire et qu'au moment d'en tirer les conséquences, la France avait choisi la collaboration avec l'ennemi.

XVI

Les nouvelles de cette France occupée et de ses pelotons d'exécution dont les journaux clandestins abreuvaient l'opinion de rapports détaillés établissaient une synthèse au sujet de la persécution des Juifs qui placerait les résistants dans une logique d'opposition. Tracts, journaux s'engouffraient dans les brèches. Nombre de fois après sa première rencontre avec les frères Grousset, Colombe songea au discours que prônait Anselme quelques années en arrière en évoquant le danger de guerre dans la renaissance de l'antisémitisme.

La jeune Parvery traversa une courte période, animée d'une tiédeur de sentiment. Le serment de fidélité au maréchal Pétain était exigé du personnel civil et militaire de l'État, ceux qui refusaient de le prêter étaient révoqués. Trop d'hommes étaient prisonniers en Allemagne, il fallait pourtant agir pour l'honneur !

Par étapes mesurées, dans ce décor de café où ils se retrouvèrent régulièrement à la nuit tombée, Gauthier, l'air de rien, mit Colombe en confiance en s'intéressant à elle de plus près. Elle se contenta d'abord de sourire pour toute réponse, mais au fond, elle était ravie de susciter de l'intérêt dans les yeux de cet homme qui lui insufflait peu à peu ses idées. Il sut également se montrer patient pour lui conter fleurette. Il la flattait sans exagération sur sa beauté, l'amadouant avec tact tout en glorifiant les grands principes de liberté qu'ils devaient à tout prix conserver afin de mieux en venir au point capital.

— Serais-tu prête à être active et à lutter contre les occupants ?

Colombe, poussée par Garance et ses idées d'égalité mûries par les privations de la guerre, sentit monter une sorte d'excitation qui l'incita vite à prouver sa bonne volonté. Elle accepta.

Gauthier l'embrassa, et d'une voix complice, il ajouta qu'il savait pouvoir lui faire confiance, avant de lui expliquer certaines règles de prudence à respecter, comme ne jamais parler de ses engagements à quiconque.

— Cet investissement est une libération ! assura Garance qui, de son côté, montrait l'exemple sans faiblir. Il existe toutes sortes de petites missions que les femmes peuvent accomplir.

Colombe franchit donc timidement le pas, un jour du début du printemps 41. Lorsque Gauthier eut déployé tout son charme et qu'il tint sa jeune fiancée sous sa coupe en l'abreuvant de théories sur le combat ouvrier et le principe qu'il fallait se battre contre un système qui les mènerait droit dans le mur, il lui remit ses premiers tracts. Ce soir-là, il l'enlaça si fort que Colombe n'avait encore jamais ressenti autant de douceur. Elle crut perdre pied à l'unisson de leurs deux cœurs, basculant par amour vers un courant de pensée qui n'était pas celui auquel elle adhérait au moment où monsieur Anselme lui avait enseigné ses grands principes. L'amour, qu'elle n'avait encore jamais connu, la déroutait et l'enveloppait dans un tourbillon révolutionnaire.

— Tiens ! dit-il peu après, voici les tracts à distribuer, c'est la meilleure façon de lutter contre la censure grâce à ces « armes de l'esprit ».

« *Hitler veut débolcheviser l'URSS* », titraient ces premiers tracts tout droit sortis d'une imprimerie clandestine qu'elle achemina à vélo selon un parcours soigneusement planifié par la tête du réseau. Sur ces prospectus, on parlait de crime contre l'humanité et ces lignes finissaient par la convaincre de la portée efficace de cette action. Elle avait le sentiment d'ouvrir les yeux sur la réalité du combat ouvrier et espérait naïvement en dessiller beaucoup d'autres. Les Russes, eux au moins, ne s'abandonnaient pas à l'occupant à l'instar de Vichy. Non seulement Gauthier devenait l'ambassadeur de cette pensée, mais elle ne voulait pas le décevoir. Naissait chez Colombe une conviction qu'elle aurait un rôle à jouer dans ce combat collectif.

À bicyclette, il fallut faire preuve de discrétion, car, si la plupart des autochtones n'aimaient guère les Allemands, certains vénéraient le maréchal Pétain, en estimant qu'il avait rendu à la France sa fierté. C'était le cas des cousines Varet, à qui elle se serait bien gardée de confier ses nouvelles occupations.

Une nuit sans lune, en parcourant les ruelles de Bellac, elle songea à l'article de ce Georges Guingoin, devenu secrétaire du parti communiste de Haute-Vienne depuis le mois de septembre. Il se disait contre de Gaulle et contre le capitalisme de Vichy, tout cela lui paraissait encore un peu obscur. Elle aurait aimé connaître l'avis d'Anselme Varet sur la question.

Ce qui l'inquiétait toutefois, c'était que le gouvernement de Vichy avait adressé un télégramme à tous les préfets de la zone non occupée :

« *Le nommé Georges Guingouin est activement recherché. Objet : Mandat d'arrêt pour faux en matière de carte d'identité, Pétain fustige ces voyous qui cherchent à semer le doute dans les esprits* » et son Gauthier Grousset faisait partie de ce groupe baptisé « Francs-tireurs » en souvenir de ceux de 1870 immortalisés par Victor Hugo. Colombe aussi, par extension, était enrôlée dans le groupe Guingouin ! Les beaux yeux de Gauthier n'y étaient pas pour rien !

Le clan devait rester soudé coûte que coûte et les compagnons déterminés, car ils avaient bien l'intention de constituer le premier maquis.

Colombe prenait du mordant, elle s'abreuvait du courage de Gauthier et trouva sa voie dans un investissement qui l'apaisait, même si la lutte armée qui semblait s'organiser autour d'elle suscitait quelques anxiétés, comme ce jour où les frères Grousset étaient à la recherche d'explosifs.

— Tu sais les manier toi ? s'enquit Albert en fronçant les sourcils.

— T'inquiète, je vais rapidement parfaire mes connaissances ! Le QG de Châteauneuf-la-Forêt doit nous envoyer un instructeur, prévint Gauthier qui semblait déstabilisé par l'encerclement de

Leningrad par les nazis. Gilbert, mon frère, a déjà appris à tirer au fusil, il en a récupéré deux, pas vrai Gilbert ?

— Je suis loin d'être capable de tirer avec précision sur des cibles mouvantes.

— Chaque chose en son temps, d'accord ? Il va de soi qu'il nous faut organiser le combat.

Sans en dire davantage, Gauthier fit signe aux autres de lui emboîter le pas à travers des sous-bois denses, bien au-delà des tanneries. Poussés par le souffle du vent, ils écartèrent la végétation pour se frayer un passage tandis que Gauthier ouvrait la marche, sûr de lui et de cette nature exubérante où le soleil perçait à peine. Après une petite heure de marche, Colombe découvrit leur premier bivouac…

Au petit matin, Gilbert et Gauthier n'en oubliaient pas moins leur devoir professionnel. Ils avaient revêtu leurs larges tabliers en cuir, sabots et guêtres, pour se rendre sur les bords du Vincou afin d'ébourrer les cuirs de la tannerie qui avaient séjourné dans la chaux. Alors que les peaux déjà assouplies étaient étalées sur des chevalets, ils se montraient des plus consciencieux munis de leurs couteaux d'ébourrage, prêts à racler le derme jusqu'à ce que la fleur du cuir apparaisse à nu. Les deux frères, patients et attentifs, abordaient une autre facette de leurs personnalités. Ils éliminaient avec soin le tissu sous-cutané sans entamer la peau qui devait apparaître parfaitement lisse. Comme de bons ouvriers spécialisés, ils replongeraient ensuite les peaux dans un bain de chaux afin de procéder au décrassage pour obtenir un beau cuir. Ils ne faisaient plus cas des émanations écœurantes tant leurs narines s'étaient accoutumées à cette atmosphère nauséabonde. Un dernier rinçage s'effectuait ensuite pour retirer la chaux absorbée par les peaux. Le derme était fin prêt pour le tannage.

Jamais un mot plus haut que l'autre. Les rôles se répartissaient dans un synchronisme parfait. Gilbert anticipait souvent sur l'étape de la préparation des extraits concentrés de plantes à tanin, châtaignier et quebracho, tandis que Gauthier vérifiait la concentration du jus tannant avant de passer les peaux à tanner qu'ils malaxaient de concert, avec les autres ouvriers, selon les règles de la maison dans la coudreuse[1] en bois, en éprouvant une certaine satisfaction à l'idée que la qualité du cuir dépendrait de leur savoir-faire.

Après avoir étiré les peaux, ils s'éclipsaient le temps d'un casse-croûte complice pour réapparaître rassasiés, afin de se consacrer à l'étape des bains successifs qui s'opéraient jusqu'à l'obtention d'une belle couleur uniforme qui ferait la renommée du cuir. Au sortir des cuves de tannage après plusieurs jours d'immersion, ils empilaient les dermes, les nettoyaient de leur tanin avec la même dextérité. De nouveau, ils plaçaient les peaux sur un chevalet pour racler ses efflorescences et le tanin déposés en surface. Venaient finalement les phases du séchage et de l'étirement pour assouplir et faire perdre l'humidité à la peau.

Les frères veillaient à ce que le cuir ne contienne pas d'excès de tanin avant de l'imprégner de

1. *Cuve de tannage.*

matière grasse. C'était souvent en fin de journée que Gilbert brossait le derme avant que Gauthier n'applique un peu d'huile de poisson sur le côté fleur du cuir. À plusieurs reprises, la curiosité avait piqué Colombe d'assister aux dernières étapes de l'assouplissement du cuir et de la mise en pile, mais l'odeur rance lui avait donné des haut-le-cœur.

Une odeur de cadavre en décomposition, avait-elle estimé en observant les garçons qui ne semblaient guère incommodés. Toutefois, elle considérait que son devoir consistait à dépasser ses premières impressions. Les ouvriers n'étaient pas faits autrement qu'elle, eux qui s'éternisaient dans la tannerie pour nourrir le cuir au foulon, où des matières grasses chaudes étaient introduites dans le tonneau recevant les cuirs. Lorsque les peaux séchaient, une fois les matières grasses absorbées, elle songeait à tous ces efforts fournis pour réaliser de belles paires de chaussures ! D'autres ouvriers prenaient la relève pour nettoyer à la sciure de bois les peaux empilées. Tandis qu'ils absorbaient les souillures, les odeurs s'atténuaient et sans doute que les petites mains qui étiraient les fibres dans le sens de la longueur les avaient oubliées.

S'il le fallait, je le ferais, se disait-elle en intégrant la dure réalité de la nécessité du travail.

À la nuit tombée, le petit clan se retrouvait sous le bivouac de la forêt pour refaire le monde. Les frères parlaient avec fougue et conviction, tandis que Colombe ne quittait jamais Gauthier des yeux. Fidèle à sa mission, mais mal assurée contre le danger, elle attendait le moment d'enfourcher sa bicyclette en suivant le parcours défini par son amoureux. Une nuit, aux alentours de trois heures du matin, croyant que la voie était libre, Colombe, qui venait de débuter son périple, descendit de sa bicyclette mal cadrée pour distribuer des tracts dans des ruelles sombres. Il s'agissait d'affichettes artisanales auxquelles il manquait un peu de technique, car bien sûr, ils ne disposaient pas de cette Rodéo légendaire utilisée par les imprimeurs pour tirer les tracts.

Tandis qu'elle poussait d'une main le guidon de son vélo, et se préparait, de l'autre, à glisser un papier dans une boîte aux lettres, elle distingua une ombre tapie dans un recoin. Son cœur s'emballa. Elle se raidit de la tête aux pieds, prise au piège, se trouvant dans l'impossibilité de rebrousser chemin. En une fraction de seconde, la jeune Esther fit irruption devant elle, un châle sur les épaules, ses cheveux blonds décoiffés par le vent, un sourire ironique aux lèvres. Elle la dévisagea outrageusement, satisfaite d'avoir obtenu la confirmation de ce qu'elle soupçonnait déjà.

— Quel exemple ! balança-t-elle tout haut.

La gorge de Colombe se serra. À parler aussi fort, elle allait ameuter tout le quartier ! La jeune Parvery enfouit instinctivement son tract dans sa poche en priant pour que son sac en bandoulière ne dépasse pas de sa veste.

— J'aimerais bien voir la tête de ma mère et celle de Violette lorsqu'elles connaîtront vos activités..., triompha Esther tandis que Colombe avait le sentiment de recevoir une décharge électrique dans les membres.

— Ce n'est pas ce que vous croyez !

— Ah non ? Vous me prenez pour une idiote ? L'instinct revient au galop ! Les minus restent les minus ! Dire que ma cousine vous aurait donné le bon Dieu sans confession. Vous n'avez décidément aucun respect pour les vieux héros de Verdun !

Ce n'était pas l'envie de rétorquer qui manquait à Colombe, mais sa position était délicate, aussi chercha-t-elle à calmer le jeu.

— Je ne vous ai rien fait, Esther, que je sache !

— Votre comportement suffit. C'est un outrage à la nation. Maintenant que je connais vos convictions politiques, vous venez de condamner le peu d'estime que j'éprouvais pour vous. Le maréchal est tout de même le patriote le plus illustre qui a sauvé la France de l'humiliation ! Vous l'avez oublié ? affirma-t-elle avec morgue.

Colombe garda son sang-froid. Ce jugement définitif dans la bouche d'une jeune fille aurait pourtant mérité débat. Il n'y avait pourtant pas de quoi être rassuré sur les intentions d'un vieillard de quatre-vingt-quatre ans qui avait rendu les armes devant les percées de divisions de panzers. La France dont parlait Esther, celle qui prônait la haine du Juif ou du communiste, utilisait le pouvoir de la même façon qu'Hitler, mais elle se garda bien de le lui faire remarquer.

— Après tout, vous n'avez rien à faire ici, ma mère se passera bien de vos services, poursuivit la fille Clément. Si j'ai un sage conseil à vous donner, c'est de quitter Bellac et j'oublierai votre inconduite ! D'autant plus que d'après les bruits qui courent, c'est un peu à cause de vous si le magasin de ma cousine Violette a brûlé.

— Comment osez-vous ? Qui vous a raconté de tels mensonges ?

— Tout le monde le sait, ricana-t-elle comme possédée d'un esprit malveillant.

Colombe s'étonna qu'une fille aux yeux aussi vicieux, dont la bouche fine et tordue rehaussait toute la méchanceté, eût été capable de séduire Pablo.

— Tu es encore plus sotte que ce que tu ne le laisses paraître ! laissa échapper soudain Colombe, dépassée par le tréfonds de sa pensée. Honte à toi si tu caftes, je t'assure que tu le regretteras et que les représailles te tomberont sur le nez !

Dans un geste de maladresse, elle laissa échapper des tracts de sa poche, que le vent éparpilla dans la ruelle. Penaude, Colombe jeta sa bicyclette contre le mur et se hâta de ramasser les objets du délit sous les ricanements de son ennemie.

Lorsqu'Esther eut disparu, elle s'efforça de retrouver son calme, en priant pour que cette rencontre n'ait pas de conséquences dramatiques. Le regard qu'elle lui avait lancé lui glaçait le sang et l'inquiétude de la jeune Parvery ne s'estompa pas si facilement. Qui sait de quoi cette Esther serait capable ?

Bien que Colombe ne vît qu'une simple intimidation dans l'attitude de la fille Clément, cela ne l'empêchait pas de penser qu'elle-même, de par sa proximité avec les Varet, représentait une rivalité pour Esther. Violette n'ayant pas eu d'enfants, cette dernière risquait de reporter son affection sur Colombe, qui devenait une concurrente à évincer pour la fille de sa cousine. Peut-être anticipait-elle un peu trop sur le mauvais esprit d'Esther, mais en attendant, la guerre semblait déclarée.

Ses yeux habitués à la pénombre vérifièrent que personne ne la surveillait. Par chance, les volets étaient restés clos, la ruelle dormait paisiblement. Colombe enfourcha sa bicyclette et chercha à chasser Esther de ses pensées tandis qu'elle actionnait un grand coup de pédale. S'armant de courage, même si le cœur n'y était plus, elle poursuivit sa mission un peu tremblante avant de rejoindre Gauthier dans leur repaire, au-delà des tanneries. Le jour se levait sous l'odeur de terre mouillée du petit matin lorsqu'elle s'enivra de la chaleur de sa peau sous le bivouac. Elle se pelotonna dans les bras de son galant. Cette seule certitude pouvait encore la griser. En fermant les yeux, elle aurait voulu être loin, mais elle ne parvint pas à évacuer ses craintes liées à sa mauvaise rencontre.

— J'ai peur, lui avoua-t-elle beaucoup plus tard.

— Ne t'inquiète pas, nous ferons comprendre à cette Esther qu'elle risque d'avaler son bulletin de naissance si toutefois lui venait à l'esprit de jouer au plus malin avec nous…

La pénurie alimentaire mettait le moral en berne. La raréfaction d'aliments pour le bétail, tels le maïs et le son, ainsi que le peu de fourrage, obligeait les familles à se défaire de leurs troupeaux, quant à l'élevage des volailles, il se maintenait difficilement. Devant la triste réalité des agents de réquisition qui subtilisaient les dernières denrées comestibles disponibles dans les épiceries, il ne restait que le braconnage et le troc pour sauver la face. Fini le plaisir d'une tasse de café, et si le gouvernement avait conseillé l'utilisation des glands grillés pour le remplacer, Colombe préférait remettre au goût du jour les tisanes de camomille, de menthe ou de sureau, en faisant remarquer à Garance, avec un soupçon d'incertitude dans la voix, que tout se passait dans la tête ! La brunette restait peu convaincue. Le rationnement devenait d'autant plus critique que de nombreux réfugiés arrivés de Lorraine, annexée au Troisième Reich, affluaient en Limousin.

Colombe vivait de nouveau la peur au ventre, souvent déstabilisée par l'attitude de Gauthier qui ne cachait pas ses sentiments extrémistes à vouloir combattre le système. Pourtant, elle découvrait à ses côtés des joies simples de la vie qu'elle n'avait encore jamais connues, lorsqu'il la cajolait et l'enlaçait comme une enfant. Dans leurs instants intemporels, ils s'abandonnaient l'un à l'autre, se rassuraient, avant que la nature ténébreuse du garçon ne reprenne le dessus, l'évadant sans raison apparente dans un monde sombre et lointain :

— Il me faut des explosifs ! disait-il après l'avoir embrassée passionnément.

— Va pour les tracts ! Mais je n'irai pas plus loin ! affirmait celle qui ne se laissait pas si facilement manipuler, d'autant plus qu'elle se sentait incapable de lui procurer ce genre de munitions.

— La Résistance est en train de s'organiser, fanfaronnait Gauthier, en songeant à cette planque dans la forêt de Blond où des explosifs devaient être stockés.

Ensuite, ils dévoraient un peu de jambon cru de la réserve des parents Grousset, survolaient quelques articles de *L'Humanité* et elle s'abandonnait de nouveau dans les bras de cet amant fougueux. Après l'amour, le jeune homme revenait systématiquement à la charge :

— Acceptes-tu d'être totalement des nôtres ?

— Tu m'offenses vraiment ! commentait-elle un peu vexée. Qu'attends-tu de moi au juste ?

— Ton extrême discrétion pour porter des messages et tes encouragements !

— N'est-ce pas ce que je fais déjà ?

Mais Gauthier en voulait toujours davantage…

Même si le climat s'assombrissait, le nombre des militants et celui des tracts s'accrurent au début de l'année 42. Le réseau de renseignement tissait sa toile inexorablement. Plus de doute, les camps de la mort existaient, les communistes allemands avaient été les premiers à en faire les frais. La haine du nazisme faisait des recrues pour le mouvement. Toutefois, il fallait redoubler de précaution afin que la mairie n'alerte pas les gendarmes au sujet des agissements clandestins menés tambour battant par le petit clan. Colombe se montrait toujours très habile dans sa mission ; ce fut chargée de bonne conscience qu'elle distribua ses tracts dénonçant *« la police française qui préparait les convois »*, avant de retrouver Gauthier dans sa cachette au petit matin.

Toutefois, lorsque le maréchal eut rappelé Laval à la tête du gouvernement, la jeune Parvery, à présent âgée de vingt et un ans, eut la conviction qu'elle devait emboîter plus fermement le pas des résistants. Le nouveau chef du gouvernement donnait plus de gages à l'Allemagne et au sein du petit groupe, on vouait haine et mépris à celui qui avait obtenu la chasse au terrorisme ainsi qu'un important transfert de la main-d'œuvre en Allemagne.

Colombe, dont la mine chiffonnée témoignait d'une vie nocturne des plus agitées, parvenait tout juste à faire acte de présence à son travail, tant elle se sentait en porte-à-faux avec Hélène. Une question l'effleurait : par quels moyens sa patronne parvenait-elle encore à se procurer du fil pour la dentelle, alors que la pénurie sévissait dans tous les domaines ? Malgré sa suspicion sur le fait que madame Clément eût été en étroite collaboration avec la milice, Colombe ne pouvait se permettre de faire la fine bouche, tant elle était satisfaite d'avoir pu conserver son maigre salaire qu'elle sacrifiait en totalité à ses besoins alimentaires. Dans son entourage, chacun utilisait au mieux ses compétences. Les paysans s'entraidaient grâce au troc ou au marché noir, ce qui était le cas de la mère de Garance. Ravaudeuse de métier, elle se faisait payer en œufs ou en poulets les nombreux travaux de reprisage qu'elle effectuait en raison des pénuries de vêtements.

Même si Colombe pouvait encore compter sur l'habileté de ses doigts pour sauver la mise, elle fut à plusieurs reprises envahie de sueurs froides à la simple idée que la milice pût surgir sans crier gare à l'atelier ! Garance, de son côté, redoublait d'efforts, concentrée sur ses fuseaux. L'oreille plus affûtée que celle d'un chien de garde, elle guettait chacune des entrées, les mains moites, la gorge sèche. De temps en temps, les filles se donnaient un coup de coude complice pour s'encourager à affronter ces heures interminables, où la foudre risquait de tomber à chaque instant sur leurs têtes en cas d'une dénonciation.

Esther ne se montrait pas. Sans doute avait-elle ravalé son désir d'en découdre ?

Un soir de novembre 1942, alors que les états-majors allemands avaient pris position dans les villes de la zone libre, Colombe longeait la rive du Vincou sous l'opacité du brouillard pour rejoindre Gauthier du côté des tanneries, lorsque la présence de Pablo la fit soudain sursauter. Le visage du garçon se montra attentif jusqu'à la tension. Cette attitude peu coutumière prouvait qu'il devait avoir quelque chose d'important à lui demander. D'instinct, elle fut certaine qu'il cherchait à rallier le bateau de la Résistance car le dispositif nazi se durcissait un peu partout.

— N'aie pas peur ! susurra-t-il alors qu'elle arpentait les bords de la rivière d'un bon pas.

Elle aurait pu l'ignorer, jouer d'arrogance, mais elle marqua un temps d'arrêt.

— Que veux-tu ?

— Je suis au courant de tes activités, énonça-t-il d'un air satisfait, tandis que la jeune fille ne se départait pas de son sang-froid.

— Je suis pressée, dit-elle froidement.

— Tu crois que cela me plaît moi, cette discrimination contre les Juifs, les encouragements de Pétain pour s'engager dans la légion volontaire contre le bolchevisme et le reste ?

— C'est que tu dois avoir sacrément besoin de moi pour décider d'un seul coup de cesser de m'ignorer ! persifla Colombe en resserrant le col de sa pèlerine tandis qu'une buée sortait de sa bouche.

Il balbutia qu'il n'avait jamais été fâché et qu'elle devait éviter de se faire de fausses idées sur lui, puis il ajouta :

— Il faut parfois un certain temps pour comprendre que sous l'honneur peut se cacher le vice. Ainsi, la direction que le gouvernement français veut nous faire prendre n'est pas la mienne. La photo de Pétain, exposée partout, agrémentée de fleurs, elle me sort par les yeux ! Cette propagande envahissante, très peu pour moi.

Colombe décela l'espace d'un instant une langueur dans la voix de Pablo qui la mit en déroute.

Il poursuivit en imitant les paroles du maréchal :

— *« J'ai fait don de ma personne à la France ! »*, à d'autres !

Elle éclata de rire et il constata qu'il avait marqué des points.

— La pression allemande s'alourdit, les exécutions se multiplient, la France est saignée à blanc. Ce n'est pas cette France-là que j'ai ralliée en quittant l'Espagne ! Moi aussi, j'ai choisi de me battre contre le véritable ennemi. Je sais que vous faites du recrutement…, ajouta-t-il à demi-voix.

Ce n'était pas faux, mais Colombe se garda bien d'engager une quelconque réponse, même si Gauthier, Albert, Garance et les autres ne demandaient qu'à renforcer leur équipe. Si Colombe penchait pour la sincérité de Pablo, l'ombre d'Esther jouait encore contre lui.

— Pourquoi te donnerais-je ma confiance ?

— Ai-je besoin de te rappeler que je t'ai sauvé la vie ? soupira-t-il en battant des cils.

— Ce n'est pas un argument suffisant !

Colombe ne formula aucun commentaire mais elle supposa que la vie de Pablo se trouvait menacée. Cela infléchit son jugement et l'incita à lui servir de messager auprès des frères Grousset.

De son côté, Gauthier, après avoir mené sa petite enquête sur ce Herrero, et ce, dans l'intérêt de tous, sembla rassuré. Il recrutait fermement depuis que la Résistance unifiée regroupait les trois grands mouvements de la zone sud : Combat, Franc-tireur et Libération Sud.

Il convoqua finalement l'Espagnol à la nuit tombante, dans une ferme isolée au-delà du hameau de Chapterie, afin de savoir ce qu'il avait vraiment dans les tripes et s'il était entraîné. Sous la lueur de la lampe-tempête, en compagnie de deux acolytes, alors qu'il planchait sur le choix d'un itinéraire qui permettrait d'atteindre des armes parachutées dans un bois, il toisa le nouvel arrivant.

— Ce n'est pas pour une mission de communiant ! Tu sais tenir ta langue au moins ? Aussi bien que la herse ? Obéir aux ordres ? s'enquit Gauthier en fouillant méticuleusement le regard de Pablo.

— Il m'aura fallu le temps d'effacer les stigmates de la guerre civile en Espagne pour que je sois prêt à m'engager en dissidence. Là, devant ce pouvoir illégitime qui va beaucoup trop loin, je ne peux plus rester passif ni attentiste…

Son ton sonnait juste, son regard était franc, Gauthier le sentit prêt.

XVII

Gauthier lisait sur le visage transfiguré de Colombe que son esprit voguait bien loin de leur repli. En réalité, elle pensait à Anselme qu'elle imaginait dans une usine du Troisième Reich. La veille au soir, elle avait été frappée d'un drôle de pressentiment en croisant un groupe de gendarmes à vélo, musettes en bandoulière, qui s'en allaient sur la route de Limoges où de nouveaux repaires de la collaboration avaient explosé.

— L'aide de Pablo nous sera précieuse ! Ce gars-là n'hésitera pas à braver le vrai danger, estima Gauthier tandis que Colombe sentit l'angoisse la submerger.

Elle supposa que le jeune Ibérique était sur le point de partir, si ce n'était déjà fait. De gros recrutements s'organisaient pour des opérations soigneusement minutées autour d'une gare de Dordogne où il trouverait des conseils. Est-ce que le résultat valait les risques ? Il fallait espérer que la chance le serve, mais à cet instant, Colombe se domina et ne montra rien de cette impression soudaine de vide qui l'assaillit. Pablo devait apprendre à fixer des explosifs avant de récupérer deux paquets de cheddite avec mèches et détonateurs pour faire sauter de nuit, trois jours plus tard, des usines qui travaillaient pour l'Allemagne.

Gauthier, quant à lui, n'avoua pas tout de suite à sa petite amie qu'il venait de recevoir sa convocation pour le service du travail obligatoire en Haute-Silésie, car l'Office allemand du travail recrutait et les mairies étaient tenues d'y assujettir les jeunes Français de la classe 22. Il avait été tellement absorbé par d'autres considérations, qu'il n'avait pas même pris le temps d'aller à l'essentiel. Bien sûr, il était décidé à ne pas se présenter à la convocation. Bien qu'il fût en infraction, il répéta plus tard à Colombe qu'il avait trop vu son père errer comme un zombie des suites de la Grande Guerre et qu'il n'avait aucunement l'intention de suivre la même trajectoire que ce dernier.

— Chez les boches, jamais tu m'entends ! bégayait-il, plutôt crever que de revivre ce calvaire. Mon père, à son retour en 18, a tout juste eu la force de sarcler sa terre et de rentrer les récoltes pour se faire honneur…

Elle essaya un instant d'éprouver un brin de compassion pour le père Grousset, ce cultivateur que la Grande Guerre avait vieilli prématurément. Il lui fut presque facile d'oublier les animosités qu'elle avait entendues dans la bouche de Violette à propos de leurs différends familiaux. Colombe s'y sentait étrangère, tellement en empathie avec Gauthier.

— Tu sais ce que cette désertion implique ?

— Non seulement je sais que je deviens un clandestin, mais je l'assume, murmura-t-il en se rapprochant de Colombe qui demeurait tendue.

— Je ne te cache pas mon inquiétude, la milice est maintenant présente partout !

— D'une façon comme d'une autre, nous n'échapperons pas à la tourmente, alors, je n'ai pas l'intention de participer à l'effort de guerre des nazis, autant rester fidèle à ses convictions, c'est ma seule devise !

Gauthier était un pur, et ce fut vraisemblablement ce qui avait séduit Colombe lorsqu'elle l'avait rencontré.

— S'ils te prennent, ils t'enverront dans ces camps ouverts où l'on emprisonne les Juifs avant qu'ils ne partent en déportation. Je sais qu'il se commet toutes sortes d'atrocités et que les réfractaires au travail obligatoire y assistent avant d'être expédiés en Allemagne, dans le bassin minier de Haute-Silésie pour tâter de ce fameux STO.

— Arrête Colombe, tu vas nous porter la guigne !

— As-tu pensé que si tu désertes, tu n'auras plus de carte d'alimentation ? Forcément, ils ne te la renouvelleront pas.

Quand elle eut épuisé tous les arguments devant Gauthier irascible, elle capitula. En réalité, elle en voulait tout autant que son petit ami à ce Laval qui avait organisé le STO. Pourtant, devant ce fait accompli elle ajouta les yeux emplis de larmes :

— Tu vas devoir partir loin d'ici…

— Albert le Belge a un filon pour les faux papiers, cela devrait pouvoir s'arranger en suivant ses conseils à la lettre. Il connaît des planques sûres, chez des particuliers qui, en cas d'alerte, préviennent vite. Pas besoin de partir aux antipodes.

— La milice perquisitionne, les arrestations se multiplient, je ne te l'apprends pas Gauthier… Ce matin encore, il y a eu du grabuge sur la route de Limoges.

Au fur et à mesure, Colombe comprenait qu'elle n'allait pas le revoir de sitôt. Elle restait méfiante sur tout ce qu'elle entendait, et sentait le danger partout.

Albert, l'amoureux de Garance, revint bientôt avec un mot de passe que Gauthier utiliserait en cas de besoin chez la personne de confiance qui l'hébergerait dans une grange délabrée. Tous deux rejoignirent ensuite une forêt perdue alors que les couleurs de l'aube mariaient le jaune à l'orangé. Le maquis était à présent implanté sous des toiles de parachutes à quelques encablures d'une rivière. Fuir l'horreur devenait presque apaisant. L'union faisait la force. Avec les moyens du bord, les maquisards étaient affublés de tenues confectionnées pour les Chantiers de jeunesse, et ils se suffisaient de vivres acheminés par un paysan qui n'avait pas hésité à mettre sa vie en péril afin de servir ses convictions. Tant pour Albert que Gauthier, l'été 43 fut le moment de mettre au point de nombreuses opérations de sabotage avec des forces unies de Résistance.

Une nuit tiède où stridulaient les grillons, Gauthier Grousset et Albert Duroy, sous la complicité des rayons de lune, reconnurent la bâtisse décrite par l'éclaireur. Ils la contournèrent pour suivre le sentier qui menait en bordure de nationale. Leur mission les conduisait à sectionner un câble télégraphique souterrain enterré à deux mètres de profondeur. Ce câble mettait en communication la marine nazie ancrée en baie de Gironde avec le haut commandement du Troisième Reich. En creusant ce trou en bordure de nationale, ils avaient la rage au cœur et les cisailles prêtes à l'emploi, camouflés derrière des touffes de fougères qui s'agitaient lorsqu'il fallut dissimuler le sabotage sous des branchages et de la mousse. L'opération se déroula sans encombre et les amis, galvanisés par leur réussite, étaient bien décidés à poursuivre sur leur lancée. Un agent de liaison les attendait avec deux bicyclettes qu'ils enfourchèrent en direction de la parcelle d'une commune voisine ou ils devaient récupérer un container destiné à armer les francs-tireurs. Les aviateurs britanniques les avaient largués la veille et la BBC avait fait passer le message codé. En règle générale, c'était Gilbert Grousset qui assurait la réception des parachutages. Prudent, il répartissait le matériel dans des sacs à dos. Dans chacun d'eux, des grenades, du plastic avec détonateurs et surtout la notice explicative technique. Cela fonctionnait bien et de nombreuses opérations de sabotage furent mises au point de tous côtés du département. Ces déplacements étaient d'autant plus périlleux que la présence menaçante de la Wehrmacht soutenue par les efforts des miliciens renforçait sa surveillance. La volonté de se libérer avait déjà fait trop d'émules dans les campagnes de Haute-Vienne, et suite à ces opérations encore une fois menées avec brio à dos d'hommes, la tête des frères et de leurs amis fut rapidement mise à prix.

L'étau se resserrait…

Colombe Parvery faisait des cauchemars. Elle sentait que l'hiver serait long et solitaire. Son petit poêle en fonte à la modeste provision de charbon serait d'un piètre réconfort, mais ce qui l'ébranlait le plus, c'était l'insécurité que les maquisards faisaient régner, les menaçant tous les jours davantage, elle, Garance et bien d'autres. Le siège de la Gestapo à Limoges disposait de ses agents actifs de l'ennemi parmi les Français non seulement nombreux, mais difficiles à identifier. Pourtant, les voies ferrées continuaient de sauter régulièrement, et lorsque les explosions se faisaient entendre, Colombe jubilait…

La bonne étoile, fallait-il y croire ?

Pour la milice infiltrée, elle devenait une cible facile et cela revêtait du miracle si elle n'avait pas été appréhendée, d'autant plus que les actes de sabotage des lignes de chemin de fer, signés par ses amis, étaient légion au sein des gares, afin de ralentir les départs au STO.

Aux premières gelées blanches, elle craignit que le maquis ne soit plus approvisionné. Même si la solidarité fermière existait bel et bien, il aurait suffi d'un traître infiltré dans l'entourage pour les mener au drame.

Dans son petit meublé de la rue du Coq, Colombe reconnaissait entre mille la venue de Garance, à ses quatre coups secs frappés à sa porte. Si d'ordinaire sa fierté se révélait contagieuse, la mine contrite qu'elle afficha laissait présumer une visite de mauvais aloi.

— Viens ! Il faut partir ! assura-t-elle formelle, sans donner de précisions.

— Où allons-nous ?

— Ne discute pas ! Viens ou ils vont nous cuisiner ! Ma mère connaît quelqu'un qui peut nous offrir l'hospitalité. Il est temps de se mettre à l'abri.

Colombe se hâta d'enrouler plusieurs tours de son écharpe autour de son cou avant d'en glisser les pans sous la pèlerine qu'elle endossa, sans que son amie ne lui accorde un regard. Il fallait filer à l'anglaise, alors que les prés et les arbres, chahutés par le gel, laissaient présager un vent glacial. Les bicyclettes manquaient à l'appel, elles durent se hasarder à quitter le bourg en longeant les maisons basses qui faisaient face au Vincou, avant de suivre les chemins sinueux où elles accélérèrent le pas. Colombe apprit par Garance que les bourreaux étaient sur les dents ! Les hommes de Georges Guingouin venaient de faire exploser les chaudières de l'une des seules usines de régénération du caoutchouc en France, sise au Palais-sur-Vienne, qui serait par la force des choses contrainte d'arrêter sa production. Frappes et tortures s'enchaînaient sans relâche en guise de représailles aux attentats commis par la Résistance, qui se comptaient par dizaines. Elle mit un point d'honneur à conter avec force que le préfet de Limoges devait fournir des explications sur son manque d'effectif des forces de l'ordre un peu partout :

— Le viaduc d'amenée d'eau à une petite centrale hydroélectrique a sauté il y a trois jours, le fait que ce canal suive la voie ferrée a renforcé les dégâts.

Après ces nouvelles jetées d'une voix blanche, Colombe chercha un petit signe rassurant sur le visage de son amie, mais elle n'en perçut aucun. Glacées d'effroi, les jeunes femmes furent par deux fois alertées par des tractions sur la nationale, elles se camouflèrent derrière un taillis, retranchées dans le silence. *Le calvaire sera long,* pressentait Colombe en plissant les yeux pour mieux percevoir les détails des ombres de la route dans une peur indescriptible, parfois sous l'ébauche d'un chant d'oiseau.

Puis, elles reprirent la marche dans la désolation de l'hiver, sous les feuilles restantes, desséchées. Les chemins s'élargissaient, obliquaient entre les pâturages avant de retrouver la route. Muée par le froid et la faim qui s'installaient insidieusement, Colombe manifesta alors les premiers signes de défaillance.

— Ce n'est pas le moment de flancher ! sermonna Garance qui s'interrompit aussi sec en apercevant une Citroën de grosse cylindrée à croix gammée, isolée en pleine campagne qui avait dû faire l'objet d'une embuscade. La voiture mitraillée, aux pneus percés, se trouvait justement non loin de la ferme où les deux amies étaient censées se réfugier.

— On ne peut pas se présenter ici, c'est impossible !..., balbutia Colombe la gorge nouée par l'angoisse, la tête prise dans un étau, puisqu'elle s'imaginait déjà face aux hommes de la Gestapo en ciré noir.

Le froid s'intensifiait, pénétrant, la mort était partout, mais, bien qu'oppressées par le mystère de l'inconnu, elles ne pouvaient errer plus longtemps, seules dans la nuit.

— On la prend cette décision oui ou non ? s'agaça Garance rendue irascible par l'attente.

Engoncée dans sa pèlerine, Colombe restait plantée là, sans pouvoir proférer un mot. La neige qui se mit à tomber à gros flocons semblait les narguer. Elle se colla bientôt au pare-brise de la Citroën.

— Toi et les décisions, ça fait deux !

— Visiblement rien ne bouge, je crois que nous avons tout intérêt à nous mettre au sec, concéda Colombe en farfouillant nerveusement dans ses poches.

Elles accomplirent le trajet en silence, conscientes l'une et l'autre que l'instant était crucial. Le pire pouvait les attendre derrière cette porte. Colombe sentit son corps glacé se raidir davantage tandis qu'elle s'imposait de garder son sang-froid. Le vent avait gagné en intensité au moment où Garance serra fort sa main gauche dans la sienne. Cette dernière s'obligea à respirer profondément pour se détendre et tourna de sa main droite la poignée qui s'ouvrit sans résistance sur un intérieur sombre et calme. L'âtre, qui était encore rempli de cendres grises tiédies, répandait une petite chaleur. Garance fit un effort surhumain pour s'avancer vers les deux chambres à coucher. Elle y trouva quelques vêtements en désordre, un chapeau melon sur le lit, une table de chevet où se tenaient une lampe à pétrole ainsi qu'une montre de gousset et une Bible…

— Nous sommes seules, hurla-t-elle à son amie qui pénétra à son tour dans la chambre et s'écria :

— Ah malheureuse ! Jamais un chapeau sur un lit ! C'est signe de mort !

Garance haussa les épaules.

— Franchement, dans des moments pareils, tu n'as que ça à dire ! Il est probable que la milice ait fait l'inventaire des placards avant de faire subir un coup de Trafalgar à la propriétaire voilà tout !

— Tu crois qu'il y aurait eu une descente ?

— Je l'ignore mais l'explication semble plausible. Je me demande si cette madame Delcrou, supposée nous recevoir, n'est pas en train de passer un sale quart d'heure en ce moment même.

— Que faire ? gémit Colombe le regard noyé de détresse.

— Si tu voyais ton horrible grimace ! Pourtant, il n'y a personne rassure-toi, riposta Garance tandis que Colombe, qui s'était rongé les ongles jusqu'au sang, ajouta :

— J'ai mal partout.

Elle remarqua la présence d'une Bible posée sur la table de chevet, qui lui fit penser à celle que lui avait confiée Silvère. Cela lui engendra un drôle de pressentiment, bientôt atténué par la découverte d'une boîte de conserve de haricots dénichée dans un placard par Garance, ce qui leur permit d'apaiser momentanément leur faim.

D'un commun accord, elles passèrent la nuit dans cette maison. Garance dormit à poings fermés, mais Colombe, plus tourmentée dans son subconscient, ne réussit que difficilement à fermer l'œil, recroquevillée en chien de fusil dans ses habits. Elle avait beau se persuader que le débarquement serait pour bientôt, comme le pronostiquaient les informations, que les brigades de gendarmerie veillaient à la protection du mouvement de Résistance, vertiges et maux de cœur se succédèrent.

Au petit matin, une lueur s'infiltra par les claires-voies des volets. Une profonde tristesse avait curieusement remplacé l'angoisse. Impossible d'oublier que la sûreté de Vichy avait largement diffusé les portraits de Gauthier et d'Albert. Colombe les imaginait cheminer tous deux dans la neige, et une pensée insoutenable la troubla davantage. Machinalement, elle ouvrit la Bible et songea aux paroles de Silvère et aux psaumes de David qu'il lui avait cités. Il n'était pas trop tard pour bien faire, et elle parcourut les psaumes XII.

Jusques à quand, Seigneur, m'oublierez-vous ? Sera-ce pour toujours ? Jusques à quand détournerez-vous de moi votre face ?

Jusques à quand remplirai-je mon âme de desseins différents, et mon cœur sera-t-il chaque jour dans la douleur ?

Jusques à quand mon ennemi sera-t-il élevé au-dessus de moi ? Regardez-moi, et exaucez-moi, Seigneur mon Dieu.

— De mieux en mieux ! déplora Garance en ouvrant les yeux sur son amie en pleine lecture. Ne me dis pas que tu crédites ces bondieuseries !

Elle n'eut pas même le temps de lui répondre que des coups de feu résonnèrent dans la campagne. Elles se levèrent brutalement. Peu après, à quelques secondes d'intervalle, de violentes explosions retentirent à nouveau.

— Ce sont des charges d'explosif ! s'enflamma Colombe. Nous ne pouvons pas rester là, c'est beaucoup trop dangereux.

Les minutes s'écoulèrent, interminablement longues, à ne savoir que faire.

— Tenons bon ! Je prie pour que nos hommes soient dans leur cantonnement, espéra Colombe en sentant ses jambes fléchir.

— Allez ! avisa Garance en enlaçant affectueusement son amie, il faut faire face, personne ne peut rien pour nous. Le bilan des actes de sabotage est bon, je te le rappelle, nos hommes sont si fiers, dis-toi bien ça, cette pensée peut nous sauver !

Colombe s'approcha de la fenêtre. Un halo de brume s'étendait sur les vallons, au milieu desquels les arbres arboraient des formes tourmentées, à l'image de son profond désespoir. Le paysage ne lui avait jamais semblé aussi triste, la campagne aussi désolée. Son regard indéchiffrable s'arrêta sur la grosse cylindrée à croix gammée qui se trouvait toujours au même endroit. Elle se sentait tout aussi impuissante et inutile que désorientée. Elle épia Garance du coin de l'œil sans réussir à lui confier son trouble. Son amie semblait bien plus forte qu'elle pour avancer à l'aveuglette et ceci la rassura…

XVIII

LA PORTE DU PRESBYTÈRE de Crozant était largement ouverte lorsqu'une femme de noir vêtue y pénétra. Gênée par l'obscurité, elle tourna le bouton de porcelaine de l'interrupteur. Le visage épuisé aux cernes bleuis du père Parvery lui apparut devant sa table en chêne.

— J'ai peine à croire que vous puissiez rester sans lumière, dit-elle après l'avoir salué respectueusement.

— Ce besoin de miséricorde… *Celui qui fait miséricorde tient en réserve la vérité*, dit-il, à peine sorti de sa léthargie.

— Oh mon Père, je viens solliciter votre aide…, concéda l'éplorée les mains jointes, aussitôt en confiance.

Silvère se leva, fit quelques pas et referma prestement la porte derrière cette épouse de maquisard qu'il détailla de pied en cap.

— Bernard est au plus mal ! Je prie pour qu'à l'heure où je vous parle, il ait encore sa conscience ! Les maquisards ont ouvert les hostilités sur trois soldats allemands. Ces derniers se sont écroulés dès le début de la fusillade. Toutefois, la riposte n'a pas tardé. Des francs-tireurs blessés ont réussi à s'échapper, d'autres sont morts. Je n'en sais pas plus, expliqua-t-elle sans ambages.

Le visage énergique et amical de ce Bernard revint aussitôt à la mémoire du prêtre.

— Je ne pense pas que mon époux tiendra très longtemps. Pourriez-vous m'accompagner jusqu'à la maison des bois de Blond ? implora-t-elle d'une voix à peine audible.

Le lieu était éloigné. Cette démarche contraignait le père Parvery à prendre des risques, d'énormes risques. La veille, des hommes du village avaient été conduits à la kommandantur. Autant dire que le terrain était miné. Puisqu'il ne se prononçait pas, elle précisa qu'un éclaireur pourrait le conduire de nuit sur les lieux en empruntant en voiture les voies les moins fréquentées. Bien qu'il y ait eu sur le parcours plusieurs postes de guet, l'expert savait comment les éviter.

Silvère soupesait, calibrait les risques qu'il encourait. Enterrer un maquisard était un crime passible de mort. La mission que Dieu lui avait confiée ne connaissait pourtant aucune limite. Il lut tant de détresse dans ce regard que l'épouse de Bernard n'eut pas besoin de revenir à la charge pour qu'il accepte. Les Allemands étaient pourtant aux abois, le danger croissait, mais l'action du père Parvery, déjà pris dans un engrenage, s'inscrivait dans une morale de solidarité. Spontanément il réunit quelques affaires, conscient qu'il se trouvait sur la sellette, et que la Gestapo ne tarderait pas à visiter le presbytère.

La route fut longue et dangereuse, mais mis à part le vent qui charriait un peu de neige sur les routes isolées et le verglas sur les chemins encaissés, ils n'eurent pas à affronter de barrage allemand. Ils mirent la nuit entière pour atteindre leur but. Miraculeusement, un rayon de soleil matinal s'insinua entre les nuages lorsqu'ils parvinrent à la maison de la forêt de Blond où Silvère fut accompagné dans une grange, auprès de Bernard qui était au plus mal. Le père Parvery fit abstraction de sa fatigue et lui donna aussitôt les derniers sacrements.

À l'autre extrémité de la grange, près des ballots de foin entassés, sous un faible halo de lumière, le corps de Gauthier Grousset, mort fusillé, gisait, laissant auprès de lui une femme éplorée, dont les yeux rougis, emplis de stupeur, se levèrent en direction du prêtre qui s'approchait. C'est alors qu'elle reconnut Silvère à sa façon de marmonner entre ses lèvres. L'émotion, plus forte que la tristesse, lui vrilla la poitrine.

— Colombe !

— Silvère ! laissa-t-elle échapper, chancelante, devant le prêtre aux cheveux poivre et sel qui prit ses mains glacées entre les siennes.

Des rides sillonnaient la pâleur de sa peau, la fatigue sans doute avait creusé son regard, ses cheveux s'étaient raréfiés, Silvère avait vieilli mais Colombe le vit à peine. Elle se réchauffa dans son giron, se réappropriant des torrents de souvenirs l'espace d'un instant, secouée par des spasmes de tristesse. Dès qu'elle fut en état de se confier, elle lui apprit qui était Gauthier Grousset et combien elle l'avait aimé.

Même si le prêtre continuait de prier pour le repos de l'âme des disparus, Colombe s'attachait au réconfort de sa présence qui signifiait aussi son implication dans la Résistance. Penser aux derniers instants de Gauthier lui faisait trop mal. Avait-il eu le temps d'envisager sa mort ou était-elle venue le cueillir à l'improviste ? Elle ne le saurait jamais. Silvère, attentif, saisissait toute l'amertume et le désarroi de celle qui devait surmonter l'épreuve de l'exécution d'un être cher.

— Gauthier fut réfractaire au STO, mais il a payé autrement. J'aurais souhaité que Gilbert, son frère, fût présent pour lui rendre un dernier hommage, mais personne ne sait où il se trouve, murmura Colombe.

Ils veillèrent jusqu'au petit matin où les dépouilles mortelles furent enterrées au cimetière lorsque les premiers rayons du soleil filtrèrent le dénuement des forêts. Dans une solidarité qui honorait dignement le passage de ces hommes dans l'au-delà, Silvère rendit son dernier hommage aux défunts.

Au fil de la nuit de veille, Colombe avait appris combien Silvère s'était naturellement senti engagé dans la Résistance à mesure qu'Hitler faisait tomber les nations. Pourtant, l'enthousiasme de l'Église devant les thèmes vichystes comme la contrition, le sacrifice et la souffrance aurait pu le sensibiliser tout autant s'il avait suivi à la lettre cette politique de collaboration. Or, il n'en était rien et Colombe se sentait fière de voir le prêtre insoumis qu'il était devenu. Devant cette tyrannie à l'égard des Juifs, il avait trouvé légitime de vaincre le mal en engageant des actions. En apprenant ces scènes d'épouvante où la police française avait arrêté les familles juives de Paris afin de les parquer au Vélodrome d'Hiver, il avait aussitôt pronostiqué que les mêmes mesures de déportations seraient appliquées dans la zone sud de la France quelque temps plus tard, et il ne s'était pas trompé. D'ailleurs, il avait précisé à sa cadette que la menace qui planait comme une épée de Damoclès sur les Juifs des alentours de Crozant l'avait incité à aller plus loin.

— J'ai pris la décision de protéger certaines de ces familles. Seule ma position morale a dicté mon choix de ne pas obéir à l'autorité, et même si le préfet en porte-parole du gouvernement de Vichy a semé le doute dans les esprits, j'en sais suffisamment sur le nazisme et l'antisémitisme d'Hitler pour entrevoir le brouillage de piste exercé par les autorités compétentes. Pas besoin que l'on me fasse un dessin sur ce que signifient les rafles…

Colombe songea à l'estime qu'aurait nourrie Gauthier Grousset pour son frère, capable de faire prévaloir les grandes causes à défendre ici-bas. Elle en eut les larmes aux yeux en se remémorant combien Silvère, qui avait frayé avec la mort dans sa jeunesse, était à présent devenu cet être supérieur. Les séquelles de cette épreuve avaient orienté son combat de vie et les rapports avec son prochain s'en étaient façonnés. Sans doute était-il considéré comme l'élément providentiel de ce bourg, où il bénéficiait d'appuis ?

— Certains chefs de police lancent des ultimatums… Tu es au courant ?

— Je sais que mon heure approche, pronostiqua-t-il, mais je n'ai en tête que de protéger ces malheureux dont j'ignore la véritable identité.

Colombe songea que son frère risquait d'être déporté, et l'angoisse lui serra de nouveau la poitrine.

— La plupart de mes protégés ont été prévenus par des éclaireurs qui les aident à se disperser dans les bois, et crois-moi, tout ceci me fait plus que jamais comprendre la raison pour laquelle mon destin m'a placé sur cette trajectoire. Épargner des vies humaines donne un sens précis à la mission que Dieu m'a confiée.

— Cela ne démérite pas, mais il n'empêche que les perquisitions pleuvent. Certains résistants sont cueillis dans leur sommeil, leurs maisons sont ratissées du sous-sol au grenier ! Il y a des barrages, tu ne peux retourner à Crozant… C'est impossible… Et puis, tu sais aussi bien que moi que certains collabos sont prêts à tout pour nous nuire, et sans vergogne.

— Je sais tout ça, mais il faut résister Colombe. Les maillons de solidarité sont de plus en plus nombreux à se déployer autour de nous, insista Silvère, mué d'une immense flamme intérieure. Ma conviction est de m'estimer responsable, en prenant pour principe que Jésus-Christ m'a enseigné de sacrifier ma vie terrestre pour l'homme.

Colombe grelottait dans ce refuge. Elle accusait le coup et sa fatigue retombait. Allaient-ils devoir longtemps dormir dans des granges, attendre un peu de ravitaillement ? Garance, qui avait réussi à récupérer des tickets d'alimentation, ne réapparut que le surlendemain avec quelques vivres.

Ils partagèrent un maigre repas de châtaignes, ils n'avaient pas d'armes, Garance avait perdu de vue Albert Duroy pour lequel elle se faisait un sang d'encre. Ils erraient comme des scouts, hors la loi, tandis que la répression s'intensifiait. Les dernières informations de Garance préconisaient qu'il fût préférable de rallier un autre maquis. La milice était bien informée, s'ils ne partaient pas rapidement, ils seraient vite localisés.

XIX

Hélène Clément venait d'apprendre que sa fille attendait un enfant de Pablo et visiblement cette nouvelle ne lui mettait pas le cœur en joie.

— Je te croyais plus calculatrice ! lui asséna-t-elle. As-tu songé aux conséquences de tes actes ? Ton don Juan est un hors-la-loi ! Force est de reconnaître que tu t'es trompée à son sujet !

— Si Pablo est entré en résistance, c'est son problème ! ajouta Esther qui, vexée, haussa les épaules. En attendant, la seule chose qui m'importe est de savoir comment faire passer cette grossesse, plutôt que de me lamenter sur mon sort.

— Ma pauvre chérie ! Je vois que tu t'es fiée aux apparences et que tu as tout confondu. J'aurais dû me méfier, ton éducation est à revoir, dit Hélène d'un ton sarcastique.

— Tu oses me parler d'éducation !

Hélène réalisa un peu tard sa maladresse. En réalité, Esther avait succombé un soir au charme de Pablo alors que ce dernier s'était montré plus persuasif à l'idée d'en venir à ses fins. Bien loin de penser que ce simple instant d'égarement lui aurait porté préjudice, Esther s'en voulait, consciente que son idylle avec l'Espagnol n'était pas à la hauteur de ses espérances. L'idée d'épouser Pablo, fût-il le père de son enfant, la rebutait. Toutefois, même si le moment était mal venu pour tenir tête à sa mère, elle reconnaissait que cette dernière n'était pas forcément bien placée pour lui rappeler les codes de bonne conduite. La personnalité de madame Clément détenait également ses zones d'ombre, dont sa fille n'avait aperçu que la partie émergée de l'iceberg.

— Parce que toi, tu n'as rien sur la conscience ! laissa-t-elle échapper soudain.

— Qu'es-tu en train de me dire ?

— Que je l'ai vu ce chefaillon de la milice avec son pantalon marine et sa vareuse à l'insigne tricolore au gamma rôder comme une hyène l'autre nuit… Il ne lui manquait que le béret bleu. Je ne pense pas que vous ne parliez que de la pluie et du beau temps tous les deux, enfin… Je mange à ma faim, de quoi me plaindrais-je ? C'est tout de même beau les miracles, non ?

— Arrête ! Tu mérites une gifle !

— J'aurais bien voulu que tu m'en donnes plus tôt des gifles !

— Tais-toi petite sotte ! Je n'ai pas à rougir d'agir par passion politique. Il faut bien qu'il y en ait qui collaborent à l'exécution des mesures gouvernementales, il faut bien combattre cette racaille communiste ! Et puis il faut bien vivre Esther ! Il n'y a pas eu une seule commande depuis des semaines !

Révolution nationale, antibolchevisme, ces idéologies laissaient Esther perplexe. Si au moment de l'armistice, elle s'était volontiers ralliée à la France de Pétain, elle jugeait d'un œil plutôt sceptique ce rôle d'agent que jouait sa mère car elle estimait que cette organisation n'était pas sans défauts. Si elle s'effrayait du désordre engendré par le maquis, elle n'en acceptait pas pour autant d'adhérer à la milice qui incitait à la délation.

— Revenons à nos moutons. As-tu entendu parler des faiseuses d'anges ? demanda crûment Hélène à sa fille, en constatant qu'elle n'en était plus au stade où une tisane abortive viendrait à bout du fœtus.

— Bien sûr. Ne me prends pas pour une demeurée ! Ceci dit, ta réaction me révolte ! Tu ne t'es pas même demandé si je voulais devenir mère ! s'enflamma Esther.

— J'ai trop souffert d'avoir subi et non décidé du moment opportun pour concevoir un enfant. C'est pour ton bien que je te parle sans détour dans le seul but de te protéger, se radoucit Hélène.

Esther soupira, bien consciente qu'elle s'était mise dans de beaux draps. Malgré leurs divergences, la mère et la fille se rejoignaient pourtant sur le principe que le temps qui restait pour interrompre cette grossesse se jouait dans un mouchoir de poche.

— Je connais quelqu'un..., avoua Hélène, presque honteuse, une personne fiable qui sait garder les secrets. Il faut juste que tu sois sûre de ce que tu envisages... Bien sûr, ce n'est pas sans risques.

C'était immoral et Esther s'étonna que sa mère, qui se voulait un exemple de droiture, se fourvoyât dans cette direction. Elle n'était pas sans savoir ce qu'il advenait de ces avorteuses clandestines une fois démasquées. Ces femmes étaient jugées par un tribunal d'exception par le régime de Vichy. La guillotine leur pendait au nez !

— Qu'en pense Violette ? questionna la jeune fille qui se sentait désemparée.

— Laisse ta cousine en dehors de tout ça, si tu veux bien. Violette n'a jamais eu d'enfants ! D'ailleurs, je me moque de savoir ce qu'elle en pense, il est toujours facile de juger et de condamner. Ne t'inquiète pas, cela est inutile. Puisque l'argent règle bien des problèmes, nous aurons recours aux services d'une avorteuse, fais-moi confiance. Je suis ta mère et je sais combien une réputation entachée peut briser la vie d'une femme. Si au moins je peux t'éviter de faire cette erreur…

Le ton qu'elle venait d'employer était celui d'une femme habituée à être écoutée et obéie. Comme Esther restait silencieuse, sa mère ajouta :

— Bon, nous avons bien mérité un petit café pour se remettre de nos émotions ! N'est-ce pas ?

— Du café, tu en as ?

— Oui, pour les coups durs. Même ça, c'est une question de bon sens ! prétendit la dentellière en s'acheminant du côté de sa « planque ».

Esther préféra ne pas comprendre. Elle se contenta de humer le délicieux parfum du café en préparation, en éprouvant un sentiment de luxe extraordinaire. Lorsqu'il fut prêt, fumant devant ses yeux, elle le but à petites gorgées avec délectation.

— Tu n'as pas peur d'embaumer tout le quartier ?

— Rassure-toi, je sais ce que je fais !

Ce liquide chaud, consolateur, leur fit du bien. Cela aida Esther à rejoindre Hélène dans le sens de sa proposition. La maternité était lettre morte à ses yeux. Elle se convainquit que cette future progéniture risquait de l'écarter d'un beau parti, car elle semblait encore trop jeune pour que l'avenir ne rimât pas avec promesse.

Profitant de cette proximité très particulière devant les tasses encore fumantes, Esther poursuivit :

— Tu n'as pas une seule photo de mon père ?

— Non, je suis désolée, il n'est pas au courant de ton existence. C'est curieux que tu m'interroges aujourd'hui à ce sujet, reconnut-elle. La relation entre ton père et moi a toujours été compliquée et ambiguë. À l'époque, il n'était pas question que je mène cette grossesse à terme. J'étais complètement inconsciente, rongée par la peur d'avouer à ma famille. Je pensais que grâce à des tisanes abortives…

— Tu deviens blessante, s'offensa Esther.

— Il faut savoir si tu veux connaître la vérité… Ou si je dois continuer à pratiquer la langue de bois avec toi. Je te passe ma période de mise en quarantaine pour cacher mon état, les douleurs de l'accouchement et la suite, tu comprends, il ne fallait pas que cela se sache. L'honneur de la famille était en jeu, termina-t-elle un trémolo dans la voix.

— Il ne t'est jamais venu à l'idée que j'aie envie de rencontrer mon père ? s'enhardit Esther abasourdie.

— Une photo ne t'aiderait pas à bâtir ton existence, ni même à le retrouver, mais si tel est ton désir, je n'ai pas l'intention de t'en empêcher.

— Qui était-il ? demanda-t-elle en coulant un regard en coin à sa mère.

— Tu vois que nous avions bien besoin de ce café ! affirma Hélène en reprenant son souffle avant de poursuivre : À l'époque j'attirais les regards, toujours vêtue, comme toi, avec un brin de coquetterie, qui ne passa pas inaperçue aux yeux de Victor Delmas-Tardieu. Ses brèves démonstrations de puissance à travers cette charge politique qui lui incombait à Aubusson auraient pu me laisser interdite si je n'avais vu les plus humbles plier sous ses caprices. Il faisait la pluie, le beau temps, et nous avons vécu un fol amour. Je n'avais pourtant aucun avenir avec cet homme marié. Bien que je fusse une femme séduite, son amitié m'est restée tout entière, intacte, d'ailleurs, je ne veux pas que tu penses qu'il m'a humiliée, confia-t-elle dans un rictus de chagrin comme si son cœur allait voler en éclats.

— Comment lui as-tu caché ton état ?

— Bien avant ta naissance, il a dû quitter Aubusson. Outre sa carrière politique et militaire, des devoirs de famille avec des enfants encore en bas âge s'imposaient à lui. C'était un homme convoité, qui s'était marié au seuil de la trentaine, en suivant la conduite que lui permettait son rang social…

— Mon père…

— Pour que ton géniteur fût considéré ainsi, encore eût-il fallu qu'il t'ait offert un peu de protection et de reconnaissance, or, ce n'est pas le cas. Tu comprends ?

Les pensées se bousculèrent soudain dans l'esprit d'Esther. Si jusqu'alors des sentiments contradictoires vis-à-vis d'Hélène s'étaient enchevêtrés dans son esprit, elle éprouvait à présent une sorte de compréhension intuitive à son égard, et ressentait de l'admiration pour sa détermination et son combat solitaire. Esther avait perdu cet air hostile en même temps que s'estompaient les peines de l'enfance aux prises avec l'orphelinat. La mère et la fille parvenaient à se comprendre, et Esther braqua sur Hélène des yeux remplis d'espoir et de confiance.

En ce début d'année 1944, où les voies de communication étaient si vulnérables, tandis que les tractions glissaient en silence sur les routes verglacées, le froid piquait les yeux des deux passantes dans les venelles de Bellac encore endormies. Esther était blanche, rongée d'inquiétude à l'idée de se rendre chez la faiseuse d'anges, lorsqu'elle s'engouffra dans le premier car de six heures du matin accompagnée par Hélène. Elles redoutaient ce trajet, d'autant plus que quelques jours auparavant, une bande de maquisards avait attaqué ce même tramway contenant lettres et valeurs. Les femmes Clément ne se laissèrent pas pour autant impressionner. La récente vague d'arrestations opérée par la milice avait momentanément calmé le jeu. Aucun voyageur ne s'était pourtant hasardé à une heure aussi matinale sur ce parcours de campagne et le chauffeur de car qui les déposa à l'entrée d'un hameau sur la route de Saint-Junien les dévisagea curieusement.

Emmitouflées dans leurs manteaux, le visage rougi par le vent glacial, elles se dirigèrent vers un chemin aboutissant sur une bâtisse mal entretenue aux volets fermés. Hélène frappa le heurtoir.

La porte s'ouvrit sur un grincement de gonds. Une silhouette courbée apparut.

— Entrez, je vous attendais !

La faiseuse d'anges empocha vite les mille francs que lui tendit Hélène, en dardant son regard marmoréen dans celui d'Esther.

— J'opère moi-même, tout sera fini ce soir, dit-elle froidement sans jugement moral ni discussion, tandis qu'un chat sauta sur un accoudoir du fauteuil près de l'entrée.

Elle désigna une pièce à la tapisserie ornée de motifs champêtres, que la chaleur du feu de cheminée avait rendue agréable, puis elle fit signe à Esther de s'introduire dans la chambre et de s'étendre sur le lit. Faisant son possible pour garder son sang-froid, la jeune fille dissimula mal son dégoût pour les instruments que l'avorteuse manipula devant ses yeux, les manches retroussées. Toutefois, elle lui fit respirer du chloroforme, et Esther n'eut plus le temps de se préoccuper de son sort. Les mains expertes du bourreau œuvrèrent à l'extraction de l'embryon, et Hélène se montra la première surprise de voir réapparaître aussi vite la faiseuse d'anges dans la pièce principale.

— Maintenant que le travail est fait, l'état de votre fille justifie un grand repos. Si vous souhaitez la voir…

— Bien sûr que je veux la voir ! Quand repartirons-nous ?

— Je préconise qu'elle reste allongée jusqu'à demain, il ne lui faut aucun surmenage.

— Demain ? Mais enfin c'est impossible ! tança Hélène péremptoire.

— Il en va de la vie de votre fille ! Une hémorragie pourrait lui être fatale. Elle doit rester allongée pour l'instant.

Au chevet de sa fille. Hélène constata que son front était brûlant et qu'elle souffrait le martyre.

— Mais, elle gémit ! s'affola Hélène.

— C'est la fièvre qui la met dans cet état. Ne vous inquiétez pas, je ne suis pas une débutante, tout s'est déroulé normalement, se défendit la matrone.

Hélène lui jeta un regard inquiet. Elle veilla sa fille toute la nuit, puisque ce regain d'instinct maternel la rendait infiniment sensible. Elle constata avec soulagement, que, bien que la chemise d'Esther fût trempée de sueur, elle s'apaisait peu à peu. Au petit matin, son état de santé parut en nette amélioration.

— Où suis-je ? s'enquit celle qui, le visage creusé par la fatigue, la bouche sèche, se redressa sur son lit à l'aide de ses avant-bras.

Mais sa mère n'eut pas le temps de lui répondre que la porte s'entrouvrit sur la matrone affolée.

— J'ai une urgence ! bredouilla cette dernière, le visage rougi par le surmenage, tandis que des bruits de pas s'accéléraient dans l'autre pièce. C'est une question de vie ou de mort… Il faut que vous me libériez ce lit !

Hélène grimaça. Elle ne se voyait guère affronter le risque d'attendre le car dans les froidures de l'hiver.

— J'ai quelqu'un pour vous reconduire… moyennant finance, rassura l'avorteuse qui ne tarda pas à se mettre d'accord avec madame Clément.

Esther tenait difficilement sur ses jambes, mais la mère et la fille durent patienter sur des tabourets de vacher dans la grange attenante à la ferme, transformée en arsenal. Des armes en tout genre, grenades, détonateurs, s'y trouvaient stockées pour les maquis. Hélène, qui était hostile à ces réseaux, n'en crut pas ses yeux.

La mère et la fille avaient tout juste commencé à manger un peu de tourte, qu'Esther faillit échapper la portion qu'elle tenait entre ses mains à l'apparition d'un grand balafré dans l'enceinte de la grange. Son visage repoussant, en total désaccord avec son corps massif, intrigua tout autant Hélène, dont le regard se posa sur ses membres épais et velus émergeant d'un treillis plus qu'usagé.

Un légionnaire, songea-t-elle tout en essayant de mettre un nom sur ce visage, en vain. Puis, elle conclut qu'elles s'étaient embringuées dans un repaire de soudards, comme elle qualifiait la plupart des maquisards. Il ne manquait plus qu'elles tombent dans les mains des tortionnaires ! La mère et la fille osaient à peine échanger un regard de peur d'augmenter leur trouble.

Il fut probable qu'à l'heure actuelle, la faiseuse d'anges était en train de soigner des résistants avec les moyens de bord, raison pour laquelle elles avaient été si vite congédiées.

Le temps leur parut interminable avant que le balafré ne réapparaisse au volant d'une automobile. À la hauteur de la grange, dans un crissement de pneus, il bredouilla :

— À Bellac ? Montez !

Sans gaieté de cœur, les femmes prirent place à bord du véhicule, en évitant le regard du chauffeur. Le froid mordant les incita à se recroqueviller dans leurs pèlerines tandis que leur respiration formait des petits nuages de vapeur. La campagne s'était immobilisée, les champs étaient blancs de givre, même le ruisseau coulait au ralenti. Grandissait une impression d'insécurité dans l'esprit des passagères qui ne songeaient qu'à rejoindre Bellac au plus vite. Hélène était hantée par l'idée de subir un interrogatoire. Esther, quant à elle, serrait les poings. Des spasmes lui arrachaient des grimaces de douleur mais elle n'en soufflait mot, bien consciente que le crime grave qu'elle venait de commettre risquait de l'emmener tout droit au peloton d'exécution.

Même en ces temps d'austérité, une certaine agitation régnait dans les rues de Bellac dont le chauffeur évita le centre afin d'esquiver les regards curieux suscités par leur passage. Elles descendirent subrepticement de la voiture et poussèrent de concert ce « ouf » de soulagement lorsque le balafré se fut éclipsé. Esther s'aida du bras de sa mère pour parcourir les derniers mètres qui les séparaient de la maison d'Hélène.

XX

Bien que l'emprise de l'idéologie nazie inquiétât Violette, elle était bien plus désorientée du fait qu'Anselme risquât sa vie dans cette guerre. En réalité, elle partageait l'avis de beaucoup de Français, qui pétainistes de la première heure, par devoir social, au nom de la morale familiale mise à l'honneur par Vichy, n'en revoyaient pas moins leur jugement depuis le printemps 1942. D'abord influencée par une propagande célébrant les maris absents dont la souffrance expiait le péché de la nation, cet appel au STO avait, par la suite, provoqué un profond changement d'attitude. On ne pouvait rester neutre et la rupture s'affirmait. L'état des forces en présence l'avait terrorisée au fur et à mesure que s'étaient brisées ses illusions dès l'invasion allemande de la zone sud.

Il ne se déroulait pas un jour sans que non seulement la milice de la Gestapo, sise impasse Tivoli à Limoges, informée par ses indicateurs, ne traque le franc-tireur ou n'arrête un agent de liaison du maquis, mais elle inquiétait et soumettait tout autant aux plus strictes lois des gens qui n'avaient *a priori* jamais fait de politique.

La propagande pour la Résistance était à présent soutenue, conférant une nette autorité parmi les cultivateurs. Violette savait Colombe aux côtés de cette France combattante et si elle lui en avait porté grief quelque temps auparavant, le considérant comme un acte de désobéissance civile, elle lui en avait surtout voulu de son rapprochement avec le fils Grousset, cette famille de tout temps détestée des Varet. L'idée même que la petite Parvery fréquentât ce communiste lui paraissait inconcevable. Force était de constater que la Résistance active représentait à présent une entreprise sérieuse dont dépendait la libération du pays, et de cela, Violette en convenait, mais le principe de la savoir dans le giron de ce Guingouin l'horripilait.

On frappa le heurtoir avec énergie. Violette tressaillit. Il était bientôt midi et elle n'attendait aucune visite. D'un coup d'œil rapide, elle vérifia devant la glace la tenue de sa coiffure avant d'aller ouvrir d'un pas hésitant.

L'épouse du cafetier de la grande rue, une femme résolue et bien plantée, essoufflée par sa marche, se tenait sur le perron. Violette lui fit signe de faire le tour du côté jardin où la porte vitrée à deux battants restait ouverte. La Marie Chardin n'était pas du style à quitter son comptoir pour un oui ou pour un non, aussi madame Varet devina-t-elle qu'une raison sérieuse motivait son déplacement, d'autant plus que le vent glacial sévissait en ce début de printemps.

— Entrez, entrez... Qu'est-ce qui me vaut l'honneur de votre visite ? s'enquit Violette en décelant une gêne dans le regard de sa visiteuse.

Vu que cette dernière n'était pas du genre à donner dans les protocoles, et que de toute évidence, elle semblait bien décidée à aller droit au but, elle déclara :

— Votre vandale, enfin je veux dire celui qui a incendié votre magasin…

— Eh bien ?

— Eh bien, je l'ai vu !

— Vous êtes sûre de ce que vous avancez Marie ? s'écria Violette stupéfaite.

En silence, elle hocha la tête gravement.

— Comment ? Enfin expliquez-vous ! scanda la maîtresse de maison qui, loin de s'attendre à une révélation de ce genre, en ressentit une impression de vertige.

— Vous permettez ? poursuivit la Marie en prenant une chaise tandis que Violette lui adressait une moue d'approbation dans un geste de civilité.

— Pas plus tard qu'hier, et en plein jour, ça, j'en suis certaine. Un physique taillé à coups de serpe et son enjambée un peu boiteuse dont le visage carnassier tourné vers moi en fut la pièce à conviction ! Ça dame, les visages, ça me connaît !

Violette n'eut pas besoin de soutirer à la bavarde quelques informations supplémentaires pour qu'elle se répande aussitôt en détails affligeants.

— Mais, le pire, s'emporta la Marie le visage empourpré par la révélation qu'elle allait faire, c'est qu'il conduisait une voiture, et qu'à son bord…

— Eh bien ?

— Eh bien à bord de cette voiture, se tenaient vos cousines, les dames Clément.

— Vous parlez d'Hélène ?

La cafetière acquiesça péniblement, tandis que Violette lui jeta un regard froid et assombri, avant d'exposer sa conclusion :

— Pourquoi diable devrais-je vous croire ? Je ne vois pas ce que mes cousines auraient pu fabriquer aux côtés de cet énergumène ! Ce Marceau Parvery si mes souvenirs sont exacts.

— Je croyais vous rendre service, bougonna la Marie d'un air contrit, enfin vous mettre en garde.

— Devrais-je remercier votre charité ? Que voulez-vous me laisser entendre ? Que le diable s'est infiltré chez les Clément ? répliqua-t-elle.

— Si j'avais pensé que vous en prendriez autant ombrage ! conclut-elle dans un geste de repli, je ne suis pas venue pour vous torturer, croyez-le bien.

Sans doute cette dernière avait-elle oublié à qui elle avait affaire. Violette ne démentait pas sa réputation de femme méfiante, peu influençable, et le contexte renforçait cette attitude.

— J'en ai suffisamment entendu sur cette affaire, vous pouvez disposer, dit-elle en la congédiant comme une domestique.

La vulnérabilité exacerbée de madame Varet en ces temps difficiles lui jouait des tours. Sur la défensive, elle avait eu beau se donner des airs outrés face à cette déclaration de la Marie, elle n'en pensait pas moins. Bien que réputée pour ses commérages, quel intérêt aurait pu avoir cette dernière à inventer un tel scénario ? Cela ne rimait à rien et Violette connaissait suffisamment sa cousine pour savoir qu'elle n'agissait pas à tort et à travers. Aussi eût-il fallu qu'elle entretînt un lien avec ce Marceau Parvery pour qu'ils fussent vus ensemble, mais cela lui paraissait improbable, non seulement parce que sa cousine s'alignait rigoureusement du côté des collabos et puis parce que ce soudard avait totalement disparu de la circulation et depuis longtemps. Toutefois, de l'eau avait coulé depuis l'époque où il avait incendié le magasin, et sans doute n'y avait-il plus aucun mandat d'arrêt en vigueur contre lui.

Cette histoire paraissait étrange et Violette essaya de mettre un semblant d'ordre dans ses idées. Il n'était pas à exclure que ce Marceau ait fait du tort aux dames Clément. Les femmes seules ne vivaient pas toujours tranquilles. Dans ce climat de suspicion, tout le monde était sur le qui-vive. Les ragots, les hypothèses circulaient bon train. Mieux valait rester sur ses gardes, d'autant plus que les rancœurs personnelles prenaient des proportions démesurées.

Lorsque la nuit lui eut porté conseil, Violette conclut qu'elle ne devait pas évoquer cette visite avec Hélène. Un mot de trop ou une quelconque allusion déplacée tombée dans l'oreille d'un mouchard n'aurait pas manqué d'éveiller les soupçons de la milice.

Dans la région baptisée R5 que les troupes allemandes qualifiaient de « petite Russie », tous les moyens étaient mis en œuvre pour traquer les réfractaires du maquis. Jusqu'où le processus de cette collaboration d'État allait-il aller ? Il ne fallait pas lui donner du grain à moudre !

Violette avait pourtant soutenu de tout cœur l'apparition du vieux maréchal sur la scène collective au lendemain de la défaite militaire française de 1940, mais à présent que les comportements haineux de la milice dans son uniforme bleu marine servis par les auxiliaires actifs de la Gestapo faisaient rage, elle avait porté un œil neuf sur la création des forces françaises de l'intérieur, décernée aux combattants de la Résistance. Au fil des mois, elle avait reconnu son camp, comme si la désillusion avait suffisamment œuvré durant toutes ces années de guerre et que le temps semblait venu de se ressaisir !

Anselme était loin, mais paradoxalement, elle se sentait si proche qu'il lui semblait parfois sentir l'odeur de ses cheveux ou son souffle dans son cou, alors que des ondes de chaleur se répandaient sur sa peau. Parfois, elle croyait entendre ses réactions, là où il revendiquait une position en tous points semblable à la sienne. Alors, elle riait…

Cette attente de l'être aimé était étourdissante, elle se débattait souvent, suffoquait sous le poids du doute de le savoir en vie. En implorant la venue de l'heure de la délivrance, il arrivait qu'elle ait envie de crier, mais aucun son ne sortait de ses lèvres. La solitude la rendait folle.

Pendant ce temps, les commandos du maquis opéraient sans répit afin de saboter la machine de guerre allemande. Des voies ferrées étaient coupées, des pylônes de transport de force plastiqués, le bureau de propagande de la milice à Limoges avait été détruit, les stigmatisations terroristes allaient bon train, alors que tous les moyens étaient bons pour obtenir des armes : des feux en triangle, en croix, signalaient la présence d'un maquis au service de parachutage. On réparait, on installait des camions avec les moyens du bord, pour que le peu d'argent disponible serve au ravitaillement. Gilbert Grousset appartenait à présent au service de sécurité qui recherchait les agents de la Gestapo, des miliciens dangereux aux ordres de l'ennemi. Lorsque de très jeunes miliciens étaient arrêtés, il leur était enjoint de devenir combattants de la Libération, ce qui générait encore de la confusion dans les esprits.

Le 6 juin, la radio de Vichy annonça une tentative de débarquement anglo-américain en Normandie. Par miracle, Colombe et Garance tinrent bon malgré l'investissement de la police allemande. Elles se terraient au QG du maquis et écoutaient les messages de la BBC « *La forêt n'a jamais été aussi belle* ». Elles s'endormaient dans l'espoir que le débarquement serait pour bientôt…

Un soir, Albert Duroy revint couvert de poussière et de larmes. Il leur apprit que Saint-Junien avait été en état de siège, le maire, le capitaine de gendarmerie ainsi que le commissaire de police avaient été réquisitionnés puis libérés. Toutefois, la véritable raison de son trouble était d'une autre nature : les divisions allemandes remontant sur le nord étant aux abois, une troupe avait incendié Oradour-sur-Glane, un paisible village à quelques kilomètres de là. Le Belge était encore en état de choc. Il ne parvint que bien plus tard à évoquer le témoignage d'un survivant qui avait atrocement souffert. Le convoi menaçant de voitures blindées des SS avait franchi le pont surplombant la Glane pour s'installer sur la route de Limoges et encercler le village. Les SS avaient procédé à une rafle d'une extrême brutalité, chassant les occupants des fermes à coups de crosse. Puis, l'un des officiers avait donné ordre aux habitants de se rassembler au champ de foire où ils avaient été contraints de s'aligner, cerclés d'un cordon de SS. Tandis que les femmes et les enfants avaient été enfermés dans l'église, les hommes, longtemps tenus sous la menace des fusils, avaient fini par tomber sous la mitraille, les SS avaient aspergé le bûcher d'une matière incendiaire, une allumette et les fagots s'étaient enflammés en crépitant, un paysage apocalyptique de maisons calcinées et de cadavres carbonisés. C'était tout ce qu'il restait du village.

— Ce crime sera vengé ! éructa-t-il à la volée comme devenu fou. Il faut à tout prix retarder l'acheminement des renforts vers le débarquement !

— Je ne peux pas croire ce que ces innocents ont vécu, murmura Colombe qui, les larmes aux yeux, songeait forcément à Gauthier.

Une souffrance indicible s'immisça et ce fut comme si l'analyse marxiste de son défunt petit ami lui traversait l'esprit : *Le moment était venu de prendre le pouvoir !*

Mais… c'était sans compter sur les services de renseignements de l'état-major allemand qui savaient parfaitement que les organisations de la Résistance étaient amenées à entrer en action au jour J du débarquement. La concentration de maquis en Haute-Vienne, qui plus est, sa communication avec les autres maquis d'Auvergne et jusqu'à la vallée du Rhône, formait une zone d'insécurité qui avait justifié l'implantation de la division « Das Reich » à Montauban. Toute opération jugée utile pouvait être déclenchée à partir de ce point. La réputation de terreur de cette unité s'avérait extrême. Afin d'accomplir une mission bien définie par l'état-major allemand, elle n'avait pas hésité à se lancer dans une longue série d'atrocités dans le Sud-Ouest.

Des volontaires affluèrent bientôt dans la forêt de Blond où le maquis enflait de jeunes recrues qui avaient tout quitté, renforcé par le parachutage d'armes, alors que l'autorité de Vichy avait perdu de sa superbe. Dans la discipline, les maquisards s'entraînaient sous l'égide d'un colonel du Front national et des FTP. Les troupes allemandes s'étaient quant à elles repliées sur Limoges et Angoulême. Déguisée en maquisard, la milice s'infiltrait et continuait de faire vivre le cauchemar aux habitants. Par la force des choses, Colombe et Garance vivaient en fugitives. En ayant rejoint ce grand maquis, seul refuge adapté à leur clandestinité, elles n'avaient pas dormi dans un bon lit depuis des jours. Oubliant leurs ampoules aux pieds, elles couraient de ferme en ferme pour recueillir du lait, des pommes de terre, des navets, des topinambours et prêtaient main-forte à la cuisson d'une tambouille plus ou moins appréciée. Bientôt galvanisées par la grande nouvelle de Paris libéré après quatre ans d'occupation allemande par les forces du général Leclerc, elles adhéraient plus que jamais à l'esprit d'indépendance national.

Mais l'anxiété n'en eut pas pour autant fini de torturer les deux amies, bientôt enrôlées malgré elles dans un système qui allait heurter leur conscience au plus profond. Une nuit du mois d'août, une rumeur les réveilla. Elles perçurent d'étranges martellements, l'excitation les fit trembler sur leurs paillasses. La sentinelle du camp n'avait pourtant pas donné d'alerte. La peur au ventre, Colombe questionna son amie :

— T'as entendu ? À ton avis, ça vient d'où ?

— J'en sais rien !

Quand leurs yeux furent habitués à l'obscurité, elles parvinrent à se rapprocher de la porte de l'étable devenue dortoir par la force des choses. À l'extérieur, une lueur mouvante et des éclats de voix se précisèrent.

— Qu'est-ce que c'est ? laissa échapper Garance, alors qu'à ciel ouvert dans la nuit claire, dans une cour de ferme, se tenait un comité d'hommes éclairés par des lampes-tempêtes aux flammes vacillantes.

— Écoute, on dirait que les plus hauts gradés sont là pour faire justice !

— Un tribunal ?

— Oui, mais un tribunal révolutionnaire. C'est l'état-major du chef, je le reconnais bien ! Il paraît qu'ils font régner la discipline.

— Tu as raison, il s'agit du fameux « préfet du maquis ».

— Leur prétendue justice n'épargne pas les plus sanglants verdicts. Ils taxent les fervents partisans de Vichy coupables de trahison, ils épurent si tu préfères.

— Mais c'est la voix suppliante de la quincaillière qui se heurte aux soi-disant justiciers, murmura Colombe stupéfaite.

— Chut, on va finir par se faire repérer ! fit Garance en s'étonnant des sympathies de la commerçante qu'elle croyait bien connaître.

Peu après, ce fut au tour du couple Sureix de se faire interroger. Ils auraient donné les parents de Pablo…

— Quoi ? Tu as entendu, les parents de Pablo vendus par les Sureix et déportés ! s'affligea Colombe.

— Que les délateurs soient durement traités, ce n'est pas dommage !

— C'est un véritable retournement de situation tu veux dire…

— Aucune clémence, le châtiment est immédiat pour les complices de Vichy.

— Ces principes me fichent la frousse. Ce sont les mêmes méthodes de torture que celles utilisées par les tortionnaires de la Gestapo.

— Regarde, supplia Garance, la prochaine sur la sellette est notre patronne Hélène Clément ! Et elle n'en mène pas large.

Colombe tremblait, elle se détourna, écarlate, sur le point de perdre le contrôle. C'est tout juste si elle n'avait pas le goût du sang dans la bouche. La mort dans l'âme, elle affrontait une vérité qui bousculait tous ses repères.

— Je ne veux plus assister à ça ! articula-t-elle, la voix nouée par un sanglot qui refusait de descendre.

— Tais-toi ! ordonna Garance d'un air bravache, on va vraiment finir par attirer l'attention sur nous. Tu crois que ces salops de SS ont fait dans la dentelle en pendant les otages de Tulle ! Œil pour œil, dent pour dent, les collabos même topo ! Contentons-nous de visiter les potagers et de nous servir chez les pétainistes pour alimenter le commando sans nous faire remarquer.

Colombe eut un instant à l'esprit cette vision des cordes accrochées aux arbres et aux balcons de Tulle tandis que le fatal nœud coulant avait été passé au cou de ces innocents par des volontaires. C'était Gilbert qui lui avait raconté en détail ce tragique épisode corrézien.

Les femmes étaient loin de goûter à la tiédeur de la nuit d'été sous le bourdonnement d'ailes des chauves-souris qui passaient en rase-mottes. Garance s'apprêtait à implorer Colombe de garder la tête froide, mais il y eut un silence presque meurtrier. Ce fut comme si l'audience avait été levée.

Puis, une voix plus forte résonna dans la nuit.

— Garde à vous ! En position !

Une brève fusillade fut alors déclenchée par les maquisards.

Sonnée, Garance serra son amie contre elle. Ne formant qu'un, elles restèrent plaquées contre le sol, enlacées pour mieux se soutenir, incapables de se défaire, le cœur battant à tout rompre. Elles sanglotaient toutes les deux, impuissantes, confrontées à cette violence insensée. Il n'y eut pas d'autre détonation, mais l'instant d'après, des mots se formèrent dans l'esprit de Colombe : P*ourquoi suis-je témoin de ça ?*

L'entraînement des commandos ne faiblit pas au cours des jours suivants. Colombe ne savait plus pourquoi elle tenait bon. Elle était hantée par l'idée de ces corps descendus dans une fosse au cœur d'une forêt qui jouxtait les barricades du maquis. Elle n'adhérait pas à ces procédés qui n'avaient rien de justes ni de démocratiques. Son moral était au plus bas. Elle exécrait cette violence, partout présente. Heureusement qu'elle pouvait compter sur le soutien de Garance qui l'aidait encore à mettre un pied devant l'autre.

— Allez, ne fais pas cette tête, de toute façon les boches sont foutus !

Alors qu'une distribution de cartes du parti communiste s'opérait au QG du maquis, la petite Parvery crut reconnaître aux côtés du colonel son frère Marceau arborant le brassard des maquisards cousu au bras gauche.

— Tu fabules ! C'est encore la peur qui te joue des tours, assura Garance, inquiétée par la maigreur de Colombe qui s'étiolait à vue d'œil au milieu de ces hordes guerrières de maquisards. Je ne voudrais pas que tu subisses le contrecoup de ces fortes émotions de l'autre soir.

— Rassure-toi, je n'ai pas encore épuisé toutes mes réserves. Les hommes sont survoltés, mais après la libération de Limoges, quoi de plus normal ! La plupart des prisonniers auraient fini dans des camps de concentration ou abattus dans les geôles de la milice si Georges Guingouin et ses hommes n'avaient pas réalisé ce coup de maître ! Maintenant, le gros de l'ennemi va sans doute se replier vers l'ouest, la hargne des commandeurs va s'apaiser.

— Si tu pouvais dire vrai !

— C'est toi-même qui me l'as dit ! D'ailleurs, tu sais décoder les messages mieux que moi...

— Ne dis pas de bêtises, j'ignore tout du morse, c'est Gilbert Grousset qui s'y connaît un peu. Il a côtoyé des spécialistes des transmissions qui arrivaient d'Angleterre, mais de là à être opérationnel en mission...

Le frère de Gauthier était particulièrement doué pour les opérations minutieuses. C'était un être secret, et Colombe n'aurait pas été surprise qu'il fût capable de décrypter des codes. Elle le connaissait peu, d'autant plus qu'il disparaissait souvent depuis qu'il avait intégré le service de sécurité du maquis. En réalité, elle ne l'avait que peu revu depuis que son frère avait perdu la vie, mais elle constatait que cette épreuve avait exacerbé son besoin d'intégrer plus énergiquement le combat.

La veille du jour où l'un de ces bataillons de maquisards reçut ordre de poursuivre l'adversaire jusque sur la côte atlantique, Colombe, qui acheminait du pain vers le réfectoire du maquis, sentit une respiration forte et rapide dans son dos. Elle frissonna, fit volte-face et resta légèrement étourdie devant le visage qui se tenait à quelques centimètres du sien. Même s'il s'était enlaidi et était couvert de nombreuses cicatrices, elle n'avait pas oublié le regard de son frère qui la glaça d'effroi. Il l'avait donc repérée et suivie. Marceau, le chapelet de grenades à la ceinture, paraissait à présent aussi étonné qu'elle de la revoir dans de telles circonstances. Au moment où il lui tendit la main, symbole de sa volonté de faire la paix, elle fut tétanisée et recula d'un pas. Dans le vide, les doigts gourds de Marceau cherchaient encore un contact qui se refusait, tandis qu'une peur affreuse nouait l'estomac de Colombe.

— Tu vois, nous sommes du même bord toi et moi, bredouilla-t-il.

Des souvenirs confus et lointains revinrent à la mémoire de la jeune fille qui faillit échapper son pain en trébuchant sur une pierre. Ce visage de débauché, boit-sans-soif, avait au final peu changé. Quelque chose la retint pourtant de prendre ses jambes à son cou.

— Tu m'as suivie ?

— Affirmatif. Je voulais te parler avant l'opération commando prévue dans quelques heures.

Colombe croisa son regard implacable et difficile à interpréter.

— Ce repaire n'est pourtant pas la place d'une femme ! déplora-t-il.

— Tu te préoccupes donc de savoir où est ma place à présent ?

— Je ne l'imaginais pas ici, trancha-t-il d'une voix enrouée par le tabac.

Les yeux de Colombe s'élargirent de stupéfaction. Elle n'aurait jamais imaginé des mots aussi conventionnels dans la bouche de Marceau. D'ailleurs, elle était en droit, elle aussi, de se poser des questions.

— Tu pensais peut-être que j'avais pourri en enfer ?

Colombe plissa les paupières. Elle aurait pu mourir ensevelie sous les flammes, le jour où Marceau avait incendié le magasin de Violette. Avait-il eu vraiment conscience de la gravité de ses actes ?

— Je trouve tes propos tout à fait déplacés. Qu'est-ce que je devrais penser ? Qu'après ces accès de folie, tu te serais acheté une conduite ?

— Tu as de bonnes raisons de ne pas me pardonner. Toutefois, j'espère bien que la vie me donnera l'occasion de te prouver que j'ai laissé mourir la brute épaisse que tu as connue au profit d'un autre homme.

— Je ne vais pas jouer les ingénues uniquement pour te faire plaisir. Ne me demande pas l'impossible, Marceau. Laisse le temps faire son œuvre, sans précipitation… Et nous verrons bien…

— Je te dois pourtant des excuses.

— Les excuses n'effacent pas les actes aussi violents que tu as commis.

Il sembla sur le point de s'ouvrir davantage, mais il se rétracta.

— Je pars car le devoir m'appelle, mais il faudra que nous parlions sans détour. J'ai éprouvé une grande joie de t'avoir revue, Colombe. Notre bataillon doit rejoindre un camp pourvu d'armes lourdes en prévision des combats que nous allons livrer sur Royan. Prends bien soin de toi…, releva-t-il en se campant devant sa sœur.

— Je ne t'ai pas attendu ! scanda-t-elle, les yeux emplis de déplaisir, incapable d'oublier qu'il avait été ce maudit bourreau qui aurait pu briser sa vie.

Elle faillit ajouter qu'il n'était pour elle qu'un étranger, mais elle laissa s'estomper son émotion.

Cette rencontre avait fait remonter la brutalité bestiale de son frère, d'ailleurs Colombe mit un certain temps à reprendre ses esprits lorsqu'il eut disparu.

XXI

Bercé par le roulis du train qui le ramenait vers Limoges, Anselme Varet sentit ses paupières se fermer presque malgré lui. Durant cette période qui avait suivi la Libération, les autorités alliées s'étaient consacrées aux opérations d'acheminement des prisonniers vers des centres de rapatriement. Contrôle de sécurité, pénurie de transports et attentes interminables avaient nécessité des semaines d'efforts.

Un peu plus tôt, le convoi d'Anselme avait déversé gare de l'Est à Paris le cortège muet des prisonniers de guerre qui rentraient d'Allemagne, des déportés et des rapatriés du STO, accueillis par la Croix-Rouge et les associations de prisonniers afin de les aider à accomplir les formalités d'usage. Abruti par cette longue odyssée, il avait arpenté les quais, gravi des marches dans le mugissement du métro, traversé des avenues dans le vacarme parisien, un parcours dont il n'avait jamais cru voir venir la fin.

Lorsque le contrôleur en pénétrant dans le compartiment a hurlé « billet s'il vous plaît » il s'est éveillé en sursaut. Le train, dans son cahotement régulier, devait tout juste avoir dépassé Vierzon. Il tendit machinalement son billet en constatant que le couloir était bondé, l'atmosphère étouffante. Il observa ces passagers vides de sens en songeant à son nouveau destin avec un peu d'inquiétude.

Comment réagirait Violette devant cet époux qui n'était plus que l'ombre de lui-même après ces années de travail forcé ? Comment auraient résisté leurs liens conjugaux ? Leur correspondance, maintes fois censurée au fil de ces années, ne leur avait guère permis grand échange. Cette pensée lui arracha un soupir. Ses mains décharnées faisaient peine à voir ! Mais s'il n'y avait eu que ses mains ! Le regard affolé, les habits qui flottaient sur son corps amaigri en disaient tout aussi long sur son état général.

Serait-il encore capable de consacrer ses forces à la reconstruction ? Ses rêves de captivité n'avaient sans doute plus rien à voir avec la réalité. Même s'il avait appris par l'écoute clandestine de la radio, que la pénurie et le rationnement avaient fait des ravages considérables dans son pays, il ne put qu'en mesurer l'ampleur devant le vide des commerces en parcourant les villages entre Limoges et Bellac. Il semblait exténué lorsqu'il parvint à la fin de son périple, si épuisé qu'il n'appréhendait même plus les retrouvailles avec son épouse !

Il s'immobilisa devant sa maison. Celui qui avait tant attendu cet instant éprouvait à peine la force d'entrer tant son émotion était palpable. Ce retour parmi les siens pouvait-il encore réanimer sa vie ?

Violette avait peut-être pressenti sa présence lorsqu'elle ouvrit la porte. Anselme aurait aimé la soulever dans ses bras à la manière dont il le faisait autrefois, mais il n'en avait plus la force. Devant lui, se tenait sa femme, comme si le temps immuable avait glissé sur elle sans modifier ses traits. Il avait envie de se fondre dans sa chaleur, d'enfouir son visage dans ses cheveux, mais il ferma les yeux. Seul le soulagement de la revoir lui suffisait. Elle s'approcha et l'enlaça. Son souffle chaud fut une renaissance. *Enfin*, dit-elle en essuyant une larme, tandis qu'il était prêt à s'écrouler contre elle...

— Faut-il que tu aies souffert ! se raidit-elle en sondant sa fatigue, consciente de ce danger sournois.

Même si l'Allemagne lui avait enfin rendu son homme, Violette sut que les yeux d'Anselme, revenus de l'enfer, n'étaient pas si rassurants. Il fallut passer le temps du repos et l'émotion des retrouvailles, pour que le rescapé, guidé tel un aveugle et nourri comme un enfant, puisse prendre le pouls de cette France de 1945. Entre les tickets de rationnement, la dévaluation de la monnaie et les prix astronomiques pratiqués, il comprit vite que la société avait peu changé.

En tant qu'ex-prisonnier de guerre, c'est tout juste s'il ne lisait pas le mépris d'aucuns qui le considéraient comme un collaborateur ! En réalité, il avait surpris quelques conversations de bistrot où l'on qualifiait les détenus de « lâches » parce que, disait-on, ils avaient peu combattu pour la France. La respiration d'Anselme avait alors marqué une courte interruption, il s'était imposé une distance pour pallier son besoin de calme et de paix, et s'en était tenu à un froncement de sourcil.

Son retour au pays lui rendit un peu d'énergie. Anselme reprenait doucement ses marques dans une maison aux odeurs de chèvrefeuille qui remontaient du jardin. Sa vie familiale abandonnée cinq ans plus tôt l'amenait à passer au crible sa mémoire avec les petits détails du quotidien qui lui avaient tellement manqué.

Le jour où il fit la connaissance d'Esther, il venait de classer le courrier d'admission à bénéficier d'une aide que l'État octroyait aux prisonniers de guerre rapatriés. La jeune fille resta un moment dans l'embrasure de la porte à l'observer avec discrétion.

— Vous avez frappé ? Je n'ai rien entendu, dit Anselme à Esther qui croyait sans doute ne pas avoir été remarquée.

— Violette est absente, si c'est elle que vous venez voir, ajouta-t-il un peu froidement, levant tout juste le nez de ses papiers.

— Veuillez m'excuser ! Je ne me suis pas présentée. Je suis Esther, la fille d'Hélène. Je présume que vous êtes monsieur Anselme ? s'enquit-elle un sourire aux lèvres.

Il acquiesça. Même s'il ne fallait pas toujours se fier à sa première impression, celle d'Anselme ne fut pas bonne. Un trop joli visage pour être honnête, des mouvements rapides et des battements de cils qui lui déplurent.

— Je vais patienter si vous le voulez bien, enfin j'espère que je ne vous dérange pas trop, gloussa-t-elle.

Cette initiative soudaine l'agaça davantage. Même s'il n'affichait pas une santé florissante, Anselme n'en avait pas pour autant perdu sa perspicacité légendaire. Cette manière de simuler la sympathie un peu « lèche-bottes » sonnait faux. Peut-être revisiterait-il son jugement sur la fille d'Hélène, mais ce premier contact se révélait un peu déroutant. Bien qu'il fût ici chez lui et qu'après une aussi longue période de promiscuité, il avait droit à sa tranquillité, il songea, pour tempérer son humeur, qu'elle avait probablement accompagné Violette au cours de ses longues heures de solitude, aussi fit-il preuve de courtoisie par respect pour sa femme.

Puisque le manque évident de conversation se fit rapidement sentir, Esther rompit la glace à sa façon :

— Vous avez forcément su pour ma mère, n'est-ce pas ? Ceux qui ont commis cet acte de barbarie seront châtiés, je ne lâcherai pas l'affaire !

— J'aimais bien votre mère. Une figure imposante, une femme hors du commun qui détenait son franc-parler. Nous n'avons pas toujours été d'accord elle et moi, je le reconnais, mais elle ne méritait pas ce triste sort. Il y a eu des abus, des exactions, soupira-t-il navré. La guerre n'est qu'un tissu d'absurdités.

Esther détourna ses yeux qui s'étaient brouillés de larmes. Sa mère lui manquait vraiment. Elle revenait dans toutes ses conversations. Le peu de temps qu'elle l'avait connue, la jeune fille avait réussi à lui ouvrir son cœur malgré la terrible erreur de l'abandon.

— Quoi qu'on en dise, les Parvery et les Grousset ont bien leur part de responsabilité dans cette affaire !

— Vous voulez parler de Colombe Parvery ?

— L'engagement de Colombe auprès de Gauthier Grousset dans les forces communistes n'a été un secret pour personne, pas plus que celui de son amie Garance, une vraie révolutionnaire ! Elles ont pourtant bien tiré leur épingle du jeu ces deux-là ! formula-t-elle soudain sans retenue, les lèvres tremblantes.

Anselme eut soudain le sentiment qu'elle était venue dans l'unique dessein de jouer les martyres, peut-être dans le but qu'il la prît en pitié, ou tout du moins cherchait-elle à déstabiliser son opinion au sujet de Colombe Parvery.

— Dans cette maison, ma chère Esther, nous sommes toujours partis du principe que chacun doit rester libre d'exprimer ses convictions ! Je me suis pour ma part battu, avec les moyens dérisoires de l'époque, puis, comme vous le savez, j'ai passé de longues années de captivité en Allemagne. Malgré tout ce qui se raconte sur les prisonniers de guerre, rien de rose, croyez-moi. Nous ne sommes peut-être pas des héros nous autres, mais certainement pas des traîtres, nous avons résisté autant que faire se peut ! Pour ce qui est du tribunal du maquis, ce sujet que vous souhaitez visiblement aborder avec moi, c'est à la justice d'en débattre.

— Mais enfin, tout de même ! Libre de ses convictions jusqu'à un certain point !

— Libre ! ironisa-t-il sans chercher à développer sur la question.

L'arrivée de Violette interrompit le petit entretien. Cette dernière constata avec joie que les présentations avaient été faites. Puis les femmes s'écartèrent dans la pièce voisine afin de laisser Anselme se reposer. Il se fatiguait vite, son esprit aussi, et ses jambes avaient du mal à le porter. Lorsqu'il fut seul, il s'installa dans le fauteuil placé près de la fenêtre, et reprit le cours de ses pensées, principalement celles qui concernaient ses retrouvailles dans la joie avec la petite Parvery. Elles avaient donné naissance à de longues conversations sur le ton de la confidence. Ils s'étaient alors tous deux abreuvés à une source intarissable. Colombe l'avait écouté bien plus qu'elle ne s'était livrée, impatiente de connaître le déroulement de ces longs mois où il portait le numéro d'immatriculation du camp gardé par la Wehrmacht dans lequel il s'était trouvé enfermé. Des barbelés, des miradors et des sentinelles armées avaient peuplé les jours d'Anselme. Même si la pudeur empêchait ce dernier d'évoquer les paillasses humides à même le sol des baraques dortoirs, les poux, les souris ainsi que les rations de famine, il parvint à lui décrire le commando minier où il avait été affecté. Ceci expliquait sa mine pâle et sa lassitude qui lui réclamait de passer de longues heures allongé l'après-midi.

Anselme s'était senti plus libre de parler avec Colombe qu'il ne l'avait été avec Violette. Sans doute redoutait-il la pitié dans les yeux de sa femme ?

Il avait observé les Allemands dans la guerre, été témoin de leurs méthodes barbares tout autant qu'il avait cohabité avec des travailleurs de la mine. Là, sans doute, il avait attrapé ce virus, qui de temps à autre provoquait chez lui des poussées de fièvre.

— Que ce monde est obscur à celui qui ne l'a jamais pénétré..., avait murmuré Colombe.

— Ce monde des prisonniers, au sein duquel il y a autant de résistants que de collaborateurs, répond à des codes, avait-il ajouté d'une voix oppressée, comme si l'air s'était soudain raréfié.

Puis il s'était interrompu pour tamponner des gouttelettes de sueur ruisselant sur ses tempes. Dans un accès de fièvre, il avait brutalement quitté son gilet, laissant apparaître une tache de vin sur son avant-bras droit. Les yeux de Colombe s'étaient aussitôt braqués dessus.

Gêné, Anselme avait noté qu'elle s'était empressée de dissimuler sa surprise. Puis elle avait marqué une pause et toussoté pour faire diversion.

— Souvent, j'ai ruminé ma colère en silence…

— Je comprends. On ne glorifie que la Résistance victorieuse, ce que je conçois, mais vous autres, les prisonniers, vous ne faites pas pour autant partie de la masse anonyme que je sache !

— Un million et demi d'hommes ont vécu cette expérience de la captivité et de l'exil.

Ce jour-là, elle lui avait promis de revenir vite dès qu'il aurait repris des forces afin qu'ils règlent ensemble les affaires relatives à son héritage, maintenant qu'elle était en âge d'en disposer.

En ces lendemains de guerre, Colombe retrouva chez Anselme cette tutelle protectrice qui lui enleva vite l'appréhension des démarches administratives. Grâce au savoir-faire de monsieur Varet, elle put disposer de son legs avec d'autant plus d'émotion que ses frères avaient accepté de lui céder leur part. Silvère par abstinence, quant à Marceau, il lui avait fait remettre un document précisant qu'il abandonnait sa succession au profit de sa sœur, c'était une manière de repentance de sa mauvaise conduite.

XXII

Confortablement installé dans l'une de ces chaises longues en clisse de châtaigner, Anselme rédigeait un courrier, inspiré par ce paysage des bords de rivière aux premiers bourgeons du printemps. Le soleil montait à l'horizon. Un court instant, le souvenir des aurores nébuleuses d'Allemagne lui revint en mémoire, mais le chant des oiseaux sur cette nature en éveil le rappela à l'ordre. Il tenta de reprendre le fil de ses écrits, soucieux d'établir enfin un dialogue avec le pouvoir, pour partager ses préoccupations avec ces rapatriés qui, comme lui, étaient passés presque inaperçus au sein des affaires de la nation en cet après-guerre. Toujours selon un modèle démocratique ancré dans son esprit, il cherchait le mot juste, lorsqu'en contrebas de son jardin, il aperçut Esther et Colombe qui avaient entamé une discussion très animée. Les intonations un peu criardes d'Esther attirèrent son attention.

— Non mais tu t'es vue ! lança insolemment cette dernière à Colombe. Ça joue les dames ! Je me demande vraiment ce qui m'a retenue de te dénoncer ce fameux jour où tu distribuais les tracts !

— Si je n'étais que toi, je baisserais d'un ton, rétorqua Colombe sans se départir de sa bonhomie habituelle. Tu ne sais même pas ce que tu dis !

Anselme se redressa. Les propos échangés sous ses fenêtres lui avaient fait monter la moutarde au nez. Puisqu'il croyait avoir cerné la nature belliqueuse d'Esther, il n'attendit pas de savoir laquelle des deux allait de nouveau porter l'estocade.

— Cela suffit ! arbitra-t-il, le visage rouge sang, tandis qu'elles semblèrent surprises de constater qu'il les avait rejointes au coin du jardin.

— Pourquoi Colombe devrait-elle subir ces vexations ? Une femme qui ne connaît pas ses limites est une sotte, et c'est en quelque sorte ce que vous êtes en train de nous prouver, Esther !

Même si d'ordinaire, Esther ne baissait jamais la garde, elle se trouva en position de faiblesse, désarçonnée par les mots d'Anselme et incapable de regarder son interlocuteur dans les yeux.

— On ne vous retient pas ! somma-t-il en la dévisageant.

Il l'avait tournée en ridicule et Esther passa sa route dans un léger haussement d'épaules tandis que Colombe et Anselme observèrent ce départ précipité avec amusement.

— Je ne supporte pas ce genre de comportement tyrannique ! conclut Anselme alors que Colombe songea que la demoiselle Clément avait de qui tenir. Sa mère, en son temps, avait fait régner la terreur.

La petite Parvery, dans sa robe à la ligne simple, se révélait tout comme Esther, très en beauté, mais elle ne l'utilisait pas en passe-droit à la manière de sa rivale. Son regard restait caressant, elle ne forçait jamais son sourire, et c'était ce qui contribuait à son charme.

— Viens voir, Colombe ! interpella Anselme en agitant son index en direction de la jeune fille.

Elle s'avança jusqu'au muret du jardin sur lequel Anselme s'était assis et leurs visages se rapprochèrent.

— Dis-moi, tu ne t'es pas vantée de ta distribution de tracts pour le parti, pas plus que de ta liaison avec le fils Grousset ?

Bien qu'un peu embarrassée, elle ne capitula pas.

— Au départ, l'esprit de camaraderie a davantage motivé mes choix que la conviction politique. D'ailleurs, Gauthier et ses amis m'ont enseigné des gestes d'une humanité incroyable.

— Dis-moi, as-tu au moins pesé les conséquences de tes actes ?

— Eh bien je le referais si c'était à refaire, si c'est ça que vous voulez savoir ! lança-t-elle pleine de fougue en redressant le menton. Et puis, j'ai aimé ce garçon tout simplement, sans avoir à en rougir. Ça vous va pour la franchise ?

— Je n'en attendais pas moins de toi, soupira-t-il, même si tu connais mes opinions politiques qui n'ont rien à voir avec celles des sympathisants communistes. L'idéal de la Résistance, ce n'est pas de se venger dans le sang ! Je suis désolé pour Gauthier... Vraiment, toute considération de divergences avec les Grousset mise à part.

Il avait l'air sincère, comme si son empathie avec Colombe lui avait permis de se faire une opinion en dehors de toute rancune familiale ou de tout clivage politique. On aurait même cru que ses yeux cherchaient à deviner comment elle avait procédé pour ne pas céder au désespoir à la perte de son amoureux.

Elle n'oublierait jamais Gauthier, toutefois, elle avait compris qu'il était impératif d'agencer un compartiment d'archives du passé dans son esprit afin de pouvoir exploiter au mieux ses ressources pour l'avenir. D'ailleurs, même s'il ne fut pas aisé pour Colombe de changer de sujet de conversation, elle y parvint en réussissant à expliquer à Anselme qu'elle avait revu Marceau, et que ce dernier n'était visiblement plus le même homme au bout de toutes ces années. Elle n'alla pas jusqu'à dire qu'il faisait preuve d'exemplarité, mais elle précisa que tous ces crimes de l'armée nazie l'avaient incité à rejoindre l'insurrection populaire. Il avait d'ailleurs activement participé à la libération de Limoges aux côtés des maquis.

— J'aimerais avoir l'occasion de le rencontrer, dit Anselme pensif.

Colombe se doutait que sa générosité était capable de supplanter les mauvais souvenirs qu'il gardait de son frère, et cela la rassura.

— Marceau s'est uni à la volonté de nettoyer l'ensemble de notre territoire, cela peut nous sembler incroyable, et pourtant ! Il est certain que les maquisards n'ont pas faibli en entendant la voix du général de Gaulle qui depuis Londres a lancé son célèbre « *La bataille suprême vient de commencer… C'est la bataille de France…* » Sur ce point, Marceau et moi, nous nous retrouvons.

— Si cette expérience pouvait au moins servir à s'accepter et à se respecter les uns les autres en ce bas monde, nous n'aurions pas tout perdu, concéda-t-il dubitatif.

Les feuillets d'Anselme déposés sur la chaise longue s'éparpillèrent dans le vent. Il dut s'agripper à l'accoudoir du fauteuil pour ne pas chavirer en les ramassant. Il commenta qu'après les tortures que ce corps avait subies en Allemagne, il n'avait pas lieu de se plaindre de la mobilité de ses membres, et des progrès qu'il réalisait de jour en jour. Cette maison était sécurisante, elle n'avait été ni perquisitionnée ni incendiée, comme restée à distance des furies et de la tourmente, c'était le cadre parfait pour sa convalescence. En un mot, il se sentait chanceux.

Puis il proposa à Colombe d'aller se reposer dans son bureau pendant qu'il terminerait son courrier.

Ce qu'elle fit.

Dans la pièce de travail de son protecteur, toutes sortes de documents jonchaient l'écritoire, tandis qu'au-dessus, sur une étagère, elle remarqua une pile de photographies. Elle s'installa dans le fauteuil d'Anselme tout en coulant un regard machinal sur les en-têtes de ses papiers administratifs. *L'Association des prisonniers de guerre* adressait des documents à remplir au sujet de la réinsertion sociale. Au bout d'un moment, ne sachant comment tuer l'ennui, elle s'appropria le paquet de photographies posé sur l'étagère.

Dans sa vie, elle n'avait pas si souvent eu l'occasion de regarder des photographies, et c'est en espérant y retrouver des visages familiers, qu'elle examina pêle-mêle quelques clichés un peu sombres qui se présentèrent sous ses yeux. Elle reconnut Violette, le regard pétillant, qui affichait un sourire avenant aux côtés d'inconnus qui prenaient la pose. Cet ensemble un peu suranné ne manquait pas de charme. Elle supposa cet instantané pris dans la Creuse, car l'arrière-plan où se dressait une bâtisse rehaussée d'une tourelle lui était étranger. Mais le cliché sur lequel Colombe s'arrêta plus longuement se trouvait au milieu de la pile : il s'agissait d'une enfant sur les genoux d'un homme qu'elle crut identifier comme étant le père d'Anselme, reconnaissable à son crâne dégarni et à ses petites lunettes rondes qu'il avait la réputation de tenir mal ajustées. Elle avait déjà vu d'autres portraits de lui dans le salon, ce qui lui permettait cette interprétation. Le vétérinaire fixait l'objectif de son regard pénétrant. Il tenait sur ses genoux l'enfant aux cheveux bouclés rehaussés de rubans, portant autour de son cou un médaillon qui retint toute l'attention de Colombe. Méthodiquement, ses doigts se saisirent de la loupe posée sur l'écritoire afin d'examiner de plus près ce petit médaillon ancien et gravé. Le doute fut vite levé quant à son identification. Il s'agissait d'un bijou qui avait appartenu à sa grand-mère. Elle le reconnut de par ce choc qui avait cabossé l'argent dans un angle. Marceau le lui avait arraché avant-guerre un soir, dans les rues de Bellac. Quant à cette petite fille…

Colombe n'aurait pu traduire ce qu'elle ressentit à cet instant-là, submergée par toutes sortes de questions. Elle ne savait plus s'il fallait se réjouir ou pleurer. Son état de stupéfaction la rendait ivre.

Soudain, la main d'Anselme sur son épaule la fit sursauter, comme si cette main l'incitait à décrire ce qu'elle voyait sur cette photographie.

— Eh bien ? formula-t-il dans un filet de voix.

Colombe sentit soudain monter une vague de violence irrépressible.

— Tu me dois bien quelques explications… Dis, tu me dois bien ça ? Qui est cette petite fille ? Qui est-elle ?

— Colombe est pour moi bien plus qu'une cousine, admit-il soudain, très ému.

Un implacable silence permit à la jeune femme de faire le rapprochement avec sa tache de naissance sur son bras droit identique à celle d'Anselme. Puis elle analysa la confession qu'il venait de lui faire, sans bouger d'un millimètre. Elle déglutit avec difficulté tandis que ses tempes s'étaient mises à battre fort.

Même si de son côté, Varet avait fait le serment à son père sur son lit de mort de ne pas dévoiler la vérité sur son lien de parenté avec Colombe, il était pourtant prêt à déroger à la règle. Sans doute parce qu'il se sentait faiblir depuis son retour des camps et que s'il avait dû lui arriver malheur, il aurait regretté qu'elle ignore la vérité sur sa naissance. Ses pensées s'étaient mille fois télescopées à ce sujet pendant sa captivité en Allemagne. Il ne voulait plus perdre de temps. Ils avaient traversé suffisamment de désillusions et de malheurs. Il devait cet hommage à Colombe sans pour cela salir la mémoire de Jean-Baptiste Varet.

— J'ai surpris un jour mon père auprès de ta maman dans sa cabane de pêcheur de l'étang qui appartient aujourd'hui aux Grousset. Tu n'avais que quelques mois, il te tenait affectueusement sur ses genoux. Tu étais une enfant rieuse, on sentait que tu saurais t'accommoder avec la vie.

Anselme s'interrompit, rêveur, comme s'il rendait compte d'une scène qui se déroulait devant ses yeux.

— Tu as su pour *eux* ?

— Tout a commencé ce jour où exerçant ses fonctions de vétérinaire, mon père s'était rendu chez les Parvery à Blond pour soigner ce troupeau devenu fou. On n'a jamais vraiment su quel coup du sort avait frappé les bêtes du père Parvery. On parle de sorcellerie… Bien que mon père fît de son mieux pour épargner le troupeau, il s'est alors passé un de ces phénomènes étranges qui, je crois, lui a fait perdre la tête. En fait, admit-il, il ne s'est visiblement pas contenté d'exercer son métier puisque tu es née neuf mois plus tard…

Bien que stupéfaite de s'entendre tenir ce discours, Colombe avait l'impression que chacun des mots d'Anselme dissipait l'obscurité.

— J'aurais pu poser davantage de questions sur la raison de notre relation si proche pendant toutes ces années, conclut Colombe encore abasourdie.

D'un geste protecteur, il se contenta de la serrer contre lui.

— Nos dix ans de différence m'auront permis de t'entraîner sur un autre chemin que celui de la ferme des Parvery ! J'ignore si j'ai eu raison ou tort d'agir ainsi, mais j'ai pris cette décision en pensant un tant soit peu réhabiliter le manquement de notre père à ton égard. Je te devais bien ça… Et puis, pour être honnête avec toi, j'ai pris le temps d'observer ta position familiale. Tu étais seule auprès de tes frères irresponsables, et toutes ces considérations ont hanté mon esprit. Dans cette affaire, personne n'a été difficile à convaincre..., sourit-il, pas plus Marceau que toi !

Des souvenirs liés à son départ de la ferme des Parvery dans sa petite robe du dimanche revinrent à la mémoire de Colombe. Elle se revit dans l'automobile d'Anselme, et le si gentil sourire de son protecteur s'imposa à son esprit aussi clairement que ce jour-là. Des souvenirs qu'elle croyait à jamais oubliés. Elle se sentit si troublée devant ce pan de vie revenu avec force, qu'elle lutta pour retenir quelques larmes.

Ainsi donc, tout s'expliquait et tout se comprenait.

— Violette est la seule personne au monde à partager notre secret. Malgré tout, il faut croire qu'il m'était trop lourd à porter. Nous vivrons mieux à présent, fut-il convaincu.

Colombe reprit sa respiration en éternisant encore un peu ses yeux sur la photographie posée sur le bureau.

— Et puis, cet héritage va te permettre de mieux appréhender l'avenir, puisque j'ai cru comprendre que tu aimerais acquérir un magasin, poursuivit le demi-frère de Colombe.

Il parlait sur le ton de celui qui énonce une évidence, ce qui ne manqua pas de faire réagir vivement Colombe.

— Je n'y crois pas ! s'écria-t-elle.

— Tu dois ! assura Anselme en s'asseyant derrière son bureau.

Il posa ses coudes sur son sous-main et installa son menton sur ses mains croisées.

— Je crois même que tu ressembles à notre père, ajouta-t-il d'un air rêveur, tu as son intelligence… Je n'ai pas peur pour toi !

Il se tamponna le front avec son mouchoir en espérant qu'elle ne le remarquerait pas. Il souffrait encore de l'un de ces accès de fièvre contractée dans les camps.

Anselme se saignait bien plus aux quatre veines pour sa demi-sœur que certains pères ne l'auraient fait pour leur progéniture. Elle l'aimait infiniment, trop peut-être, au point d'être obnubilée par la peur de le voir disparaître un jour.

— Une boutique de chapeaux ! C'est mon rêve ! Quoi de plus beau que le visage enjoué de ces femmes cherchant le couvre-chef à leur tête ? Mais nous parlons de cela alors que les cartes de restriction alimentaire ont toujours cours et que la plupart des familles ne mangent pas à leur faim !

— Il faut bien nourrir quelques projets d'avenir ! Dans ce grand tumulte de la Libération, où l'économie aura forcément du mal à se relancer, il est bon d'espérer que ce plan de modernisation mis en œuvre grâce au grand emprunt de monsieur Blum va nous sortir de là. Nous rêvons d'une Europe indépendante des deux grandes puissances, tu ne dois pas avoir honte de tes ambitions, je t'assure !

— Je me félicite que ces années sombres appartiennent au passé ; comme tu le sais, nous avons fait la guerre contre l'occupant bien avant d'en avoir reçu l'ordre, énonça fièrement Colombe, Gauthier y a hélas laissé la vie.

Il sentit son chagrin encore à fleur de peau, mais il préféra ne pas relever ses derniers mots.

— Cette guerre nous a tous fait courir de graves dangers... Il y eut les malchanceux et les autres. Ceux dont nous faisons partie toi et moi.

Lorsque Violette les eut rejoints, Colombe nota combien les traits de cette dernière s'étaient creusés. Malgré son maquillage, des sillons d'amertume marquaient son visage en partie façonné par les émotions négatives, ce qui lui conférait un air las. Colombe l'avait sue en proie à des coups de cafard, mais en temps de guerre, elle avait dû prendre ses distances avec la femme d'Anselme. La raison principale venait du fait qu'elles ne partageaient pas les mêmes opinions politiques. Non seulement leur attachement n'était probablement pas assez solide pour surmonter ces divergences, mais de surcroît, madame Varet ne pouvait que lui reprocher sa fréquentation du fils Grousset. Là-dessus, le risque de devoir affronter la présence d'Esther dans la maison Varet avait fini de dissuader Colombe de lui rendre visite.

— Colombe est au courant ! annonça Anselme à sa femme sans le moindre préambule.

Violette opina en rajustant machinalement sa coiffure, mais elle ne chercha pas à savoir de quelle manière le secret avait été révélé.

— Les bruits courent vite, tâchons au moins de garder cette révélation dans nos murs ! Au nom de la mémoire de ton père ! N'est-ce pas Anselme ? Colombe, puis-je compter sur vous ? s'enquit Violette un peu pincée, en coulant ensuite un regard appuyé vers son époux.

Cette phrase abandonna Colombe à son embarras. Elle acquiesça. Puis elle se raidit en rougissant et se sentit tout à coup mal aimée de Violette, supposant que cette dernière la tolérait simplement en raison de son lien de parenté avec Anselme. Ce n'était pas pour autant la solution que d'ignorer l'épouse de son demi-frère, au contraire. Colombe cherchait déjà la façon de reconquérir cette amitié. Elle fourmillait de projets, mais elle n'en pipa mot, car il aurait été maladroit d'évoquer le magasin qu'elle projetait d'ouvrir, alors que celui de madame Varet avait été incendié par Marceau…

— Je ne t'ai pas vue souvent ces derniers temps. Il aura donc fallu le retour d'Anselme pour que tu fréquentes de nouveau cette maison ! remarqua Violette qui, de toute évidence, avait envie de la titiller.

Colombe feignit d'avoir des scrupules, mais ce jeu était contre nature. Déjà qu'elle faisait son possible pour fermer les yeux sur le *maréchalisme* de Violette, sa soumission au pouvoir établi puis sa neutralité frileuse à l'égard de la Résistance. Il n'en aurait pas fallu beaucoup plus pour que la coupe déborde. Maintes fois, elle avait entendu ses réflexions sur la juiverie et le communisme, il y aurait eu de quoi s'indigner, mais Colombe garda son sang-froid. L'heure était donc venue d'abandonner tout clivage, et la petite Parvery s'efforça de penser à la gentillesse de l'accueil que madame Varet lui avait réservé à Bellac au temps de son installation. Elle lui devait une partie de son instruction. Bien que maladroitement, elle lui remémora les gestes bienveillants, presque maternels, qu'elle avait nourris à son égard, en essayant de s'en tenir à ce sourire aimable dont elle ne se séparait jamais jadis. Même si le cœur n'y était pas tout à fait, Colombe donnait le change. Tout semblait bon pour tenter de reconsolider leur lien. Elle finit par lui donner sa parole que les révélations familiales faites par Anselme ne sortiraient pas de ces murs…

XXIII

C'EST À LIMOGES, à deux pas de la place d'Aine, où trônaient le Palais de Justice et la statue de Gay Lussac, que Colombe jeta son dévolu sur un local qui lui permettrait d'installer sa chapellerie à son compte. Son visage s'illumina d'un sourire en imaginant l'enseigne à l'effigie d'une colombe, intitulée *Chez Colombe* sur fond rouge pétard qui ne manquerait pas d'accrocher le regard du chaland.

Après ces années de privation et de souffrance, elle n'en revenait toujours pas d'avoir réussi à se positionner du bon côté de la frontière et c'est avec la certitude de pouvoir déplacer des montagnes qu'elle se lança corps et âme dans sa nouvelle entreprise. Il n'y avait dans cette attitude plus rien de révolté contre l'ordre social, au contraire, elle fit aussitôt preuve d'une boulimie de perfectionnement et d'un certain goût de l'apparat qui sommeillait chez elle depuis longtemps.

Comment s'y prit-elle pour étancher cette soif de revanche ? Elle commença par endosser une image de bourgeoise souriante inspirée du comportement de Violette en son temps, tout d'abord parce que c'était gratifiant d'avoir échappé à la mort et que son courage la rapprochait un peu de sa liberté. Cette liberté devait passer non seulement par sa confiance, mais également par la maîtrise d'un goût irréprochable, aussi s'inspira-t-elle du réalisme social des élégantes passantes du boulevard Carnot et de l'avenue Garibaldi. Les bérets, les chapeaux garnis, et autres bibis et leurs accessoires rehaussèrent bientôt sa première vitrine un peu pâlotte.

Un jour, alors que ses doigts enivrés caressaient la soie des emballages dans son nouvel univers de miroirs aux cadres dorés, un individu à la moustache impeccable, engoncé dans sa gabardine, poussa la porte du magasin, un sourire de camelot aux lèvres. Le comportement de cet inconnu n'avait rien de semblable avec celui des bouquinistes boute-en-train du quartier, à commencer par le regard sinistre qu'il lui adressa.

— Quelle belle enseigne vous avez-là !

Il sortit de son portefeuille sa carte de police et exhuma la pièce d'identité de Pablo Herrero que Colombe reconnut au premier coup d'œil.

— Connaissez-vous cet individu ?

— Jamais vu, mentit Colombe.

— Ce n'est pourtant pas ce qui se dit !

— Qu'est-ce donc que cette insinuation ? tança-t-elle en contrôlant ses émotions.

— Cet homme est recherché, alors si vous êtes au courant de quoi que ce soit le concernant, il est dans votre intérêt de collaborer, j'espère que je suis clair, lui souffla-t-il à l'oreille.

— Je ne fréquente pas de voyou, monsieur l'inspecteur ! Je tiens à le souligner, et je vous prie de me laisser travailler en paix, s'agaça Colombe qui avait l'impression d'avoir affaire à la milice.

— Vous ne devriez pas le prendre sur ce ton ! Je suis venu pour vous mettre en garde, madame Parvery, mais nous en reparlerons, dit-il en tournant les talons.

Colombe suivit des yeux la silhouette de cet inspecteur avant qu'il ne se noie dans la foule de la place d'Aine bondée. Ce n'était pas maintenant qu'elle allait céder à l'intimidation ! Elle mit quelques instants à essayer de deviner qui avait pu aiguiller ce flic jusqu'à sa chapellerie. En vain. Elle ignorait ce qu'était devenu Pablo depuis qu'il était parti en mission sur ordre de Gauthier. Perplexe, elle songea que la seule bonne raison qui aurait pu l'inciter à revenir dans la région était l'amour qu'il portait à Esther, tout du moins le supposait-elle, au moment où Garance fit tinter la sonnette d'entrée, les bras chargés d'accessoires de décoration pour le magasin.

La brunette n'était pas dupe de la réalité économique de cet après-guerre, où les privations prolongées, les cartes de rationnement et les salaires qui ne suivaient pas, l'avaient encouragée à s'investir davantage auprès de son amie plutôt qu'à grossir les rangs des salariés mécontents dans les entreprises de la région. Bien que son point de vue idéologique l'amenât à soutenir les revendications salariales et les grèves des ouvriers, elle n'en restait pas moins une femme que la Libération avait tournée vers le changement et l'épanouissement personnel, car à bientôt trente ans, elle songeait à s'établir enfin avec Albert qui, de son côté, avait repris ses marques comme ouvrier dans une manufacture de porcelaines. La recherche du progrès social passait aussi par les initiatives de son temps, travailler dans la dignité et l'amitié, ce qu'elle partageait au quotidien avec Colombe. Même si les deux complices ne connaissaient que les rudiments du métier de *modiste,* elles faisaient preuve d'inventivité.

Colombe annonça la visite de cet inspecteur à la recherche de Pablo, ce qui attisa la mauvaise humeur de son amie.

— Pablo ! Ah celui-là, on s'en serait passé ! estima-t-elle.

Garance n'avait jamais jugé l'Espagnol d'un œil complaisant. Mis à part le fait qu'il ait eu ce geste tactique des sauveteurs le jour où le magasin de Violette avait pris feu, il n'avait su que tourmenter son amie en donnant trop d'importance à une fille comme Esther, qui ne le méritait pas. C'était le hasard et rien de plus si, selon elle, il s'était trouvé là au bon moment le jour de cet incendie.

— Et que lui as-tu dit à cet inspecteur ?

— Que je ne le connaissais pas.

— Tu as bien fait. De toute façon c'est vrai, mentit Garance. Nous l'avons perdu de vue depuis si longtemps, c'est pareil. Autant éviter les ennuis !

— J'espère que cela ne nous portera pas préjudice.

— N'exagère pas, nous avons pris bien plus de risques par le passé.

— En attendant, je me demande bien ce que lui veut la police… Tu ne m'enlèveras pas de l'esprit qu'il s'est tout de même battu pour une cause juste et libératrice !

— Ne me dis pas que tu as toujours un sentiment pour lui ?

Colombe haussa les épaules, sa voix s'étrangla.

— Que vas-tu chercher ? J'ai bien d'autres chats à fouetter que de m'occuper de ce Pablo Herrero !

— Je suis heureuse de te l'entendre dire !

Bien que la réponse n'ait en réalité pas convaincu Garance, ses regards appuyés se transformèrent en grands éclats de rire en voyant Colombe s'extasier devant les gants de chevreau lacés de toutes sortes, fraîchement livrés des mégisseries de Saint-Junien. Les préoccupations révolutionnaires étaient maintenant loin derrière elles. Elles en revenaient à leurs premières amours sous le bruissement de ces nobles matières qu'elles n'avaient jamais oubliées : la dentelle, la soie et à présent, l'odeur du cuir, tout un monde enivrant prenait vie sous leurs yeux de commerçantes.

— Tu sais, avoua Colombe, je crois qu'au fond, je n'avais guère l'âme d'une volontaire et si tu ne m'y avais pas encouragée, et bien sûr sans ma rencontre avec Gauthier, je n'aurais peut-être pas rejoint les résistants, tout du moins pas aussi tôt. À présent, plus ça va et plus la jeune fille que j'ai été se distancie de la femme que je suis devenue. J'ai compris qu'à l'intérieur de ces groupes de Résistance, se sont construits de véritables nids de vipères où chacun veut servir ses propres intérêts.

— Tu n'as pas tort. Toutefois, tu ne peux nier l'utilité de cet engagement qui a fait partie de ta vie.

— Ce n'est pas ce que je veux dire… Mais j'insiste sur le fait qu'une page s'est tournée, ajouta Colombe qui admirait secrètement les partisans de « l'Union gaulliste » récemment créée.

— Cet héritage a profondément bouleversé ton mode de vie ! Il ne faut pas pour autant perdre de vue que notre combat a joué un rôle essentiel. Sais-tu qu'aujourd'hui, il existe des mouvements familiaux pour permettre aux mères d'être entendues afin de mieux assumer leurs responsabilités familiales ?

C'était probablement l'instinct maternel qui parlait pour Garance, mais elle ne pouvait s'empêcher de faire valoir les acquis sociaux. Sans doute avait-elle déjà évoqué avec Albert son désir de maternité ? De son côté, Colombe ne remettait pas en doute l'intérêt de ces avancées pour la condition de la femme, mais ses préoccupations se situaient ailleurs.

À présent, l'une des grandes joies de la chapelière était d'assister au défilé de la place d'Aine qui se noircissait de monde lorsque le trolleybus versait son flot de voyageurs. Son effervescence montait dès que les clientes s'empressaient vers son magasin, telle une nuée d'insectes insatiables. Ses gestes bienveillants, mais hésitants, s'étaient vite enhardis. Ses goûts plus sûrs traduisaient combien la maturité la servait. Malgré les privations, les clientes les plus aisées dépensaient un peu d'argent et Colombe aurait voulu se tenir en permanence à leur disposition dans sa boutique, reléguant bien loin derrière les plaisirs des divertissements.

Bien que le petit appartement au mobilier sommaire qu'elle louait au-dessus du magasin fût bruyant, sa fatigue lui épargna d'y prêter attention ce soir-là. C'est à peine si elle se sentait la force de faire un brin de toilette avant de se coucher, lorsqu'elle entendit un bruit dans l'escalier. Cela lui sembla d'autant plus suspect qu'elle n'attendait aucune visite. L'importun tourna soudain la poignée sans frapper et elle se retrouva face à un étranger dans cet espace minuscule. Elle laissa s'échapper un petit cri de surprise et sentit une onde de chaleur lui parcourir l'échine.

— Chut ! Tu n'as rien à craindre, chuchota l'inconnu.

La peur s'estompa peu à peu, laissant place au souvenir peignant de ce visage aux yeux ténébreux qui, bien que vieilli, lui était toujours familier.

— Pablo ?

Un léger sourire s'inscrivit sur la face de l'Espagnol, comme une expression juvénile de demi-victoire qu'il pensait avoir conquise.

— Que fais-tu ici ? Qui t'a donné mon adresse ? poursuivit froidement Colombe qui n'aimait guère ses manières invasives.

— C'est une bien longue histoire... Une de ces histoires que la guerre fabrique. Des vengeances, des rancunes, des malheurs qui m'obligent aujourd'hui à me planquer au moins pendant quelque temps, balbutia-t-il abattu, tandis que ses yeux injectés de sang et marqués de grands cernes la regardaient à peine.

Après un silence, il ajouta :

— J'ai appris pour Gauthier, je suis désolé...

— Nous n'y pouvons rien. Cela fait hélas partie des épreuves de la vie, et nous sommes tous logés à la même enseigne, ponctua Colombe en se durcissant.

— Tu vis seul ? s'enquit-il tandis que son regard furetait, avide d'un indice plus explicite sur la présence d'un homme à ses côtés.

— Que veux-tu exactement ? grimaça Colombe qui semblait déjà deviner ce qu'il attendait d'elle.

— Ton aide, ma jolie, soupira-t-il.

Elle le dévisagea avec intensité, se remémorant les moqueries dont elle avait fait l'objet à l'époque où Pablo et Esther marchaient en duo. Bien qu'elle fût incapable de rejeter ces ombres qui revenaient en force, elle s'adoucit.

— Je t'aime bien Pablo c'est vrai, et tu le sais, mais nous ne sommes plus en guerre. Je crois sincèrement que tu profites de ma crédulité ! Je ne voudrais pas qu'il soit dit que mon hospitalité t'a été refusée, mais d'un autre côté, je ne veux pas d'ennuis, j'ai pris suffisamment de risques, ajouta-t-elle.

— Quel accueil ! Tu es devenue pire qu'Esther à ce que je vois…

— Non seulement je ne te permets pas de parler ainsi, mais je n'ai aucun compte à te rendre. Tes histoires avec Esther ne me regardent pas, quant à mon implication dans la Résistance, j'ai suivi mes convictions pendant ces temps de guerre, mais cette vie-là est derrière moi.

— Seuls les imbéciles ne changent pas ! consentit-il en se rapprochant de Colombe qui, un peu nerveuse, rangeait machinalement un nécessaire de couture dans le tiroir d'un guéridon.

— J'aspire à la quiétude, que les choses soient claires, Pablo !

— Tu me fais de la peine, vraiment, tu me déçois.

— Tu m'as déçue toi aussi, asséna-t-elle tout à trac.

Il aurait voulu la prendre par les sentiments, persuadé qu'elle n'aurait pas longtemps refoulé sa faiblesse, mais il ne savait comment relever ce défi, d'autant plus que la personnalité de Colombe s'était affirmée.

— Te souviens-tu de cet incendie qui a failli te coûter la vie ?

Stupéfaite qu'il ait pu hisser son geste de bravoure comme dernière chance de la voir faiblir, elle s'agaça.

— Épargne-moi ce jeu stupide et malsain qui consiste à toucher ma corde sensible, d'autant plus que tu m'as largement méprisée par la suite, lorsque tu pavoisais au bras d'Esther.

Il eut un petit ricanement en constatant que Colombe n'avait jamais avalé sa liaison avec la fille Clément. La belle rousse qu'il défiait à présent n'avait plus rien de la jouvencelle un peu perdue qu'il avait connue avant la guerre. C'était une femme séduisante, à l'air espiègle, loin de se laisser dominer. Elle mesurait ses mots, soignait son apparence, ce qui ne devait pas manquer d'attirer les prétendants. Ces nouvelles armes de séduction attiraient Pablo, alors que Colombe, de son côté, dédaignait le genre ordinaire du garçon et se demandait même ce qui avait pu autant déchaîner sa passion du temps de sa jeunesse.

Bien que Colombe eût heurté sa fierté, il posa sur elle un regard perplexe, comme s'il n'y croyait pas tout à fait.

— Je pensais te connaître, mais j'ai dû me faire une fausse opinion de toi, voilà tout. N'en parlons plus, je ne t'importunerai pas plus longtemps.

Les bras croisés sur sa poitrine, la jeune fille ne broncha pas. Elle observa Pablo en ressentant une sorte de soulagement de le voir s'éloigner…

— Sais-tu que cet inspecteur est en possession de ta carte d'identité ? lui glissa-t-elle comme il s'apprêtait à descendre l'escalier.

— C'est une sombre affaire… marmonna-t-il tristement sans se retourner.

Deux jours plus tard, pendant qu'elle plaçait dans sa vitrine les derniers modèles de chapeaux ornés de voilette, livrés par les maîtres chapeliers du Languedoc dont la réputation n'était plus à faire, Colombe reçut pour la seconde fois la visite de cet inspecteur de police. Elle tenta de faire contre mauvaise fortune bon cœur, en se doutant qu'il venait la relancer au sujet de Pablo.

— Le dénommé Herrero a été vu place d'Aine avant-hier soir, avouez que c'est étrange ! scanda-t-il après un bref salut.

— Chacun est bien libre de ses faits et gestes !

— Très certainement mademoiselle, mais en dépit de vos affirmations formelles où vous avez nié le connaître, l'individu nous a été signalé en bas de votre bâtiment, curieux non ?

L'humeur de Colombe était déjà moins sereine. Devant l'embarras qu'elle manifestait et sa difficulté à répondre sans confusion, elle eut soudain envie de l'envoyer sur les roses, mais ce fut sans compter sur Garance qui, juste sortie de l'arrière-boutique, s'empressa de venir à sa rescousse.

— Nous aurions peut-être dû vous le signaler plus tôt inspecteur, bêla la brunette, mais nous avions entendu parler du dénommé Herrero au temps où il fut réfugié à Bellac. Sa famille est venue s'installer en France pour échapper à la guerre civile d'Espagne.

— Voyez-vous ! Et pourquoi ne pas me l'avoir dit plus tôt ?

— Tout cela est si loin ! La guerre est passée par-là, nous l'avons perdu de vue, et puis, nous ne le connaissions pas plus que ça, n'est-ce pas, Colombe ?

Cette dernière opina tout en ajustant le placement d'un chapeau dans sa vitrine avec coquetterie.

— Ce n'est pas ce que vous m'aviez dit vous ? s'écria-t-il en lançant un regard accusateur en direction de Colombe.

— Ce nom-là ne me disait rien… Et puis qu'a-t-il donc à se reprocher au juste ? minauda-t-elle sans se départir de sa bonhomie naturelle.

— L'épuration contre les personnes considérées comme coupables de collaboration, ça vous dit quelque chose ? maugréa l'inspecteur.

Il y eut un silence de couvent. Le propos était plutôt déconcertant. Pablo avait rendu bien des services à la Résistance. Le fait que la commission d'enquête eût soulevé le principe de son implication dans la collaboration n'avait pas de sens. La thèse de l'inspecteur ne pouvait être que fausse, mais elles se gardèrent de tout commentaire.

— Notez que la relative clémence des jugements débouche souvent sur un acquittement, au pire une peine de prison, plus rarement la peine de mort, précisa le pince-sans-rire en se grattant le crâne.

— Du peu que nous sachions à propos de monsieur Herrero, je n'imagine pas qu'il ait pu faire partie des serviteurs de l'ennemi, rétorqua Colombe.

— Il faudrait savoir madame Parvery ! Il y a un instant de cela, vous prétendiez tout juste le connaître et, à présent, vous vous avancez à son sujet.

— Je n'affirme rien inspecteur, je ne fais que des suppositions !

— La réalité n'est pas forcément celle que l'on imagine, madame Parvery…

Cet homme lui était fortement antipathique. Elle l'imaginait fourbe et orgueilleux. Son grade l'encourageait à prendre ses aises en paroles et en actes, aussi, lorsque Colombe le vit déterrer sa vieille pipe d'une poche de sa redingote, ce geste rustre et impoli la fit sortir de ses gonds.

— On ne fume pas la pipe dans mon magasin ! éructa Colombe.

L'inspecteur étouffa sa colère en rangeant sa pipe dans sa poche.

— Vous devriez faire un effort, rugit-il en attrapant Colombe par le bras.

— Ça suffit, lâchez-moi ! Je n'y peux rien si vous ne supportez aucune remarque ! Nous ne savons rien de plus ! Allez chercher ailleurs un bouc émissaire !

Vexé, il quitta la boutique en bougonnant que l'affaire ne s'arrêterait pas là.

— Tu l'as bien mouché ! railla Garance dès qu'il fut parti. Son attitude ne laisse aucune ambiguïté, c'est de l'intimidation, affirma celle qui n'appréciait guère l'attitude de cet inspecteur. À mon avis, il profite de la punition de la collaboration. Des tas de flics sont en charge des affaires d'incivisme, mais celui-ci fait du zèle, probablement parce qu'il a une dent contre Pablo pour des raisons que nous ignorons.

— Tu crois ? J'aurais peut-être dû aborder avec Pablo les raisons de la venue de cet inspecteur, mais cette façon qu'il a eue de me prendre au dépourvu chez moi l'autre soir m'a complètement déstabilisée.

— En tous les cas, nous savons toi et moi que l'épuration qui s'en prend aux collabos fait rage un peu partout sur le territoire, toutefois, je ne vois vraiment pas pourquoi cela concernerait Pablo, membre actif de la Résistance. Ceci dit, nous ignorons qui est ce flic et ce qu'il a derrière la tête. Peut-être a-t-il la pression d'un supérieur hiérarchique ? Fuir, c'est sans doute ce qu'Herrero aurait de mieux à faire ! À mes heures perdues, je vais essayer d'en savoir plus long sur cette histoire, Albert n'hésitera pas à nous y aider.

XXIV

Comment le père Parvery avait-il réussi à échapper au typhus qui sévissait dans les camps durant ces longs mois de déportation ? Au péril de sa vie, sous le matricule 64826, il n'avait pourtant jamais cessé de soigner les agonisants de Dachau, jusqu'à sa libération par les Américains en avril 1945. Forcé d'assister aux exécutions capitales et aux pendaisons, il n'avait eu que sa foi pour l'éclairer dans cette noirceur.

Lorsque Colombe s'était empressée de rendre visite à son frère à l'hôtel *Lutécia* de Paris organisé pour les circonstances en centre de rapatriement réservé aux déportés, c'est à peine si elle l'avait reconnu. Le père Parvery était devenu un être hagard, prématurément vieilli, qui s'accrochait au peu de vie qu'il lui restait. Colombe put à peine le relier au souvenir de ce frère combatif qu'elle avait revu au maquis. Il avait agité la main comme pour lui dire « Tu te rappelles ? » Elle avait un instant détourné ses yeux car son cœur battait trop fort dans sa poitrine. C'était brutal, Colombe ne s'était pas préparée à affronter ce regard qui exprimait la terreur. Sa maigreur cadavérique suffisait à lui enseigner les séquelles de tant de souffrances endurées dans les camps de la mort. Même si le malheureux ne semblait plus en état d'apporter sa pierre à la mémoire collective de la déportation, Colombe lut l'ampleur de sa détresse avant qu'il ne sombre dans un coma duquel il ne se relèverait pas. Sa sœur eut juste le temps d'un dernier adieu avant qu'il ne lâche la barre. Longtemps, en fermant les yeux, elle fut hantée par le visage de Silvère, celui de ses derniers instants. Pour cette raison sans doute, elle refusait d'évoquer cette horrible guerre et s'efforçait de garder le sourire en toutes circonstances, comme un hommage à ceux qu'elle avait aimés.

Le résultat des investigations de Garance fut pour le moins surprenant. L'inspecteur Delter, venu les harceler au magasin à deux reprises, se révéla être le petit ami d'Esther. L'explication de sa démarche intrusive pouvait découler de cette constatation. Cet homme, sans nul doute poussé par Esther, elle-même animée d'un sentiment de vengeance, voulait faire planer une menace sur les anciens maquisards ! Hélène Clément avait été torturée par le tribunal des résistants avant de trouver la mort dans d'horribles circonstances. Esther savait que Pablo appartenait à ce groupement d'hommes qui s'autoproclamaient justiciers. Même si aucune décision n'avait directement émané de l'Espagnol, son adhésion au mouvement du maquis FTP suffisait à l'accuser.

De là à supposer qu'Esther se fût sentie humiliée au point de faire braquer les instances policières sur Pablo, il n'y avait qu'un pas. De plus, la perspective d'imaginer la réussite de Colombe qui avait acquis ce fonds de commerce à Limoges grâce au soutien d'Anselme Varet devait lui être intolérable. Que la jeune Parvery, qu'elle avait toujours sous-estimée, eût aujourd'hui un statut plus enviable que le sien s'inscrivait comme un affront. Toutefois, Colombe n'y pouvait rien s'il manquait à Esther cet esprit d'initiative qui lui aurait permis de donner un sens à sa vie. La fille Clément aurait dû exercer sa liberté pour saisir le monde qui l'entourait, mais il semblait plus aisé de déverser sa bile par l'intermédiaire d'un inspecteur !

Esther savait que quelques années plus tôt, sa rivale avait nourri un penchant pour Pablo. Elle savait également que l'Espagnol était suffisamment opportuniste pour solliciter l'aide de Colombe en cas de besoin. Perspicace et manipulatrice grâce au soutien de son inspecteur amoureux, la fille Clément avait donc trouvé le moyen d'entrer en campagne vengeresse.

— Finalement, je ne suis pas franchement surprise. Tout s'emmêle, la jalousie, la méchanceté, mais mieux vaut ne pas succomber à ce vice, c'est le sage conseil que me donnerait monsieur Anselme, dit la belle chapelière à Garance.

— Au fait, que devient-il ?

— Il vieillit hélas ! Malgré tout, étant donné qu'il n'a pas eu d'enfants, je pense qu'il me considère un peu comme sa fille, concéda-t-elle sans donner d'autres précisions sur le fond de sa pensée. Et d'ajouter : Tu as bien de la chance d'avoir réussi à traverser ces épreuves aux côtés d'Albert…

Garance n'osa pas avouer à son amie qu'ils avaient fixé la date de leur mariage. Elle avait tellement peur de heurter la sensibilité de Colombe, au fond d'elle si seule, qu'elle préféra plaisanter.

— Et toi, tu ne vas pas faire vœu de chasteté ! Je suis certaine que tes yeux caressants sauront bouleverser un homme bon pour toi.

Sur le moment, Colombe tourna le propos en dérision mais, après le départ de Garance, elle chercha un dérivatif à sa tristesse soudaine. Cette conversation lui avait fait perdre pied. Bientôt, elle aurait trente ans, elle n'avait pas vu passer toutes ces années ! Elle pouvait toutefois s'estimer heureuse d'avoir su donner un sens à son propre combat. À condition de ne pas sombrer à présent dans cette solitude du cœur qui aurait eu vite fait de devenir destructrice, elle pourrait continuer de mener sa quête sans faiblir.

Elle sortit un instant de sa boutique, observa à la dérobée les passants dans l'effervescence de la place et éprouva une sorte de vertige. La demi-lune déversait sa lumière argentée sur la statue de Gay Lussac. Deçà delà, quelques chalands se trouvaient attroupés devant les vitrines, c'est alors qu'une main s'abattit sur son épaule, une main qui visiblement savait ce qu'elle voulait :

— Pablo ! maugréa Colombe en se rembrunissant après avoir fait volte-face.

— Mettons-nous à l'abri des regards, il faut que je te parle, enchaîna-t-il en la tirant par le bras, tandis qu'elle acceptait à contrecœur de se plier à son caprice.

— Mais enfin, que me veux-tu encore ? tança Colombe qui détestait plus que tout se faire manipuler.

— Je risque de te surprendre ! dit-il tout bas en poussant la porte du magasin.

— Tu permets ! s'agaça Colombe, laisse-moi fermer ma boutique et nous parlerons dans la remise.

Tête baissée, elle s'exécuta, puis se dirigea vers l'arrière-boutique accompagnée de Pablo. Elle déplaça méthodiquement quelques cartons empilés afin qu'il puisse s'asseoir au milieu des mannequins, des rubans, des nœuds et autres accessoires.

— Ce n'est guère avouable, mais je vis depuis trop longtemps avec un fardeau sur la conscience, j'ai décidé de m'en libérer sans détour, déclara-t-il aussitôt.

Colombe avait à présent les bras croisés sur la poitrine, l'impatience pointée comme un étendard.

— Ce fut comme si tu m'avais défié du regard le jour où tu te trouvais aux prises avec ces vandales dans le magasin de madame Varet. T'en souviens-tu ? Je suis entré, la cigarette à la main et nous nous sommes battus comme des chiffonniers, ces deux voyous et moi. La cigarette m'a échappé des mains et je n'ai pas compris tout de suite que les matières s'enflammaient. Mon seul et unique réflexe a été de te tirer de là, en faisant ma prière pour te sauver la vie.

— Qu'es-tu en train de me dire ? Que tu es à l'origine de l'incendie ce jour-là ? s'enquit-elle d'une voix blanche.

Il opina du chef d'un air approbateur en précisant que tout cela s'était déroulé indépendamment de sa volonté.

— Tu n'en as donc jamais rien dit pendant toutes ces années ?

— Un même homme est hélas capable d'autant de hardiesse que de lâcheté, la preuve ! La culpabilité m'a souvent étreint le cœur. On a jeté l'opprobre sur Marceau sans être convaincu de sa faute, simplement parce que la vie avait déjà fait de lui un voyou. Je n'ai aucune circonstance atténuante.

— Ce jour-là, je m'en souviens, Marceau a menacé de mettre le feu ! Au fond, tout l'accusait, moi la première.

— J'ai honte, avoua-t-il tout bas, tandis que chacun soupesait la gravité de la chose.

Il lui tendit lentement la main comme s'il quémandait son soutien, mais elle n'était pas certaine de vouloir le lui offrir. Ce mensonge était d'autant plus méprisable qu'à deux reprises, il avait bafoué sa confiance.

— Laisse-moi Pablo à présent, laisse-moi, répéta-t-elle, tandis qu'une expression affligée se dessinait sur son visage.

Il mit pourtant un certain temps à comprendre qu'il ferait mieux de quitter l'arrière-boutique.

— Désolé, Colombe… Que tu le veuilles ou non, nous partagerons ce secret, mais si cela peut te rassurer, sache que tu ne me reverras plus puisque j'envisage de repartir en Espagne.

— Cela est probablement ce que tu as de mieux à faire ! Cet inspecteur est toujours derrière toi, il veut t'interroger, il vient quémander des informations à ton sujet tous les quatre matins. Je ne suis pas décidée à laisser le passé ruiner mes efforts, pas plus que saper l'avenir du résistant que tu as été. Ce n'est pas ce flic de malheur qui va nous tondre la laine sur le dos ! D'autant plus que, je peux bien te le dire, sais-tu qui est à l'origine de cette démarche ?

— J'ai bien ma petite idée sur la question.

— Alors pars ! Il fera bientôt nuit et je refuse que l'on te voie ici, dit-elle derechef à Pablo alors qu'elle n'était plus très sûre de le penser vraiment.

Le jeune homme comprenait qu'elle fût déçue de lui, elle méritait un homme viable, installé, alors qu'il n'avait à lui offrir que l'incertitude du lendemain. Ces arguments n'avaient pourtant pas été suffisants pour l'aider à oublier Colombe. Au contraire, il cherchait déjà une manière de se rendre indispensable à ses yeux. Ce cœur s'était offert à lui à l'époque où il n'était qu'un jeune fougueux et même s'il n'avait pas su voir l'héritage de cette chevelure admirable et ses yeux pénétrants, il aurait aimé croire qu'il n'était pas trop tard pour rattraper ce temps perdu. Mais le moment ne paraissait guère propice à une plaidoirie en faveur de ses sentiments, aussi, le garçon lui glissa simplement *« Ne te fais pas trop d'idée sur l'amour »* et il s'effaça, laissant Colombe évasive.

La révélation de Pablo avait aiguillonné sa nervosité. Ce mensonge, le jour de l'accident, avait eu des conséquences irrémédiables sur la destinée de Marceau. À présent, comment donner une quelconque valeur à la parole de Pablo ? Comment croire que ce garçon qui l'avait mise dans l'embarras soit un jour capable d'une promesse ? Cette réflexion la laissa perplexe.

XXV

Colombe appréhendait chacune de ses visites chez Anselme. Elle n'était pas dupe de ses forfanteries lorsqu'il évoquait ses années en Allemagne. C'était l'arbre qui cachait la forêt de ses meurtrissures, mais également de ses difficultés à réintégrer la vie qu'il avait quittée après une si longue parenthèse. Bien qu'il eût fait d'énormes progrès depuis son retour, son demi-frère restait oublieux, ne répondant qu'évasivement aux questions le concernant. Son regard vitreux voulait que l'on affectât de l'indulgence à son égard.

Ce jour-là, Colombe lui surprit l'une de ses petites manies qu'elle ne lui avait plus vue depuis longtemps. Il se passa la main dans les cheveux pour s'assurer qu'il était présentable avant de l'embrasser. Il éprouvait grand plaisir à voir cet air affranchi sur le visage de Colombe, dont il admira le joli chemisier à col d'officier valorisant ses frêles épaules, assorti à sa jupe froncée qui lui rappelait Violette dans ses élans de coquetterie.

— Il fut un temps où tu serais arrivée plus tôt ! dit-il sans animosité, avant d'ajouter : tu travailles trop !

Anselme avait peine à croire que sa rayonnante demi-sœur fût encore célibataire alors que sa beauté et son allure auraient fait chavirer bien des hommes. À sa connaissance, elle n'avait jamais remplacé ce Gauthier Grousset. Curieusement, il ne pouvait s'empêcher de faire la corrélation avec l'attitude suspecte que son père avait eue au bord des étangs le jour où ce dernier s'était livré à des incantations bizarres. Il fut probable que l'envoûtement du vétérinaire n'avait eu aucun lien avec le malheur qui avait frappé les jeunes gens, mais il aurait préféré que sa demi-sœur fréquentât un autre garçon que ce Grousset. Anselme s'était toujours gardé de parler à Colombe de ces affaires de sorcellerie, sans doute parce qu'il avait lui-même toujours refusé d'y croire mais, au fond de lui, il ne pouvait totalement exclure l'idée qu'une malédiction plane sur le destin de la jeune fille. D'ailleurs, lorsqu'une occasion de présenter Colombe à un bon parti s'était offerte aux lendemains de la guerre, les événements avaient de nouveau tourné au fiasco. Bien sûr, il n'avait rien dit à ce sujet, préférant conclure que Colombe avait une vision chaste de la vie.

Les commentaires d'Anselme sur son célibat faisaient toujours montre d'affection et si elle acceptait de donner le change, c'était pour mieux rebondir sur des sujets d'actualité qui lui tenaient à cœur. La vision pragmatique de son demi-frère lui avait toujours permis de saisir les subtilités du monde qui lui échappaient, une façon de décrypter cette France de l'après-guerre restée à mi-chemin entre les Américains et les Soviétiques.

Anselme considérait qu'il fallait préserver la sécurité vis-à-vis de la revanche allemande. Il ne s'agissait pas de faire l'impasse sur le réarmement coûteux, mais il aurait été bon, selon lui, que les autres pays européens dotés d'empires coloniaux y songent également.

— Bien sûr il faut se garder des alliés européens, renchérit Colombe qui avait déjà entendu cette remarque de la bouche de l'une de ses clientes.

— En espérant... que les crédits externes des Américains suivront... Tous les espoirs sont permis si nous leur concédons des avantages commerciaux, conclut-il.

Anselme sortit de sa poche la montre de gousset de son père, au moment où Violette revint de ses plates-bandes. Le regard de tendresse et de respect qu'il adressa à son épouse fit comprendre à Colombe que le lien qui les unissait n'avait pas faibli.

— Cette guerre nous a fichus en l'air ! soupira Anselme, conscient de ce que Violette n'avait pas pu réaliser en raison des circonstances.

Heureusement, il ne s'agissait pas de la remarque d'un vieil aigri. Son esprit généreux et sensible l'empêchait encore de naufrager et devant le regard intense de son épouse, il eut vite fait de balayer ses idées noires. Bien que Violette se fût éreintée dans l'attente au cours de ces années sombres, l'espoir qui teintait de nouveau ses jours faisait plaisir à voir. Sa nouvelle coiffure plaquée aux crans stylés l'avait défaite de sa grâce mélancolique. Violette prouvait qu'elle savait utiliser les ressources de son esprit. La solidité de leur amour n'avait jamais été remise en doute et le clin d'œil complice qu'elle échangea avec

Anselme au moment de sortir le rosbif aux oignons du four offrit un spectacle émouvant.

— Esther est-elle toujours à Bellac ? s'enquit Colombe au moment de prendre place autour de la grande table pour le déjeuner.

— Ma petite Colombe…, minauda Violette dans une parole lourde de sous-entendus. Esther nous a abusés. Outre nous imposer sa liaison qui a mal tourné avec ce bellâtre espagnol, nous avons également eu droit à plusieurs spécimens d'hommes avant qu'elle ne s'entiche de cet inspecteur Delter. Elle est indécente, sulfureuse et tient bientôt tout Bellac responsable du traitement infligé à Hélène !

Colombe n'était pas surprise de ces propos. Elle s'étonnait simplement que Violette eût mis tout ce temps pour en convenir. À moins qu'elle ait longtemps refusé de l'admettre en raison de l'amitié qu'elle portait à sa cousine ? Depuis toujours, Hélène et Violette avaient entretenu des liens privilégiés, et bien qu'elles eussent adopté des comportements dissemblables sous cette France occupée, elles n'en avaient pas moins préservé leur amitié jusqu'au bout. Violette aurait pu condamner le comportement d'Hélène, mais elle s'était bien gardée de la juger, tout du moins ouvertement. En réalité, Colombe avait cru comprendre que chacune avait mené indépendamment sa barque à l'époque où la délation se déchaînait. Violette éludait toute question relative à sa cousine, toujours est-il qu'elle avait éprouvé de la peine de la savoir livrée en pâture au tribunal de la Résistance. Il lui semblait inadmissible que certains collabos ayant commis des crimes notoires à l'encontre de résistants fussent passés au travers des mailles du filet, alors qu'Hélène avait payé pour eux...

— Vous avez donc rompu les ponts avec Esther ? insista Colombe en se régalant de girolles.

— Cela est mieux ainsi, et puis, mon intuition me dit qu'elle ne peut que nous prodiguer des ennuis.

Colombe hésita encore à évoquer la visite de l'inspecteur Delter qui l'aurait amenée à avouer la révélation de Pablo. Elle ne se sentait pas prête à franchir le pas, se refusant à gâcher le plaisir de ce déjeuner dominical. À croire que Violette venait de saisir la nature de ses pensées, car elle releva soudain les yeux vers Colombe d'une manière étrange. Elle but une gorgée de vin et tergiversa un instant, tandis que la jeune fille devint le point central d'attraction.

— Et cet Espagnol, l'as-tu revu ?

Le regard de Colombe se livra à un curieux va-et-vient entre Anselme et Violette, tandis qu'elle prononçait un « oui » à peine esquissé.

Très embarrassée, elle eut envie d'être ailleurs, tandis que madame Varet eut la présence d'esprit d'affirmer :

— Je dis cela, parce qu'il est venu jusqu'ici... Et il nous a expliqué quelque chose d'incroyable. Figure-toi que c'est lui qui était à l'origine de l'incendie de mon magasin ce jour-là, et lui seul !

Colombe paraissait bouleversée. Elle connaissait bien évidemment cette vérité, mais cela ne l'empêchait pas de souffrir en constatant que Pablo baissait encore dans l'estime des Varet. Elle éprouvait de la honte à l'idée qu'il n'ait pas eu le courage de se dénoncer plus tôt, laissant ainsi faussement accuser

Marceau. Aurait-elle dû en conclure qu'elle éprouvait encore un sentiment pour lui ? Elle se sentit dépassée par cette sensation étrange, incapable de réagir, comme si un mur infranchissable se dressait devant elle. La jeune Parvery bredouilla quelques mots qui n'avaient pas beaucoup de sens avant de retomber sur ses pieds.

— Eh bien, ce témoignage aura fini par laver mon frère de toute accusation ! J'ai la terrible impression qu'il aura fallu cette horrible guerre pour que Marceau combatte cette fatalité qui s'était abattue sur lui.

Les Varet ne purent qu'en convenir, mais il régna jusqu'à la fin du repas une crispation nerveuse impossible à combattre. Colombe les quitta toute chose, avec cette sensation étrange d'avoir encore la présence invisible de Pablo quelque part sur le cœur… Une impression qu'elle tenta d'analyser au fil de sa promenade sur les bords du Vincou. Elle reprit son souffle auprès du vieux pont en admirant les maisons étriquées. Un pêcheur se tenait en contrebas. Soudain, ce fut tout un pan de sa vie qui défila sous ses yeux, tandis qu'elle observait la force des courants de cette rivière qui animait les moulins. Colombe songea à Gauthier. Elle aurait aimé se plonger dans son innocente quiétude, celle des silences partagés. Cet amour au goût d'éternité, elle ne pouvait l'oublier. Son parfum l'enveloppait encore. Il ressemblait à cette feuille morte que les rides de l'eau déplaçaient d'un point à l'autre, dénué de vie, mais malgré tout présent. Elle s'amusa de constater que c'était justement le jour de la

Saint-Simon, fête des mégissiers. En prêtant l'oreille, on entendait chanter la *Marseillaise* des tanneurs :

« Il y avait un jour à Corinthe, un tanneur nommé Simon, et les tanneurs le prirent pour patron »...

Au fur et à mesure qu'elle se rapprochait des tanneries, un frisson la parcourut sous le chant des artisans aux odeurs de souvenirs. Celles des écorces d'arbres mêlées au cuir trempé pendant des jours. Cette puanteur pétrie de froid lui monta aux narines. Elle éprouvait une sorte d'affection pour ces ouvriers en bleu de travail qui, en ce moment même, posaient devant la rivière pour la traditionnelle photographie des tanneurs. Gauthier aurait pu être des leurs. Sur place, elle resta là à les détailler. Le monde reprenait confiance sans celui qu'elle avait aimé. Pourtant, ce fut comme si cette scène lui avait insufflé la force de se rendre chez Esther, car elle s'y engagea d'un pas sûr et confiant, bien décidée à crever l'abcès.

La fille Clément, prise de court, laissa entrer Colombe à contrecœur après s'être assurée que personne ne les avait observées depuis la vieille épicerie voisine. Elles ne s'étaient pas revues depuis des mois et cette visite la désorienta. Elles s'épièrent durant une longue minute au cours de laquelle Colombe ne reconnut que difficilement le visage jadis si gracieux d'Esther. Il s'était alourdi, et avait perdu de son éclat. Sa remarquable beauté s'était donc étiolée comme si le temps assassin avait estimé qu'il devait lui reprendre son pouvoir. Un léger embonpoint modifiait également la souplesse de ses mouvements. La petite Parvery ne put s'empêcher de penser qu'elle avait peu connu la vache maigre.

— Qu'est-ce que tu viens faire chez moi ? piqua-t-elle.

— Te mettre en garde ! Les procédés d'intimidation employés par ton inspecteur me déplaisent, tiens-toi-le pour dit ! s'indigna Colombe sans préambule.

Refusant de perdre la face, Esther, qui fut loin de s'attendre à une telle rhétorique, se contenta de formuler les premiers mots qui lui vinrent à l'esprit :

— De quoi veux-tu parler ?

— Ne perds pas de temps à jouer les innocentes, tes lèvres sont tremblantes de colère ! Je te demande de faire cesser ces persécutions. Dis à ton inspecteur qu'il aille faire du zèle ailleurs !

— Les gens de votre espèce doivent être punis ! rétorqua Esther incapable de dissimuler son trouble, les yeux brûlants de haine.

— Sais-tu au moins ce que tu dis ? persifla Colombe en fronçant les sourcils, fière d'appartenir à une génération de jeunes gens qui s'étaient impliqués et battus pour des valeurs suprêmes de patriotisme.

— Des révolutionnaires ! Voilà ce que vous avez été ! C'est bien de votre faute si les SS ont perpétré tant d'atrocités sur de pauvres victimes innocentes.

— Mais enfin, un peu de bon sens ! La Résistance aura été un appui à la victoire militaire finale. Toutes les actions de parachutage et de sabotage établies en étroite collaboration avec les états-majors militaires furent souvent plus efficaces que des bombardements aériens. Le général Eisenhower a lui-même reconnu que l'absence de la division *Das Reich* occupée à harceler la Résistance en Limousin aura été déterminante, alors si tu le veux bien, restons-en là sur le sujet !

— Peut-être, mais en attendant, tu as bien été témoin du jugement de ma mère lorsqu'elle tremblait sous le joug du préfet du maquis ! Et ne me dis pas le contraire, je ne te croirais pas, pleura-t-elle sans retenue.

Colombe soupira.

— Ce que tu affirmes n'a aucun sens ! Je n'ai jamais cautionné les actes d'accusation du tribunal du maquis, il ne faut pas tout mélanger ! Un capitaine était en charge du service des exécutions de celles et ceux qui ont été responsables de la mort et de la déportation de nombreux Français, mais à aucun moment des gens comme moi, pas plus que Garance ou Pablo, n'ont eu leur mot à dire sur la question.

— Tu ne m'enlèveras pas qu'aucun avocat n'a été présent pour plaider sa cause… à ma mère ! s'écria Esther prête à lui sauter à la gorge.

Mais ce fut sans compter sur un groupe d'ouvriers tanneurs qui fêtait la Saint-Simon sous les fenêtres ouvertes de chez Clément. Ils reprirent en chœur :

« Il y avait un jour à Corinthe, un tanneur nommé Simon, et les tanneurs le prirent pour patron. »

Goguenards, ils émirent quelques sifflets à l'intention des jeunes femmes avant de poursuivre leur chemin.

— Calme-toi ! Les maquis ont joué leur rôle, assura Colombe d'un esprit aussi vif que retors. La conjoncture était similaire à celle de la Révolution alors que les officiers de l'armée royale étaient passés à l'ennemi, voilà tout !

— Je me fiche de tes considérations qui ne feront pas revenir ma mère ! défia Esther.

— Je respecte ta douleur, crois-le bien, mais il est temps de cesser de nourrir des griefs contre moi. Je ne suis pas venue pour te voir pleurer. Les guerres ont fait suffisamment de malheureux, il faut panser nos plaies, rassura Colombe d'une voix plus calme.

Bien qu'elle n'ait jamais été invitée à pénétrer chez Hélène du temps de son vivant, Colombe y percevait encore le souvenir de sa défunte patronne. Son raffinement, comme en témoignait cette paire de vases de céladon posés sur la console, ou le jeté de lit en piqué blanc qui recouvrait le canapé, autant de nuances subtiles que l'on retrouvait dans son atelier. Esther n'avait rien modifié. Elle comprenait qu'elle se fût attachée à sa mère qui l'avait aidée à parfaire son identité, à adopter une autre vision du monde, même si cette dernière ne l'avait pas élevée. Toutefois, le chemin était long pour s'assurer le goût et l'intuition de l'esthétique. L'exercice semblait périlleux. Colombe doutait qu'Esther eût cette capacité de reproduire le talent de madame Clément. Pour s'en convaincre, il suffisait de passer devant la façade défraîchie et couverte de lierre de l'atelier d'Hélène qui, maintenant, tombait en désuétude. Esther aurait pu reprendre l'affaire, mais sa mère avait joui d'une telle notoriété que ses chances de succès pour l'égaler paraissaient infimes. Le maître n'était plus là pour enseigner à l'élève les rudiments du métier. Aurait-elle la force de mettre ces quelques leçons en pratique ?

Colombe, quant à elle, avait osé braver les difficultés pour se lancer dans le commerce. Cela aurait pu être une raison supplémentaire pour la haïr davantage !

En apparence, les esprits s'apaisèrent. Il revenait à Colombe de contourner l'obstacle, ce qu'elle tenta de faire non pas en prétendant donner un sens à cette douloureuse expérience, mais pour éviter de s'épuiser dans la haine. Ce cauchemar devait se taire une bonne fois pour toutes.

— Tu ne peux pas me juger aussi durement, reprocha Colombe. Cela reviendrait à estimer que des centaines d'hommes du maquis seraient tout aussi responsables de cette sentence sans appel dont ta mère a été la victime. Or, il n'en est rien et tu le sais aussi bien que moi. Nous devons réussir à nous comprendre.

Esther sembla passer en revue la plaidoirie de Colombe sans trouver d'issue favorable.

— Si tu le veux bien, nous en reparlerons..., conclut-elle.

— J'espère toutefois que cet entretien incitera à la réflexion tout autant qu'à la clémence de ton inspecteur.

À court d'arguments, Colombe quitta Esther sur un sentiment mitigé. Dehors, il régnait un froid humide, déjà hivernal, lorsqu'elle descendit la rue Thiers. Elle longea la coutellerie en saluant des visages familiers, tandis que la brise lui fouettait les cheveux. Elle avait eu beau faire preuve de diplomatie, elle regrettait de n'avoir pas su se montrer assez convaincante face à Esther. Durant le trajet en car qu'elle effectua vers Limoges, le front collé contre la vitre alors que défilait le paysage du soleil couchant, Colombe se remémora ses combats menés au jour le jour, elle n'avait jamais hésité à se saigner à blanc pour défendre ses convictions, et finalement cela lui avait pas mal réussi. À présent, elle aurait vraiment aimé qu'Esther revînt à de meilleurs sentiments. Finalement, il y avait plus de bêtise et d'ignorance que de réelle méchanceté et cela l'encourageait à poursuivre ses efforts dans le sens de cette réconciliation qui les mènerait peut-être vers la paix intérieure.

Colombe s'éveilla le lendemain matin dans son minuscule meublé, l'envie chevillée au corps à l'idée de revoir Pablo. Il était encore tôt, elle disposait de presque deux heures devant elle avant d'ouvrir sa boutique. L'Espagnol lui avait confié qu'il avait élu résidence à l'*hôtel de la Gare* jusqu'à son départ pour l'Espagne et elle supposa qu'il n'était peut-être pas trop tard pour l'y rencontrer.

— Vous êtes venu voir Pablo ? interrogea sa voisine en robe de chambre et en chaussons sur le palier de l'entresol, tandis que Colombe s'apprêtait à frapper à une porte défraîchie.

— Trop tard, madame ! J'en ai peur ! Il est reparti pour l'Espagne… bredouilla la pie-grièche un sourire goguenard aux lèvres. Mais si je puis me permettre, vous n'êtes pas la première à vous inquiéter de son sort !

— D'autres femmes voulez-vous dire ? s'enquit vertement la jolie rousse.

— Oh que oui !

Colombe songea que la voisine aurait pu lui épargner ses commentaires aigres-doux. Sans doute s'attendait-elle à ce que Colombe rebrousse chemin ? Mais ce fut sans compter sur l'opiniâtreté de la jeune femme qui resta de marbre en s'entendant dire qu'elle avait affaire à un coureur de jupons.

— Entrez si vous voulez, fit l'échevelée, interrompue par une toux spasmodique tandis que Colombe avait déjà ouvert la porte.

La chambre était vide et rien n'aurait laissé présager le séjour du jeune homme, si sur la table n'avait figuré un feuillet de bloc-notes coincé sous le cendrier. Colombe prit aussitôt connaissance des quelques mots apposés à l'encre noire par Pablo qui n'avait indiqué aucun nom de destinataire.

Les maquisards ont été écartés de toutes les responsabilités dès la Libération. Si l'on envisagea de graver le nom de certains sur les monuments aux morts, les autorités compétentes se sont vite ravisées, la plupart furent condamnés à l'oubli. Les soldats combattants auront droit à leur retraite, moi je reste un soldat de l'ombre et pire encore à présent, puisque je suis traqué par cette crapule d'inspecteur qui songe à me cueillir pour me traîner devant les tribunaux de la République, mais de quel droit ? Celui de subir la milice reconvertie en police ?

Le départ est pour moi la plus sage décision qui soit.

Pablo Herrero

Elle soupira lourdement. Le message était clairement écrit. Il s'adressait à qui voulait le lire.

Inévitablement, tout ce pan de leur histoire aurait pu donner lieu à une conversation entre eux deux, mais il était trop tard. Trop tard ! Il y avait de quoi rager de dépit ! Elle se sentit épiée par la voisine qui l'observait du palier en allumant une cigarette dont les effluves lui parvinrent aux narines.

— Savez-vous quand il est parti ? s'enquit-elle sans se retourner.

— Cette nuit ! Si vous voulez le retrouver, vous n'aurez pas la besogne facile, il est parti et pas pour flâner dans le quartier !

— J'avais compris ! maugréa Colombe agacée en quittant les lieux après avoir enfoui le feuillet dans sa poche.

Il régnait une ambiance échauffée à quelques encablures de la gare des Bénédictins à cette heure matinale où l'allure des passants était stimulée. Femmes de mauvaise vie, ouvriers en bleu de travail et hommes d'affaires grouillaient autour du campanile en cuivre pour vaquer à leurs occupations, tandis que les premières images télévisées en noir et blanc meublaient déjà la plupart des conversations. Colombe prit la direction de son magasin en songeant : *Ces traîtres de miliciens peuvent se dissimuler partout, ils sont à présent dissous dans la société civile et cet inspecteur Delter est probablement l'un d'entre eux. Pablo a sans doute pris la décision la plus juste de refaire sa vie chez lui là-bas en Espagne…*

Puis elle eut un sourire ironique en imaginant l'attitude de Garance si cette dernière la voyait ainsi se lamenter sur le départ de l'Espagnol ! D'ici peu, son amie épouserait Albert, tandis que de son côté, elle cultivait encore une sorte de fantasme amoureux mille fois interrompu. Garance était chanceuse que cette machine de guerre eût épargné son héros, pourtant impliqué dans de nombreux sabotages à haut risque. Depuis leur première rencontre, leur attirance immédiate s'était consolidée par des convictions idéologiques partagées. Depuis, ils ne s'étaient plus quittés. Colombe se réjouissait de leur bonheur sans éprouver une quelconque amertume de ce que la vie semblait lui refuser.

XXVI

Marceau Parvery réapparut la veille de Pâques de l'année 1948. Sa silhouette qui ressemblait à celle d'un éléphant dans un magasin de porcelaines se découpa dans la lumière du gynécée de Colombe où les clientes s'affairaient autour des différents modèles de chapeaux.

Le souvenir du combattant aguerri s'étiola instantanément, tandis qu'il s'immobilisait pour mieux détailler la chapelière de la tête aux pieds. Elle était vêtue d'une robe ample dont la taille fille soulignée par une ceinture tressée lui donnait beaucoup d'allure. Ses yeux gris rieurs parfois chahutés par une mèche couleur de feuille d'automne la faisaient paraître plus jeune que son âge. Marceau, quant à lui, avait troqué sa chevelure de barbare contre une coupe soignée, il portait une veste souple, un pantalon assez ajusté, ce qui faillit arracher à sa sœur un cri de stupeur. Loin d'elle l'idée d'imaginer l'aîné des Parvery rivaliser un jour de coquetterie !

Il régnait dans sa chapellerie cette ambiance fiévreuse de femmes réunies, grouillantes de vie, lorsque le frère et la sœur s'embrassèrent comme du bon pain.

— Tiens c'est pour toi ! dit-il en lui tendant un petit bouquet de myosotis d'un geste chevaleresque qui la fit sourire.

— Marceau, je n'en crois pas mes yeux ! Qu'est-ce que tu deviens ? s'égailla Colombe les fleurs à la main, émue de revoir son frère.

— J'ai recours au système D ! lâcha-t-il sans vergogne au milieu des élégantes. Je fais du troc ! Il y a tant de pénurie avec ces tickets de rationnement que l'on profite du marché parallèle, enchaîna-t-il en extirpant de sa poche un paquet de celtiques avec son combattant gaulois, un autre de gitanes avec sa danseuse, tandis que Colombe toussait pour éviter d'attirer l'attention des oreilles indiscrètes.

— Mais toi alors ! Je vois que tu t'es forgé ta propre réussite à la force du poignet ! s'exclama-t-il en zieutant de plus près les jolies clientes.

— Cela n'est pas une mince affaire que de remonter la pente, mais avec du travail, tout est possible ! constata celle pour qui rien n'était trop beau ni au-dessus de ses moyens pour éradiquer ses sombres années de restriction. Si tout évolue tel que je le souhaite, j'aimerais accueillir une ouvrière pour mettre en forme et étuver les chapeaux à l'inspiration de nouveaux croquis parisiens, ajouta Colombe après avoir récupéré un petit vase dans l'arrière-boutique pour y placer ses myosotis.

— Où vis-tu mon frère ? s'enquit-elle avant d'éviter que Marceau n'étale ses autres « magouilles » devant les clientes du magasin.

Il se gratta le crâne en quête de réponse :

— Pour l'instant rien de bien sérieux, mais j'envisage de racheter une petite ferme du côté de Saint-Junien.

Colombe sentit monter son émotion. Ainsi Marceau nourrissait-il le rêve secret de revenir à la terre de ses origines.

— Envisagerais-tu de te lancer dans l'exploitation agricole, c'est bien cela ? Ne me dis pas que tu as la nostalgie des fenaisons et des moissons, je ne te croirais pas !

— Non pas exactement, dit-il en riant. Tu sais que le village d'Oradour-sur-Glane a été érigé au rang de monument national par le général de Gaulle en 1946, je me sens moi aussi entraîné par le devoir patriotique, la collecte des mémoires des prisonniers de guerre, des exilés, je pense qu'il faut leur redonner vie…

— Hum… dit-elle, en osant à peine croire qu'il s'agissait bien de son frère Marceau qui parlait ainsi…

Puis, appelée par les exigences du magasin, elle s'empressa de renseigner une cliente qui s'apprêtait à essayer un chapeau surmonté d'une aigrette.

Au bout d'un moment, la présence envahissante de Marceau qui s'éternisait à cette heure d'affluence finit par l'incommoder. Colombe, bientôt accaparée par toutes les obligations du métier, fit comprendre à son frère qu'il pouvait patienter dans son arrière-boutique en attendant qu'elle ferme les portes du magasin. Ce dernier ne s'y laissa docilement conduire qu'après avoir séjourné un long moment, immobile, la bouche en cœur à regarder le défilé des clientes.

Elle ne le rejoignit que bien plus tard au milieu des porte-chapeaux sur pied, cartons et divers présentoirs en évitant de penser qu'il avait toujours gâché le climat familial. Il fallait définitivement oublier le passé et elle se montrait curieuse de savoir ce qu'il avait à lui dire, car son comportement au magasin avait parlé pour lui…

Exténuée, Colombe s'affala sur une chaise sur les coups de dix-neuf heures.

— C'est beau ces bouquets de fleurs séchés que tu as là !

— Ne me dis pas que tu es là pour me parler des fleurs séchées !

— Non, fit-il gravement, je voulais te faire part que la fille de ton ancienne patronne de Bellac s'est donné la mort.

— Tu veux parler d'Esther ? La fille Clément ?

Il opina.

— Tu la connaissais ? s'étonna Colombe d'autant plus abasourdie par la nouvelle qu'elle l'apprenait de la bouche de Marceau.

— Oui je la connaissais et je sais de source sûre qu'elle a mis fin à ses jours par pendaison.

— Quelle mort horrible !

Le souvenir du visage perdu d'Esther revint aussitôt à la mémoire de Colombe. Elle n'avait pas vu poindre tout ce désespoir le jour où elles s'étaient rencontrées, mais plutôt la trace d'un chagrin dû à un deuil non assumé. Les circonstances du décès de sa mère, les séquelles d'une enfance meurtrie l'avaient avec certitude entachée dans son drame. Cette tristesse s'était sans doute éternisée au point de flétrir le reste de sa vie. Il fut probable que cet inspecteur ne s'était pas montré assez doux et rassurant pour atténuer son besoin de regarder en arrière, jusqu'au point de s'y noyer.

En toute confidence, Marceau révéla à sa sœur qu'à son retour de sa mission pour la Légion étrangère, il avait clandestinement reconduit en voiture les femmes Clément à Bellac.

Légion étrangère ? Colombe tombait des nues.

Elle n'avait pas su que son frère s'y était enrôlé. Ces régiments de volontaires avaient donc transformé l'homme…

Il y eut un silence au cours duquel Colombe, troublée, pensait aux conséquences de cet incendie du magasin de Violette sur la vie de son aîné. Accusé à tort et probablement meurtri par la peur d'être emprisonné pour cet acte qu'il n'avait pas commis, il s'était en réalité de lui-même engagé dans une voie de redressement qui avait bouleversé son destin.

En son for intérieur, même si Colombe restait un peu méfiante vis-à-vis de ce frère méconnaissable, elle s'en tint à sa bonne volonté évidente de renouer des liens familiaux. Par ailleurs, il valait mieux se réjouir en constatant que Marceau avait laissé derrière lui la partie la plus incongrue de son existence, plutôt que de se lamenter sur les déboires. Elle hésita un court instant à évoquer les révélations de Pablo, mais elle se retint. Ce passé ne méritait pas d'exercer la moindre emprise sur ce chemin qu'ils s'efforçaient, chacun à leur manière, de reconstruire.

En dépit de sa longue journée de travail, Colombe ne parvint pas à trouver le sommeil ce soir-là. Quand elle avoua à Garance la nature de son trouble le lendemain matin, son amie en tira les conclusions suivantes :

« Au moins nous n'aurons plus à subir de stupides règlements de compte de la part d'Esther ! »

Et d'ajouter :

— Il te manque une oasis de paix, ma Colombe… Une stabilité affective. Dans l'atmosphère protégée de la boutique, sous les badinages courtois, tu ne songes qu'au travail, au point d'en oublier de te divertir !

Elles avaient déjà eu maintes fois cette conversation et probablement l'auraient-elles encore à moins que Colombe ne fuît ouvertement le problème par crainte d'affronter sa propre faiblesse. D'avance, elle redoutait où l'amour allait encore l'entraîner, elle qui avait déjà suffisamment joué avec le feu…

La brune aux cheveux crantés caressa affectueusement le visage de son amie en se méfiant de cette apparence sereine dissimulant tant de vulnérabilité. Sans la moindre appréhension, elle avait remué ciel et terre pour réaliser son rêve et y était parvenue. Toutefois, elle devinait Colombe ancrée dans la certitude d'avoir abandonné le meilleur de son potentiel amoureux à Gauthier, ce qui se révélerait sans doute faux et Garance aurait voulu la délivrer de ses scrupules. En confiance, la jolie rousse se sentit prête à franchir le pas vers une autre confidence qu'elle s'était pourtant promis de ne jamais dévoiler.

Colombe avait trop longtemps gardé serré contre elle son secret, il ne lui paraissait pas logique que Garance, qu'elle considérait comme sa confidente, reste en dehors de la vérité. Lorsqu'elle lui apprit qu'elle était la fille du défunt vétérinaire Varet de

Bellac et que par conséquent, Anselme se révélait être son demi-frère, Garance se demanda s'il s'agissait d'une blague.

— Tu me connais suffisamment pour savoir que je n'ai pas coutume de ce genre de plaisanterie.

— C'est exact… Mais… Alors, je comprends mieux ! Je me suis maintes fois interrogée sur les raisons qui incitaient les Varet, dont la réputation en faisait des gens austères, à t'accorder autant d'attention au début de ton apprentissage chez la Clément… Maintenant, je possède la réponse. Anselme a ourdi son plan avec beaucoup d'habileté ! Dis-moi, cette histoire est fascinante ! Cet homme est extraordinaire, il t'a aidée à t'élever dans la dignité, à façonner ta liberté.

— J'aime te l'entendre dire. Toutefois, il a toujours tenu à rester fidèle aux *desiderata* de notre père, en veillant à dissimuler notre lien de parenté, je lui ai promis de respecter sa volonté.

— De ce côté-là, tu sais bien que ce n'est pas moi qui irais tromper ta confiance !

— Je le sais. En réalité, la raison de mon inquiétude repose sur un autre fait.

Elle hésita encore un instant avant de s'épancher…

— Notre histoire familiale est entachée de sorcellerie, ajouta Colombe tout bas. En réalité, le bétail des Parvery aurait propagé la contagion sur ceux qui l'auraient approché. Ce fut le cas du père Parvery et du père Varet. Même si ce ne sont que des propos rapportés, j'avoue que cela me préoccupe, j'y pense souvent et je me pose d'étranges questions. De son côté, Anselme n'a jamais eu d'enfants, il a été victime de curieuses machinations qui l'ont empêché d'exercer son métier de vétérinaire, quant à notre père, il était à demi fou lorsqu'il a trouvé la mort après avoir voulu soigner les bêtes de ce fameux troupeau.

Garance resta perplexe avant de renchérir :

— Mais enfin, tout de même, il ne faudrait pas que ces relents de superstition te mettent des bâtons dans les roues. La sorcellerie fut un fléau redouté dans le passé, mais les temps ont bien changé.

Colombe ne demandait qu'à la croire en dépit de tout ce qui se racontait autour d'elle sur ce vaste sujet. Sans raillerie cynique, Garance insista encore sur la nécessité du rejet de ces pratiques qui, selon elle, s'avérait encore la meilleure façon de les laisser mourir.

Son amie de toujours allait s'absenter quelque temps en Belgique avec Albert, afin de visiter sa future belle-famille du côté de Bruges. Les deux jeunes femmes vivraient leur première séparation. Ce fut probablement la raison qui amena Colombe à dévoiler les arcanes de son histoire familiale, au cas où il lui arriverait malheur.

— Voilà des propos bien défaitistes qui ne te ressemblent pas ! Cela me semble exagéré dans la mesure où ta réussite ferait pâlir les plus entreprenants. On pourrait presque te tresser des couronnes de lauriers !

— Je t'en dois une fière chandelle. Qu'aurais-je fait seule et démunie sans tes conseils avisés, ta patience, ta tolérance ? Je me revois encore hésitante dans l'atelier de madame Clément, prête à baisser les bras !

— Nous nous sommes mutuellement soutenues et engagées tout au long de ces années, voilà ce qui nous a permis de survivre.

Colombe la serra fort dans ses bras en songeant que cette conversation valait tout l'or du monde. Les raisons de douter s'estompaient peu à peu, l'espoir se renforçait face à cet horizon soudain agrandi par la force de cette profonde amitié qui les unissait. Une étoile muée par un bonheur raisonnable.

Quelques semaines plus tard, Colombe fut victime d'une mauvaise rencontre. Une troupe de garçons agités la prit à partie près de la gare routière alors qu'elle contournait le pavillon du Verdurier à Limoges, pour se rendre chez un fournisseur. Un caillou la frappa à la tempe, un filet de sang s'écoula sur sa joue. Elle eut beau serrer les dents, elle n'en demeura pas moins sonnée et chancelante, prête à s'écrouler sur le trottoir. Quelques personnes se précipitèrent à son secours, la foule se massa autour d'elle, jusqu'à ce qu'un grand homme qui se présenta comme un guérisseur se fraye un chemin parmi les badauds. Le regard rassurant aux sourcils hauts plantés se pencha sur elle en examinant sa blessure superficielle, puis, il lui offrit son bras au point qu'elle se sentit obligée de le suivre jusqu'à son cabinet de consultation situé à quelques pas de la place Saint-Pierre.

— Vous êtes à bout de force, sans doute trop exigeante avec vous-même mademoiselle ! conclut-il après la consultation.

Une fois qu'elle eut repris ses esprits dans ce cabinet aux allures de cave voûtée où des statues d'argile aux figures énigmatiques côtoyaient des grimoires sur une console en marbre blanc, elle ressentit une drôle d'impression.

— Du repos ! Et ne cherchez pas à contrecarrer mes instructions ! Un petit hématome probable sur la tempe, mais rien de bien méchant, précisa-t-il tandis qu'elle grinçait les dents au contact des premiers soins appliqués au plus près de la masse soyeuse de ses cheveux.

« Bien Docteur ! » Aurait-elle dû répondre, mais ce fut sans compter sur une sorte d'alarme qui se déclencha du tréfonds de son cerveau. Cette « exigence avec soi », mentionnée par le médecin, résonnait plutôt comme une qualité à ses yeux.

— Depuis que ces malandrins sévissent dans le quartier, personne n'a encore réussi à les arrêter, c'est un comble ! Une chance qu'ils ne vous aient rien volé !

Elle aurait pu jeter un oui nigaud, mais elle demeurait silencieuse.

Il marqua un temps d'arrêt en fouillant Colombe de son regard pénétrant.

— Vous avez le sang fort, mademoiselle !

— Pardon ?

— Oui je maintiens. À votre contact, je perçois l'harmonie des énergies, insinua-t-il en hochant la tête dans une grimace immonde. En tant que guérisseur, on fait également appel à mes services, pour défaire les liens du sort. Pour l'antidote si vous préférez ! Vous ne pouvez pas vous imaginer combien je suis sollicité pour dénouer les maux en tout genre.

Colombe frissonna, troublée par cette soudaine révélation. Le praticien se dévoilait comme si d'instinct, elle avait eu conscience que ses pouvoirs allaient bien au-delà de ceux d'un simple guérisseur. Il l'avait conduite jusqu'ici en observant ses réactions tout en la rassurant sur ses intentions à son égard. Ce comportement s'expliquait sans doute par ses facultés surnaturelles. À présent, il lui parlait de dénouer le mal, un sujet qui tombait à point nommé.

— Justement, j'aurais besoin d'y voir plus clair de ce côté-là…

— Hum… Je vois vos obscures inquiétudes, je vois la faille qui a ouvert la voie à l'action diabolique autour de vous, et ce, dès votre naissance. Laissez-moi remonter le cours du temps, dit-il avant de la prévenir du risque de ressentir un peu de chaleur dans les membres.

Un petit protocole débuta où l'homme concentré reçut quelques données émanant d'un mystérieux émetteur.

— Pas besoin de leveur de sort pour vous protéger des maléfices mademoiselle, je suis formel. Quelqu'un s'est chargé de votre protection. Une étoile brille pour vous, un cher disparu qui a sauvé des enfants des camps de la mort, quelqu'un qui a sacrifié sa vie pour l'humanité avant de vous sauver. N'avez-vous pas constaté combien votre vie s'est allégée depuis qu'il vous a légué sa force ?

— Silvère ! prononça la jeune femme, le cœur battant.

— Oui… votre frère.

— Mais comment ?

— Un maléfice peut être enlevé par un autre maléfice. Même s'il est puissant, la prière l'est encore davantage. Cet homme, lui-même lésé par un sortilège, a pu éradiquer le mal grâce à un exorciste. En abandonnant son enveloppe terrestre, il vous a libérée et croyez-moi, personne ne vous empêchera d'accomplir votre destin !

Sous le coup de cette révélation poignante, l'émotion lui coupa la parole, tandis qu'une larme perla au coin de ses yeux. L'insatiable curiosité de Colombe semblait enfin assouvie. S'était-elle déjà sentie aussi libre et épurée de ses peurs ?

— Je ne m'attendais pas à cela. Je savais le cœur de Silvère empli de richesse, mais je n'aurais jamais imaginé que cette lumière bienfaisante pût irriguer la ronde de mes jours.

Le guérisseur se contenta de sourire, soulagé de lui avoir remis la clé du bonheur…

Dans la même collection

Dans la même collection

Imprimé en France par CPI
en février 2021
N° d'impression : 2056338
Dépôt légal : mai 2021
ISBN : 978-2-8129-2878-9
ISSN : 1627-6779
www.deboree.com
livres@centrefrance.com